Casalias Erbe

Julia Kühne

Für
meine Herzensmenschen
All jenen, die an ihre Träume glauben
Dich, denn mein Traum waren immer Wir

Liebe Leser,
liebe Leserinnen,
dieses Buch enthält innerhalb der Geschichte,
potenzielle Trigger, die auf Seite 316 erläutert
werden.
Deshalb achtet gut auf euch!

Julia Kühne, geboren 1997, wohnt mit ihrem Ehemann und ihren Kindern in der Nähe von Göttingen in Niedersachsen, ländlich in einem kleinen Dorf. Neben ihrer Leidenschaft zum geschriebenen Wort und der Fantasie, die im kreativen Schreiben steckt, arbeitet sie unter anderem als Erzieherin in einer Kindertagesstätte.

Die Liebe zu Liebesgeschichten und dem Schreiben allgemein entfaltete sich in der Jugend und so entstanden die ersten Werke, die sie insgeheim zuerst Bekannten und Freunden vorlas. Der Traum nach der Erfüllung vom eigenen Buch wurde größer und es entstand das erste Werk, dem noch weitere folgen sollten.

Julia Kühne

Casalias Erbe

Bibliografische Information der Deutschen Nationalbibliothek:
Die Deutsche Nationalbibliothek verzeichnet diese Publikation
in der Deutschen Nationalbibliografie; detaillierte bibliografische Daten sind im Internet über dnb.dnb.de abrufbar.

Die automatisierte Analyse des Werkes, um daraus Informationen insbesondere über Muster, Trends und Korrelationen ge-
mäß § 44b UrhG (»Text und Data Mining«) zu gewinnen, ist
untersagt.

Lektorat: Sven Kühne, Kimberly Ahlborn
Korrektorat: Text Shine KI-gestützte Korrektur

Verlag: BoD · Books on Demand GmbH, In de Tarpen 42,
22848 Norderstedt, bod@bod.de

Druck: Libri Plureos GmbH, Friedensallee 273, 22763 Ham-
burg

ISBN: 978-3-7693-5156-9

Kapitel 1 Sofia

»Da ist es!«

Mit weit aufgerissenen Augen starrte ich aus dem kleinen, runden Fenster des Flugzeuges und sah auf mein wunderschönes Heimatland hinunter. Die Toskana. Übersät mit seinen wunderbaren Weinbergen, der unberührten Natur und den hinreißenden, terracottafarbenen Fincas, in denen es sich bei warmen Temperaturen, so wie nun im Sommer, herrlich leben ließ.

Mama und Papa hatte ich in all den Jahren, in denen ich mein Auslandsstudium in England absolviert hatte, schrecklich vermisst.

Mein Studium an der renommierten Oxford University hatte ich nur aus einem Grund angetreten. Ende des Sommers sollte Casalia unter meiner Leitung in die Zukunft treten. So war es schon immer geplant gewesen. Es war unser Traum, dass ich eines Tages das Familienerbe weiterführen würde, so wie es auch mein Vater von meinem Großvater vor langer Zeit übernommen hatte.

Als ich mit knapp achtzehn Jahren ins Ausland gegangen war, hatte ich alles hinter mir gelassen, um mich vollkommen auf mein Ziel zu konzentrieren.

Niemand meiner damaligen Freundinnen war mir noch geblieben. Sie hatten nie ganz verstanden, wie viel mir die Übernahme und der Fortbestand des Weinguts bedeuteten.

Überschwänglich vor Freude schnallte ich mich ab, als die Lichter an der Anzeige über meinem Sitz ausgingen, schnappte mein Gepäck und ging zum Ausgang des Flugzeugs. Endlich wieder die warme italienische Sonne auf meiner Haut zu spüren, kam definitiv auf meine Top-10-Liste wunderbarer ›Quality-Momente‹.

Ich war in all den Jahren nur einmal zu Besuch hier gewesen. Dieses eine Mal hatte zur Folge, dass mir der erneute Abschied so schwergefallen war, und ich tatsächlich überlegt hatte, mein Studium zu beenden. Auch wenn ich ein hohes Maß an Ehrgeiz besaß, hatte ich mir die lange Trennung von zu Hause eindeutig nicht so schwer vorgestellt, wie es sich die letzten vier Jahre angefühlt hatte.

Es hatte mich große Überwindung gekostet, erneut in einen Flieger zu steigen und meiner Heimat ein zweites Mal ›leb wohl‹ zu sagen, sodass ich es gar nicht erst wieder versuchen wollte.

Deshalb hatte ich mit Mama und Papa beschlossen, erst nach Beendigung meines Studiums zurückzukehren.
Bei der Gepäckausgabe herrschte reges Treiben. Jeder versuchte, seinen Koffer als erstes zu ergattern.

Ich wartete noch eine Sekunde und erhaschte eine Lücke im perfekten Moment, als mein Koffer sich zeigte. Schnell griff ich, nahm ihn und zog ihn vom Förderband herunter. Noch schnell an der Passkontrolle vorbei, und dann trat ich ins Freie und ließ schleunigst den Flughafen hinter mir.

Die Sonne begrüßte mich erneut und übergoss meine Arme und meine Beine mit Wärme. Italienischer Wärme, die nirgends auf der Welt war wie hier. Zugegeben, war mir bewusst, dass es die gleiche Sonne wie in England war. Natürlich, denn ich war ja keine Idiotin, aber das war nicht dasselbe, wenn man jahrelang auf die Heimatsonne verzichtet hatte.

Vor mir lagen so viele neue Chancen und Herausforderungen, und ich war stolz auf meine Leistung, meinen Abschluss in Marketing und Betriebswirtschaft an der Oxford University absolviert zu haben. Es trug maßgeblich zu einem neuen positiven Selbstwertgefühl bei, welches ich als neue unabhängige Chefin eines Riesenkonzerns durchaus gebrauchen konnte.

Ein Auto hupte. Ich sah nach rechts und erkannte Papas Maserati im leuchtenden Rot am Rand der Parkbucht stehen. Überschäumende Freude, Glück und was man sonst noch so fühlen konnte, wenn man nach so vielen Jahren wieder zurückkehrte, durchkreuzten meinen Körper. Mama und Papa stiegen aus dem Auto.

»Sofia!«, schrie Mama mit Tränen in den Augen und einem unsagbar erleichternden Lächeln, als sie auf mich zugestürmt kam. Auch mir quollen sofort dicke Tränen in die Augen und ich war erleichtert, als sich ihre Arme um meinen Körper schlossen. Auch mit zweiundzwanzig Jahren war ich immer noch ihr kleines Mädchen und bekam doch einen gewaltigen Schwall an Liebe geschenkt, wenn man wie ich Einzelkind war.

Während sie mich an sich presste, quetschte sie meine langen, blonden, naturgelockten Haare ein, was unheimlich ziepte. Doch ich sagte nichts.

»Schön, dich wieder bei uns zu haben!«, schnäuzte Mama, während sie mich weiter im Arm hielt. Mittlerweile hatte auch Paps zu uns aufgeschlossen und lächelte mich strahlend an. Mir wurde warm ums Herz, dass auch er sich leicht eine Träne wegwischte. Mein Vater neigte nicht oft zu Gefühlsausbrüchen oder übermäßiger Emotionalität, daher verblüffte mich seine Reaktion.

»Meine Sofia, deine Mama und ich, wir haben dich schrecklich vermisst«, gab er zu, als er mir meine Koffer und meine Tasche abnahm. Mama hatte mich wieder losgelassen und zog mich zum Auto.

»Sag, wie geht's dir, Kind?«, fragte sie, ehe wir losgefahren waren.

»Gut. Ich bin ziemlich erschöpft«, gab ich zu. Während der halbstündigen Autofahrt nach Hause erzählte ich meinen Eltern von der Abschlussfeier vor wenigen Tagen in der Uni sowie von der Vergabe der Zeugnisse.

All dies hatten sie natürlich verpasst, da meine Eltern nicht zu mir reisen konnten. Die Vorbereitungen für die Übergabe des Weinguts, die im Herbst über die Bühne gehen sollte, hatten mittlerweile unweigerlich begonnen. Paps hatte bis heute jeden Tag damit verbracht, die Bücher und auch die Angelegenheiten so vorzubereiten, dass ich mich schnellstens in alles einlesen konnte.

»Heute feiern wir erst einmal deine Rückkehr. Morgen beginnen wir dann mit unserem ersten Meeting«, erklärte Paps, während er den Wagen steuerte.

»Signore Fontana, wie kannst du schon wieder vom Arbeiten sprechen? Deine Tochter ist gerade erst nach Hause gekommen«, tadelte meine Mutter Paps leicht verärgert. Er zog eine schelmische Grimasse, die ich im Rückspiegel erkennen konnte.

Wir lachten.

Nach weiteren zehn Minuten hatten wir Casalia erreicht. Meine Heimat. Casalia umgab nicht viel, außer unser Weingut mit seinen Weinbergen und den dazugehörigen Teilen Land, die wir verpachteten.

Einige Bauern sowie Viehbesitzer nutzen die Felder und Wiesen zur Landwirtschaft.

Ein kleines Dorf, in dem es zwei bis drei Geschäfte und ein kleiner Gasthof gab und … ein modernes Restaurant?

Ich riss die Augen auf, während ich ungläubig auf das mir dargebotene moderne Gebäude blickte, an welchem wir soeben vorbeifuhren, um auf unseren Privatweg zum Weingut einzubiegen.

»Seit wann steht denn hier ein Restaurant?«, fragte ich und ließ meinen Blick nicht davon abweichen. Das Haus war groß und in Anthrazit gestrichen.

Es schien, als habe es mehr Fensterflächen als Mauerwerk, weshalb ich mich wunderte, dass es stabil dastand.

Das Dach war flach und mit Grün bewachsen. Ein Parkplatz grenzte nebenan und bot einigen Besuchern Platz.

»Lass uns darüber nachher mal in Ruhe sprechen«, hauchte Mama mir zu, was mich ein wenig verwunderte. Die ausgelassene Stimmung schien dahin. Dad schwieg auf meine Frage und sah überhaupt nicht belustigt aus.

Oh weia!

Was war denn hier vorgefallen? Verwundert blickte ich im Rückspiegel nach hinten und überlegte noch, dass das Stück Land, auf dem die Autos parkten, doch uns gehörte?

Was verschwiegen mir meine Eltern?

Doch nach einer Kurve war es dann so weit.

Zinnrote Dächer und eine gelb-weiße Fassade lugten durch die hohen Bäume bereits hervor, bevor Paps direkt auf den Hof einlenkte.

Aus dem Auto heraus erkannte ich, Nonna Adelia und Salvatore, die am Aufgang zum Haupthaus Spalier standen. Sie waren sowas wie unsere Hausangestellten, aber eigentlich wie meine Familie.

Auch wenn es mir immer wieder komisch vorkam, dass wir das Personal auch für unseren privaten Alltag beschäftigten, dachte ich oft genug, dass Mama und Papa es dennoch verdient hatten, nach all der Arbeit, die sie in das Weingut gesteckt hatten, ein wenig im Luxus zu leben.

»Da ist sie ja, die kleine Sofia!«

Nonna nahm mich in den Arm, als wäre ich noch immer das unscheinbare elfjährige Mädchen, dem sie in der Kindheit so oft zum Einschlafen vorgelesen hatte. Ich begrüßte sie herzlich, denn sie hatte mir genauso wie meine Eltern unendlich gefehlt, und gerne erwiderte ich ihre körperliche Geste.

»Schön, euch wiederzusehen. Ich war so lange weg.«

»Signorina Sofia, willkommen zu Hause!«

Salvatore schenkte mir ein freundliches Lächeln und legte die Hand auf meine Schultern. Mir wurde bewusst, wie lange ich weggewesen war. Als meine Eltern sich mit unseren Angestellten anfingen zu unterhalten, schlich ich ein wenig von ihnen weg und drehte mich auf dem Hof auf der Stelle.

Ich wollte mir alles genau ansehen. Die Sonne strahlte mit voller Kraft auf das Haupthaus, welches im alten, toskanischen Stil erhalten war. Das Weingut im linken Teil ähnelte einem alten italienischen Gebäude der Renaissance.

In Sandsteinen gebaut und verziert mit Säulen und Gängen mit hohen Steinbögen. Ringsherum sah es aus wie der Teil eines alten, italienischen Schlosses. Im hinteren Teil des Hofes stand ein älteres Gebäude, in dem früher Pferde untergebracht waren.

Diese Gebäude nutzen wir aktuell als Lager für die Weine, da es im Schatten lag und auch ebenfalls unterkellert war. Ich sah zu meinen Eltern, die mich gerade heranwinkten. Sie waren alt geworden. Das erkannte ich in diesem Moment, als ich sie im Profil genauer betrachtete. Beide waren nun fast sechzig und sowohl Mama als auch Papa hatten deutlich an grauen Haaren dazugewonnen. Auch Nonna und Salvatore waren bereits sichtbar gealtert. Nonna mochte inzwischen auf die achtzig zugehen und auch Salvatore musste so in dem Dreh alt sein.

Eigentlich, dachte ich, waren sie schon immer alt gewesen, was ich mit einem Gefühl voller Freude feststellte. Sie waren schon immer so etwas wie meine Großeltern. Nichts Geringeres fühlte ich, wenn ich in ihrer Nähe war. Sie waren für mich aus meiner Familie nicht wegzudenken.

Der untere Teil im Hauptgebäude war extra damals für Angestellte umgebaut worden, sodass wir auch die Erntehelfer während der Weinlese bei uns beherbergen konnten.

Außerdem beschäftigten wir noch zwei Köche und auch einige Reinigungsfrauen, die sich um die vielen anfallenden Aufgaben kümmerten.

Papa winkte nochmal, ehe ich mich in Bewegung setzte, dann lief ich los.

Es krachte, mein Kopf tat weh und etwas ging zu Bruch. Aua.

Benommen sah ich hoch.

Eine männliche Gestalt vor mir.

Ey, konnte der Idiot nicht aufpassen.

Kapitel 2 Luca

»Mist! Verdammt!«

Keine schönen Wörter, bei der Tatsache, die Tochter des Chefs über den Haufen zu laufen. Ich wusste natürlich, dass dies nicht angebracht war, doch ich konnte meinem Ärger nicht abverlangen, in dieser Sekunde weiter im Verborgenen zu verweilen. Wieso hatte sie denn nicht nochmal nach links geschaut, bevor sie losgegangen war?

Aber wenn ich ehrlich war, hatte ich es kommen sehen und hätte auch sowas wie

»Vorsicht!« oder »Aus dem Weg!« rufen können. Tja, zu spät, dachte ich und sah unweigerlich auf den Boden. Die Vase, die ich aus dem Hauptgebäude ins Lager bringen sollte, war zerbrochen. Ich betete zu sämtlichen hinduistischen Göttern (warum wusste ich nicht. Etwas anderes schien mir nicht einzufallen), dass es sich nicht um eine antike Vase gehandelt hatte, meine Hoffnung war jedoch nicht allzu groß gewesen.

Ich sah zu Sofia, die sich die Stirn rieb. Ich wusste natürlich, wie sie hieß. Alle wussten, wer Sofia war, denn es drehte sich seit Wochen auf dem Hof um nichts anderes mehr als die Rückkehr der heiß geliebten Tochter, die ihr von Papa finanziertes

Studium absolviert hatte und die neue Chefin werden sollte. Meine Chefin? Stimmt. Ich musste irgendetwas sagen. Offensichtlich hatte sie am Kopf getroffen.

»Geht es Ihnen gut?«, fühlte ich vorsichtig vor.

»Mir geht's gut, glaube ich!«, knirschte sie schnippisch.

Na klasse, so eine richtige Zicke.

»Der Vase meiner verstorbenen Nonna mütterlicherseits aus Gründerzeit anscheinend eher nicht mehr so gut, wie es aussieht?«, legte sie nach.

Fuck!

Jetzt hatte ich ein richtiges Problem. Sie war doch antik und ich steckte jetzt mächtig in der Scheiße, weshalb ich keine Antwort rausbrachte. Sofia taxierte mich herausfordernd. Sie war ca. 1,70 groß, hatte umwerfend lange blonde Haare, trug ein türkisfarbenes Kleid mit leichten Blumenranken darauf und stemmte die Hände in die Hüfte, als sie aufhörte, ihre Stirn zu reiben. Mir fiel auf, was für überaus reizvolle Kurven sie hatte. Sie war ganz anders, als ich sie mir vorgestellt hatte. Sowohl eine große Oberweite als auch breite Hüften, die dennoch nicht dazu neigten, übermäßig zu wirken, brachten ihre durchaus schmale Taille zur Geltung.

Wenn irgendjemand ein Musterstück für die perfekte Abbildung einer Sanduhr-Figur benötigte, hier war sie. Je länger ich sie betrachtete, desto mehr fiel mir auf, wie hübsch sie war. Sie war anders als gedacht, aber sie war hübsch.

»Na? Hat es dir jetzt die Sprache verschlagen?«, wollte sie wissen. Mein Mund wollte antworten, doch ich beschloss weiterhin nichts zu sagen, da ich nicht wusste, was.

Wie bezahle ich um Himmels Willen diese verdammte Vase?

»Alles in Ordnung bei euch? Ich habe es nur krachen gehört«, erkundigte sich Salvatore. Er sah auf die Vase und dann zu mir. Sein Gesicht sah ernst aus.

»Sag mir bitte nicht, Luca, dass du sie kaputt gemacht hast. Du weißt, was das bedeutet«, raunte er. Ja. Das wusste ich.

Ich hatte mir schon so einiges geleistet in den letzten Wochen. Natürlich nie mit Absicht, aber leider gingen einige Missgeschicke auf meine Kappe, weshalb mich Signore Fontana bereits angezählt hatte.

Sofia stand immer noch da und sah mich an.

»Es tut mir leid, dass ich so in dich reingelaufen bin. Ich habe dich nicht rechtzeitig gesehen«, entschuldigte ich mich nun endlich, wie ein dummer Schuljunge, der vom Aufseher dazu gezwungen wurde. Ein wenig gelogen war es, denn ich hatte angenommen, sie würde noch rechtzeitig anhalten.

»Was bedeutet es denn, wenn er es wirklich war?«,

fragte sie daraufhin neugierig und sah in Salvatores aufgebrachtes Gesicht. Dieser schaute dann verblüfft und erwiderte, »Naja, Signore Barbero hat schon so einige Fehler gemacht und jeder weitere sollte eigentlich zur Kündigung führen.« Bei dem Wort Kündigung stockte mir der Atem. Ich brauchte diesen Job.

Allein um meinem Vater zu beweisen, dass ich kein Versager war. Obendrein würde er ohne mich es unweigerlich nicht schaffen, das Restaurant zum Laufen zu bekommen, und das konnte ich nicht zulassen. Es war so schon alles oft ein Albtraum.

»Ich versichere Ihnen, dass es ein absolut unvorhersehbarer Unfall war …«, versuchte ich zu beschwichtigen, doch Salvatore zog nur eine Augenbraue hoch.

»Ich muss das leider melden, Luca. Es tut mir leid, aber …«

»Müssen Sie nicht«, mischte sich Sofia plötzlich ein. Ich war verwundert.

»Es war eigentlich meine Schuld. Ich bin einfach losgelaufen, als mein Vater gewunken hat und hab gar nicht geschaut. Und dann habe ich … Luca, richtig…?« Ich nickte,»… angerempelt und ja, dann ist die Vase von Nonna leider zerbrochen.«

Salvatore musterte erst Sofia und dann mich. Ich hob nur die Schultern und zuckte. Wenn sie anscheinend so cool sein wollte und den rettenden

Engel spielte, hatte ich gewiss nichts dagegen. Salvatore konnte sich ein dramatisierendes Augenrollen nicht verkneifen, lächelte dann aber in Sofias Richtung und ließ uns stehen.

»Boah, danke. Du hast mir echt den Arsch gerettet«, kam es erleichternd aus mir heraus, als der Butler sich langsam, aber sicher entfernte.

»Zweitausendfünfhundert Euro«, entgegnete sie daraufhin.

Wie bitte? Wollte sie jetzt Geld dafür, dass sie mich deckte?

»Für die Vase? Sie war ein Familienerbstück. Du zahlst es doch zurück, oder?«, fragte sie ehrlich und mit einer Freundlichkeit, die mich erschreckte. Es schien, als tat sie es nicht zum Spaß, sondern weil ihr etwas an der Vase lag oder der Tatsache, dass sie ihrer Familie gehört hatte.

Das konnte ich nicht ignorieren. Genauso wenig wie ihre blauen Augen, die mich leuchtend anfunkelten, mit einer kleinen Spur Nachdrücklichkeit und einem gewissen Glanz, der ihr niemandem eine Bitte abschlagen ließ.

Gefährlich. Ich hatte keine Wahl. Wenn ich nicht zahlen würde, dann würde sie vermutlich die Sache richtigstellen und ich wäre meinen Job doch noch los gewesen.

Und irgendwie keimte in mir der Gedanke auf, dass ich sie niemals enttäuschen wollte.

»Ja klar. Aber ich habe nicht so viel Geld auf einmal …«, gab ich ehrlich zu.

»Das macht nichts. Sobald du es hast, gibst du es mir zurück, okay?«

Sie lächelte. Ich nickte und lächelte zurück. Sie war doch keine Zicke. Sie war echt furchtlos und absolut umwerfend. Sie war grundlegend anders als das, was ich erwartet hatte.

»Sofia. Komm endlich!«, rief Signore Fontana vom Salonfenster im oberen Stock auf den Hof hinunter.

Sie wendete den Kopf von mir ab und winkte mit einer Handbewegung gegen die Aufforderung ihres Vaters. Das Fenster schloss sich wieder und sie schenkte mir erneut ihren Blick.

»Kannst du die Scherben wegmachen? Am besten so, dass mein Vater es nicht sieht!«

Sie zwinkerte.

Ich hatte sie für eine zickige, so was wie eine verwöhnte Göre gehalten, doch ich musste zugeben, dass ihr lockeres und selbstbewusstes Auftreten mich beeindruckte.

»Ich kümmere mich darum. Und danke dir. Du bist echt … nett!«

Mir wurde flau im Magen.

Sie zwinkerte erneut, ehe sie sich umdrehte und zum Haupthaus schlenderte.

Nett? Komm schon, Luca, was für ein Idiot bist du eigentlich? Alles hätte ich in dieser Situation jetzt sagen können. Und dann ausgerechnet das?

Beschämt bückte ich mich zu den Scherben hinunter. Zum Glück war die Vase nur in fünf größere Stücke gebrochen. Sie war aus hochwertigem Porzellan und hatte kaum gesplittert. Ich zog ein Baumwolltuch aus meiner Hosentasche, um die kaputten Teile behutsam darin zu verstauen.

Völlig überraschend war mir beim Betrachten der Bruchstücke die Idee gekommen, sie zu reparieren. Natürlich würde sie im Wert nie wieder so hoch steigen, wie sie vor dem Unfall wahrscheinlich abgeschnitten hätte, doch mich beschlich das gute Gefühl, mit der Reparatur Sofia durchaus eine große Freude zu bereiten und meine Sympathie nach diesem peinlichen Vorfall bei ihr steigern zu können, war definitiv mein Plan.

Diese Chance wollte ich mir nicht entgehen lassen.

Kapitel 3 Sofia

Ich kostete den kalten Schaumwein, der mein Glas füllte. Natürlich war es einer von unseren Sorten. Er schmeckte lieblich süß, nach ganz reifen Früchten, mit leichter Minznote im Abgang. Mein Mund prickelte und sog den Geschmack derart intensiv auf, dass ich nicht anders konnte, als ein überraschtes »Mhh!« herauszubringen. Wir standen im Salon unseres Wohnhauses im Obergeschoss und ich fühlte mich nach langer Zeit endlich wieder richtig zu Hause.

»Der ist fantastisch, nicht wahr?«, stimmte mir auch Mama zu, als sie ihr Glas abstellte. Ich nickte zutreffend. Paps räusperte sich.

»Was haltet ihr heute Abend von einem Familienessen?«

Mama lächelte und auch ich begann zu grinsen. Bei der Vorstellung, in Ruhe und gemütlich mit meinen Eltern zu Abend zu essen, kam mir ein wohliger Schauer über den Rücken. Ich war so lange fort gewesen, dass ich ganz vergessen hatte, wie wunderschön meine Heimat war. Ich hatte alles vermisst. Meine Eltern, unser Haus und auch die paar Menschen, denen ich hier viel bedeutete.

Wir verabredeten uns für heute Abend um neunzehn Uhr und ich beschloss, meine Sachen erst einmal auszupacken. Vorsorglich hatte ich vor meinem Abschluss die ersten Klamotten bereits vorgeschickt, sodass ich nur noch das Nötigste bei meiner Heimreise mit mir führte.

Meine Sachen waren bereits in mein Zimmer gebracht worden. Ich brach dahin auf, als Mama und Papa mich noch einmal unterbrachen.

»Wir haben noch eine kleine Überraschung für dich«, trällerte Mama und grinste. »Sie wartet in deinem Zimmer.«

Aufgeregt eilte ich in mein Zimmer im obersten Stockwerk des Gebäudes. An der Treppe bog ich rechts ab und stand so wenig später vor der zweiten Tür im hinteren Flur. Ich öffnete es und trat ein. Meine Eltern hatten eindeutig übertrieben. Sie hatten mein Zimmer und die nebenan liegenden Zimmer, die mit den Jahren mehr und mehr als Lager für alte Sachen gedient hatten, zu einer kleinen Wohnung umgebaut.

Aus drei einzelnen Zimmern war eine wunderschöne Wohnung geworden. Ich betrat mein früheres Schlafzimmer, welches nun eine Art Eingangszimmer war.

Im hinteren linken Teil der Wohnung entdeckte ich das Badezimmer. Alles war in cremefarbenem

Ton gehalten. Es gab eine Badewanne und eine ebenerdige Dusche.

Das Schlafzimmer wurde gekrönt von einem hohen, hellblauen Boxspringbett mit vielen Kissen und einer großen Decke. Es sah so bequem aus, dass ich es mir nicht nehmen ließ, es zu testen.

Es war herrlich, als ich auf die Kissen sprang und sanft in dem Polster versank. Gegenüber vom Bett war ein großer Kleiderschrank eingebaut. Er war so riesig, dass er die gesamte Wand verdeckte und eine Menge Platz bot. Das neue Schlafzimmer war im ehemaligen Gästezimmer untergebracht, und der Durchbruch für die Türen geschickt mit einem kleinen Korridor verbunden, sodass Badezimmer und Wohnbereich aus meinem alten Kinderzimmer entstanden sind.

Im Leben hatte ich mir nicht vorstellen können, dass dies möglich war und dass meine Eltern es all die Zeit vor mir geheim gehalten hatten.

Die bodentiefen Fenster neben dem Bett, vor denen ein leichter durchlässiger Vorhang wehte, verbargen den angrenzenden Balkon, der sich in Richtung Weinberge erstreckte. Ich erhob mich und trat zur Tür, um sie zu öffnen. Als ich heraustrat, wehte mir der Wind sanft um die Nase. Auf dem Balkon standen zwei Stühle und ein kleiner Tisch bereit. Sie luden zum gemütlichen abendlichen Ausruhen ein und waren direkt so gestellt, dass man den fantastischen Ausblick auf die Weinberge genießen konnte.

Unter dem Balkon befand sich der hintere Hof, in dem unsere Angestellten oft arbeiteten.

Plötzlich vernahm ich ein leises Rumpeln und beugte mich über die Brüstung.

War das Luca?

Ich duckte mich leicht und beobachtete ihn. Seine Statur war eher schlank und nicht allzu muskulös. Ich schätzte ihn auf ein Meter neunzig, er war wirklich recht groß und er trug sein braunes Haar schulterlang. Kurz hegte ich den Verdacht, dass er sich des Öfteren vielleicht einen Dutt machte, da er ein Haargummi am Arm getragen hatte.

Sein Blick, den er mir geschenkt hatte, war freundlich gewesen, sowie seine Augen, die mich tatsächlich kurzzeitig gefesselt hatten. So ein strahlendes, flammendes Grün hatte ich noch nie zuvor gesehen.

Wie alt er wohl sein mochte?

Dann klingelte es irgendwo. Aber nur kurz. Bis er sein Smartphone aus der Tasche zog.

»Ja, du weißt doch, dass ich arbeiten muss!«, raunte er ins Handy. Es war nicht gerade nett, jemanden so zu begrüßen, dachte ich. Aufmerksam hörte ich weiter zu, auch wenn ich wusste, dass ich gerade jemanden belauschte.

»Ich habe keine Ahnung, wann die Übergabe des Weingutes genau vonstattengehen soll. Ich weiß nur, dass die Tochter von ihm mittlerweile zurück ist.«

Mein Herz begann zu pochen. Sein flüsternder Ton und seine anmaßende Stimme, während er tatsächlich über mich sprach, versetzten mich in Aufregung. Was zum Himmel ging ihn das an?

Ich war verwundert.

Neugierig sah ich weiter zu, wie Luca das Handy wegpackte und auf einen Roller stieg. Er startete den Motor.

Auf dem vorderen Teil des Blechs erkannte ich einen Aufkleber eines sehr modernen geografischen Logos.

Das Restaurant an der unteren Dorfstraße, an dem wir heute Nachmittag vorbeigefahren waren?

Ich erkannte es direkt wieder. Arbeitete er etwa auch in dem Restaurant? Es war nicht sonderlich selten, dass Zeitarbeiter, die bei uns in der Erntezeit arbeiteten, mehrere Jobs annahmen, um über die Runden zu kommen. Doch Luca arbeitete schon seit ein paar Wochen hier, so wie ich das mitbekommen hatte, und dass, obwohl die Ernte noch längst nicht fällig war. Wieso hatte Paps ihn eingestellt? Und was war seine Aufgabe hier?

Mit einem knallenden Geräusch fuhr Luca auf dem Roller vom Hof. Er hatte den Rucksack geschultert und trug einen silbernen Helm. Ich sah ihm noch hinterher und grübelte, während er schon hinter der Hecke, die an der Hofeinfahrt angrenzte, verschwunden war.

Am Abend trat ich in den Salon, als Mama und Papa schon am Tisch saßen und freundlich zu mir blickten. Der Tisch war bereits gedeckt. Es roch herrlich nach frischem Gemüse, und die köstliche Ribollita, welche Nonna höchstwahrscheinlich wie immer nach dem alten bewährten Familienrezept gekocht hatte, stand auf der großen Tafel direkt vor meiner Nase.

»Das sieht aber köstlich aus«, stellte ich fest, als ich mich auf dem Stuhl vor Kopf niederließ.

Wir unterhielten uns, während wir aßen, über die Geschehnisse der letzten Jahre auf dem Weingut. Ich dachte immer noch an Luca und an das, was ich bei seinem Telefonat gehört hatte. Und weil ich nie lange ertragen konnte, etwas nicht zu wissen, fragte ich nach.

»Seit wann arbeitet eigentlich dieser Luca hier?«

Papa verstummte. Ich sah neugierig zwischen meinen Eltern hin und her und verstand das neu eingetretene Schweigen nicht. Mama räusperte sich schließlich.

»Er arbeitet seit sechs Monaten bei uns als Erntehelfer und nun ja … ein bisschen der Mann für alles. Reparaturen und kleinere Aufträge.«

»Das hat doch Paps immer übernommen. Für so was bräuchten wir nie jemanden einstellen«, erläuterte ich und war immer noch verwundert darüber. Mein Vater, Alberto Fontana, war ein absoluter Machertyp. Wenn er gekonnt hätte, hätte er schon früher lieber jede einzelne Traube vom Weinstock selbst abgepflückt, um sicherzugehen, dass auch alles nach bestem Gewissen vonstattengegangen war. Er war niemand, der einfach so Aufgaben abgeben könnte. Er war kein gewöhnlicher Chef gewesen, der im Büro saß und alles koordinierte. Er war eher die Art von Chef, der zusammen mit seinen Angestellten die Ernte einholte und tagelang auf den Weinbergen verbrachte, um hautnah dabei zu sein. Hatte sich das etwa geändert? Wieso sollte er jetzt jemanden einstellen, der gänzlich neu in der Stadt war und unsere Abläufe gar nicht kannte?

»Weißt du, Kleines. Ich musste letztes Jahr ein wenig kürzertreten. Es ist, denke ich, an der Zeit, dass wir dir sagen sollten, dass ich einen kleinen Herzinfarkt hatte«, hauchte Paps mit vorsichtiger Stimme.

»Was!«

Ich war schockiert. »Wann?«, fragte ich vorsichtig.

»Mäuschen, wir konnten es dir nicht sagen. Du wärst sofort nach Hause gekommen und hättest dein

Studium dann nicht beenden können. Wir wollten dich nur beschützen«, begründete Mama besorgt.

Ich bemerkte, wie Wut in mir aufkeimte. Wut über das, was sie versuchten, mir zu sagen. Dass sie entschieden hatten, nichts von Paps Zustand zu berichten, weil sie Angst hatten, mein Studium zu gefährden.

Was wäre nur gewesen, wenn Papa ..., dachte ich, doch diesen Gedanken wollte und konnte ich nicht zulassen, ohne dass sich ein Kloß in meinem Hals bildete.

Mama sah mich besorgt an.

»Bist du okay, Kleines?«

Papa legte mir auch eine Hand auf den Arm. Ich wusste nicht, was schlimmer war in diesem Moment. Belogen worden zu sein oder, dass sie mit der Tatsache vielleicht Recht gehabt hätten.

Ich hätte mein Studium abgebrochen, wenn ich von Paps Zustand gewusst hätte.

So viel war sicher, und es überraschte mich, wie gut mich meine Eltern wirklich kannten, auch wenn ich jahrelang weggewesen war und sie mich im Gegenzug immer wieder überraschten.

Kapitel 4 Luca

Luca, du bist ein verdammter Vollidiot, dachte ich, als ich die Straße entlangfuhr, um nach Hause zu fahren. Wieso musste ausgerechnet heute, an dem Tag der Rückkehr von Sofia Fontana, mir so ein kostspieliges Missgeschick passieren? Dad würde mir den Kopf abreißen, wenn ich ihm das mit der Vase erzählte. Deshalb beschloss ich, dies vorerst für mich zu behalten.

Meinen Roller stellte ich neben dem Hintereingang des Restaurants ab und stieß die klapprige Tür zur Küche auf. Einige unserer Angestellten waren am Kochen und Vorbereiten. Unseren Küchenchef, dessen Namen mir immer wieder entfiel, saß an der Seite an einem klapprigen Tisch und studierte die Speisekarte.

Ich durchquerte die Küche, ohne dass mir jemand einen auffälligen Blick schenkte, weshalb ich es ihnen gleichtat. Ich hatte mit den meisten Leuten, die hier arbeiteten, eh nichts am Hut. Genauso wenig wie ich am liebsten mit der ganzen Sache zwischen meinem Dad und den Fontanas was am Hut gehabt hätte, doch vor knapp einem halben Jahr hatte ich mich leider wie von selbst in diese missliche Lage gebracht, aus der ich nun nicht mehr herauskam. Es geschah kurz nach der Übergabe des Grundstücks für Dads Restaurant. Mir war es sofort komisch vorgekommen, dass ein so einflussreicher und absolut charismatischer und schneidiger Mann wie Signore Fontana meinem Dad ein Stück Land überließ, damit der Parkplatz, der neben dem Restaurant angrenzen sollte, einiges an Fläche dazugewinnen konnte.

Was hatte der Mann davon gehabt, einem fremden Menschen ein Stück Land zu schenken?

Ohne Gegenleistung?

Damals hatte ich noch nicht die ganze Wahrheit gekannt. Dass Dad in Wirklichkeit kein Fremder war und die beiden sich aus früheren Jahren mit dunklen Ereignissen der Vergangenheit kannten. Was genau damals vorgefallen war, wollte Dad mir nie verraten, dennoch machte er kein Hehl daraus, dass es ihm mehr als zuwider war, als ich das Jobangebot annahm.

Seitdem hatte Dad nie auch nur ein gutes Wort über das Weingut oder die Fontanas verloren. Obwohl er ein Stück Land von ihnen geschenkt bekam, redete er abfällig über die Familie und ließ mich im Glauben, dass sie allesamt schlechte Leute seien.

Ich hingegen war daran interessiert, Geld zu verdienen, und selbst wenn ich vor der Einstellung auf dem Gut von diesen geheimnisvollen Ereignissen der Vergangenheit gewusst hätte, hätte ich mich dennoch nicht abschrecken lassen.

Als wir den Bau des Restaurants begonnen hatten, hatte auch Signore Fontana sich bei uns als Nachbar vorgestellt und natürlich Dad wiedererkannt. Dad hatte mir erzählt, dass die Schenkung des Stück Landes aus reinem schlechten Gewissen über die Bühne gegangen war, womit für mich das Thema dann erledigt zu sein schien.

Er hatte es trotzdem immer wieder versucht, mich zu zwingen, meine Arbeit auf dem Weingut zu kündigen, doch ich ließ mir nicht gerne vorschreiben, wie ich mein Leben zu leben hatte, und mir war viel daran gelegen, mein eigenes Geld zu verdienen, um mir eines Tages meinen Traum erfüllen zu können.

Mein eigenes italienisches Café.

Kaffee war mein Lebensinhalt. Egal welche Röstung, welche Sorte oder die Art der Zubereitung es gab, beherrschte ich sie alle. All das Wissen darüber hatte ich mir in Apulien, da, wo wir lange Zeit vor der Rückkehr nach Casalia gelebt hatten, selbst beigebracht. Wenn andere Kinder und Jugendliche in meinem Alter nach der Schule im Park oder am Strand abhingen, war ich stets nur an einem Ort anzutreffen gewesen. Im Café meiner Nachbarin Rosa.

Ich liebte es. Es war mein Traum, als Barista mein eigenes kleines Café zu betreiben und meine Kunden damit genauso glücklich zu machen, wie es mich machte.

Doch mittlerweile war ich achtundzwanzig und hatte bis auf meinen Abschluss an der Universität nicht viel vorzuweisen.

Ich wollte so viel mehr sein, als ich war, doch oft genug stand mir mein gegenwärtiges Ich im Weg und die Tatsache, dass ich ohne Geld in Dads Welt gefangen war.

Ich durchquerte den Gästeraum und bog nach links ein, um zum Büro von Dad zu gelangen. Nach meinem Klopfen an der braunen Eichentür vernahm ich ein mürrisches »Herein!«

Es klang wie immer kalt und launisch.

»Hallo Dad, wie war dein Tag?«, fragte ich übertrieben gut gelaunt, obwohl mir auch lieber nach Meckern und Fluchen zumute war.

»Na, wie war es? Schön, für den alten Fontana die Scheiße zu schieben, was?«, zog er mich auf. Dad hockte an seinem Schreibtisch und blätterte in einem Stapel Rechnungen. Immer wieder leckte er seinen rechten Zeigefinger an, um die Blätter beim Durchsuchen von den Seiten zu lösen.

»Dad, ich weiß, dass du nicht viel von ihnen hältst, aber ich arbeite sehr gerne dort.«

»Pah!«, entgegnete er und zog die Schulter siegessicher in die Höhe.

Mein Dad war ein alter, verbitterter Mann. So könnte man ihn am ehesten beschreiben, wenn man es in einem Satz bringen sollte. Er hatte meistens nie einen netten, sondern eher einen vulgären Spruch auf Lager und machte sich nichts aus Emotionalitäten und Feinfühligkeit. Er hatte sein ganzes Leben lang für seinen Traum gekämpft. Und nun, mit knapp sechzig Jahren, konnte er sich als erfolgreichen Restaurantbesitzer betiteln.

In dieser Sache war er mein Vorbild.

Ehrgeiz.

Es war zwar die einzige Sache, die ich mir an ihm zum Vorbild nahm, denn auch wenn ich sein einziges Kind war und vielleicht sogar die einzige Bezugsperson in seinem Leben, die er noch hatte, war ich mir sicher, dass er einen scheußlich-schlechten Charakter besaß. Er wollte einfach nichts mit Menschen zu tun haben. Er war verbittert geworden. Aufgrund vieler Ereignisse in seinem Leben, die ihn vor harte Prüfungen gestellt hatten, war er zu einem emotionslosen Klotz verwirkt, mit harter Schale ohne weichen Kern, sondern innerlich leer und einsam.

Ich besaß eine gute Menschenkenntnis, um zu verstehen, was mit ihm los war. Doch wenn ich ehrlich war, hatte ich ihn nie als einen liebenden

Vater gesehen. Er war ein Vater, der seine Kraft für die eigenen Ziele genutzt hatte.

In diesem Strom war ich gezwungen gewesen, mitzutreiben, mein bisheriges Leben lang. Doch jede Sekunde, die verging, betete ich, dass ich nun bald endlich den Absprung schaffen würde.

Kapitel 5 Sofia

Das Gefühl, nach langer Zeit wieder in Casalia, noch dazu in meiner eigenen, frisch renovierten Wohnung aufzuwachen, war das Beste, was ich mir am nächsten Morgen hätte vorstellen können. Es war bereits halb neun. Ich hatte gut geschlafen und freute mich heute auf das gemeinsame Arbeitstreffen mit Paps, um endlich loszulegen. In drei Monaten würde ich das Weingut übernehmen, wenn die Übertragung bis dahin reibungslos über die Bühne ging. Es war ausnahmslos an vieles zu denken. Ich war natürlich mit den groben Abläufen auf dem Weingut vertraut, dennoch wartete auf mich einiges an Arbeit.

Schwungvoll stand ich aus dem Bett auf und zog mir ein leichtes, elegantes Sommerkleid an, welches hellblau seidig schimmerte. Es war mit einem V-Ausschnitt versehen, was meine Oberweite gut betonte.

In England hatte ich mich nicht so offenherzig gekleidet. Doch zu Hause fühlte ich mich wohl und sah voller Vorfreude dem Sommer entgegen. Dennoch kombinierte ich eine halblange Leggings, die das Outfit arbeitstauglicher aussehen ließ.

Ich liebte meine Figur. Mittlerweile, denn viel zu oft wurde ich früher in meiner Kindheit für meine schon immer dagewesenen breiten Hüften und meine Kurven belächelt. Als erwachsene Frau und in der jetzigen Zeit, in der es immer mehr um das Wohlbefinden im eigenen Körper ging, war ich stolz darauf, eine junge Frau mit Kurven zu sein. Ich fühlte mich wohl in meiner Haut und versuchte, dieses Gefühl auch nach außen zu tragen.

Meine Sandalen und mein leichter Cardigan im Strick-Look rundeten mein Aussehen perfekt ab. Ich trat in meinen Wohnbereich und war noch immer von der Tatsache geflasht, dass meine Eltern mir dieses großzügige Geschenk gemacht hatten. Zu meiner Enttäuschung vom gestrigen Abend und den anklingenden Themen, zu denen es gekommen war, hatte ich versäumt, mich angemessen zu bedanken.

Dies wollte ich heute früh unbedingt nachholen. Dennoch hatten mir die Informationen des gestrigen Abends über Paps' Herzinfarkt im vergangenen Jahr keine Ruhe gelassen. Ich war enttäuscht und sauer darüber gewesen, dass meine Eltern mich nicht informiert hatten, dennoch auch froh, dass sie mich so in den Schutz nahmen.

Ein wenig Angst jedoch hatte ich schon gehabt. Letztendlich waren wir alle froh gewesen, dass Paps so glimpflich davongekommen war und sein Arzt mehrmals betont hatte, dass er sich vollständig erholen sollte, wenn er es langsam anging, hatte Mama am Ende des Familienessens erwähnt.

Daher empfand ich es umso mehr hervorragend, dass Luca Paps nun auf dem Hof unter die Arme griff. Wenn dies dazu beitrug, dass Paps sich weiterhin schonen konnte, war ich mehr als einverstanden damit und noch dazu empfand ich die Tatsache, Luca öfter über den Weg zu laufen, äußerst erfreulich.

Doch was hatte es denn mit dem Telefonat auf sich gehabt? Wer wollte wissen, wann wir das Weingut auf mich überschrieben und mit welchem Ziel?

Tief in Gedanken schloss ich meine Wohnungstür und stieg die große Holztreppe im breiten Flur hinunter, als ich am Ende des Treppenaufgangs bereits Salvatore entdeckte. Wie immer hatte er seine grauen Haare pikfein zur Seite gekämmt und gegelt, er trug einen schwarzen, eleganten, dennoch schlichten Anzug und hatte sich gerade einen weißen Handschuh über die rechte Hand gezogen, um damit über den Handlauf der Treppe zu wischen, die ich gerade heruntertrat.

»Guten Morgen, Salvatore. Na? Wie ich sehe, sind Sie wieder fleißig wie eh und je.«, begrüßte ich unseren ältesten und freundlichen Hausangestellten, der so etwas wie die rechte Hand meines Vaters geworden war. Er koordinierte nicht nur die Termine und Aktivitäten aller anderen Angestellten auf dem

Weingut, sondern war uns auch privat eine große Hilfe.

»Guten Morgen, Signorina. Ihr Vater erwartet Sie bereits im Arbeitszimmer.« Er lächelte freundlich, während er mir den Weg zum Arbeitszimmer freigab.

Als ich eintrat, entdeckte ich Paps, der bereits am großen, dunklen Eichenschreibtisch saß und einige Papiere sortierte. Er hob den Kopf und sah mich kommen.

»Guten Morgen, meine Kleine. Hast du dich schon gut eingelebt in deinem neuen Reich?« Er erhob sich und trat vor, als er mich zur Begrüßung in den Arm nahm, dann schob er mir einen Stuhl zurecht und ich nahm Platz.

»Ja, Paps. Das habe ich. Vielen Dank für den Umbau meines Zimmers. Damit habe ich nicht gerechnet und es auch nicht erwartet.« Dankend sah ich ihm zu.

»Schön, dass es dir gefällt. Deine Mutter und ich dachten, dir würde ein bisschen Privatsphäre gefallen, jetzt, wo du als junge Frau bald das Weingut übernehmen wirst.« Etwas Wehmut machte sich in seinen Worten bemerkbar, die darauf andeuteten, dass es auch für Paps nicht einfach war. Das Weingut, welches er einst ebenfalls von seinem Vater geerbt hatte, war sein Lebenswerk. Er hatte es zu dem gemacht, was es heute war.

»Fontana vino da Sogno« war eine etablierte Marke im europäischen Raum. Früher hatten meine Vorfahren den Wein nur in Italien als regionale Marke verkauft. Mittlerweile aber war die Marke zu einer millionenschweren Firma herangewachsen, die sämtliche gute Weine aus anderen Regionen in den Schatten stellte.

»Paps, ich danke dir, dass du mir deine Firma anvertraust. Ich schaffe das nicht ohne dich. Du solltest das wissen, dass ich dir sehr dankbar bin.« Unweigerlich waren dieser Liebesbeweis und diese Dankbarkeit aus mir herausgetreten.

Papa seufzte.

»Ach, meine Kleine. Ich lasse dich niemals im Stich. Ich werde auch nach deiner Übernahme weiterhin für dich da sein und die Buchhaltung übernehmen. Solange, bis du dich richtig eingearbeitet hast. Aber bevor wir heute starten, wartet auf dem Hof noch eine kleine Überraschung.«

Neugierig fragte ich mich, was er mir nun zeigen wollte. Mein Bedarf an Überraschungen war nach der Entdeckung meiner eigenen Wohnung vorerst eigentlich gedeckt gewesen, doch Paps hatte sich schon erhoben, um mich aus dem Arbeitszimmer nach draußen zu führen.

Ich folgte ihm und trat mit einem großen Schritt auf den Tritt der großen, hellen Steintreppen direkt vor unserem Haupthaus. Die Sonne schien kräftig und hatte damit jede noch so kleine Wolke am Himmel vertrieben. Mein Blick glitt zuerst in den Himmel, um die warmen Sonnenstrahlen mit dem Gesicht zu empfangen. Es war herrlich, sich dem Klima Italiens auszusetzen, wenn man jahrelang im verregneten England gelebt hatte. Als ich mich umsah und zu Dad blickte, erkannte ich auch unweigerlich die Überraschung, die auf mich wartete.

Sagen wir lieber, sie war nicht zu übersehen, da ein nigelnagelneuer hellblauer Sportwagen, der auf dem Hof parkte, funkelte wie ein neuer, silberner Topf aus der Hausfrauenwerbung.

»Paps!«, kreischte ich und sah ihn ungläubig an. Lachend hielt er mir die Schlüssel des Fiats hin, der in seiner hellblauen Lackierung perfekt zu meinem Kleid passte. Ich schnappte danach und ging schnurstracks auf das Auto zu, um es zu begutachten.

Im Inneren roch es sogar noch wie neu.

Dieser Geruch, den man unweigerlich in die Nase bekam, wenn man an neuen Dingen schnüffelte, war herrlich. In der Schule hatte es zumindest bei den neuen Büchern immer funktioniert. Anscheinend war es bei Autos nicht anders.

»Das ist ab sofort deiner. Was sagst du?«, fragte Paps lachend, als er näherkam.

»Das ist der Wahnsinn. Danke dir«, schrie ich vor Begeisterung und fiel ihm um den Hals. Wir drückten uns liebevoll aneinander. Ich hatte Paps schrecklich vermisst und genoss es, seine absolute Unterstützung bei all jenem, was kommen mochte, zu wissen.

Als ich über seine Schulter blickte, sah ich direkt in grasgrüne, funkelnde Augen, die mich freundlich und charmant anlächelten.

Luca.

Er stand hinter Paps und schien darauf zu warten, dass dieser ihn entdeckte. Ich löste die Umarmung und räusperte mich, um auf den überraschenden Zuschauer aufmerksam zu machen. Dad fuhr herum und signalisierte, »Ah, Signore Barbero. Was kann ich denn für Sie tun?«, fragte er höflich und mit freundlicher Geste.

Barbero? War das sein Nachname?

Es klang schön.

»Guten Morgen, Chef. Guten Morgen, Sofia!«

Er sah mich an und lächelte freundlich.

Mich durchzog ein warmer Schwall, der sich sofort wieder auflöste, als Paps ihn unterbrach.

»Kennen Sie meine Tochter bereits? Ansonsten heißt es doch wohl eher, Signorina Sofia, oder nicht.« Dad hatte Luca geschickt den Wind aus den Segeln genommen. Es sah für mich so aus, als hätte er sogar vergessen, was er fragen wollte.

»Paps, das ist schon in Ordnung. Luca und ich haben uns gestern schon getroffen«, kaschierte ich die komische Situation.

»Ah, ich verstehe. Und Signore Barbero? Was kann ich für Sie an diesem herrlichen Tag tun?«

»Salvatore bat mich, Sie zu rufen. Es wartet ein wichtiges Telefonat auf Sie, vermutlich der Notar«, erklärte Luca verständlich.

»Ach, das hatte ich ganz vergessen. Nun, ich befürchte, jenes kann leider nicht warten, Liebes.«

Er wandte sich mir zu und zuckte mit den Achseln. »Du wirst deine Führung über das Weingut wohl allein machen müssen. Das war das Erste, was ich für heute geplant hatte«, gab er enttäuscht zu. Ein wenig schade fand ich es schon, dass er keine Zeit für mich hatte, aber ich wollte Paps keineswegs unter Druck setzen, um nicht im schlimmsten Fall wieder einen Herzinfarkt zu riskieren.

»Ich könnte das doch machen?«, mischte sich Luca von der Seite ein, der lässig und charmant die Hände in die Hosentasche steckte. Er trug heute ein Hemd, welches am Hals weit aufgeknöpft war, und eine kurze Bermuda, die im olivfarbenen Ton zu dem grauen Shirt gut zur Geltung kam. Und tatsächlich hatte er heute seine braunen mittellangen Haare zu einem Dutt zusammengebunden.

Er sah gut aus. Mein Bauch kribbelte ein wenig, als er sich anbot, mich bei dem Rundgang über das Weingut zu begleiten.

»Sie? Haben Sie denn überhaupt Zeit dafür? Was ist denn mit Ihren Aufgaben?«, fragte Paps misstrauisch. »Sind allesamt erledigt, Sir!«, versicherte Luca, der ein gespielt betörendes Lächeln auflegte.

Paps drehte den Kopf herum, um meine Meinung diesbezüglich abzuwarten, doch ich hatte nichts dagegen. Im Gegenteil. Ich freute mich ein wenig über die Gesellschaft und musste zugeben, dass ich Luca ausnahmslos spannend fand. Er wirkte auf mich, als hätte er irgendetwas zu verbergen, und ich war niemand, der nicht alles unternahm, um jedes noch so kleine Geheimnis zu lüften.

Kapitel 6   Luca

Keine Ahnung, welcher Gottheit ich meinen Mut in dieser Situation zu verdanken hatte, als ich Sofia vor ihrem Vater meine Begleitung angeboten hatte.

Doch zu aller Überraschung freute es mich, dass sie zusagte. Ich hatte nicht weiter groß darüber nachgedacht, was ich da gerade eigentlich fragte, als es schon aus meinem Mund geplatzt war. Für den Bruchteil einer Sekunde war ich mir sicher, dass es keine gute Idee sei, mit der Tochter des Chefs zu flirten, die zu allem Überfluss bald selbst meine Chefin sein würde.

Doch irgendwas hatte Sofia an sich, das mich faszinierte. Während sie sich mit ihrem Vater unterhielt, um abschließend ein paar Dinge zu besprechen, musterte ich sie. Wie gestern trug sie ein Kleid. Es war hellblau und es stand ihr mindestens genauso perfekt wie das, was sie bei ihrer Ankunft getragen hatte. Der Ausschnitt unterhalb ihres Dekolletés …

Du meine Güte!

Es war definitiv ein hervorragendes Kleid für sie, wie ich mit einem weiteren zu meiner Schande etwas zu auffälligem Blick feststellen musste. Sie trug Sandalen, die ihre Füße mit feinen Riemchen umfassten, und eine Leggings, die auf Höhe ihres mittleren Schienbeins mit einem Spitzensaum aufhörte. Ihre Haare, die heute wellig und lockig im Wind wehten, trug sie offen und ungezähmt.

Es passte zu ihr. Alles in allem war ich auch heute nicht enttäuscht von der Person, die ich immer mehr in ihr wahrnahm. Ich hatte mich grundlegend getäuscht in dem Bild, das ich mir ausgemalt hatte. Ein angepasstes, hochnäsiges Mädchen mit perfekter schlanker Figur und sittlichen Manieren, die zu Papi ›Ja und Amen‹ sagt und mit dem gemeinen Fußvolk der Angestellten kein Sterbenswörtchen sprach. Doch das schien das komplette Gegenteil von Sofia Fontana zu sein, und ich schämte mich insgeheim für meine verurteilende Denkweise.

»Wollen wir dann los?«, fragte sie mich und riss mich aus meinen Gedanken. Sie lächelte und ich nickte, während ich sie dabei beobachtete, wie sie ihre Haare zur linken Seite warf. Ein leichter Wind wehte in diesem Moment hindurch und ließ ihre Haare tanzen. Sie lächelte erneut.

Verdammt, sie war wirklich temperamentvoll. »Na, klar«, entgegnete ich und schenkte ihr ein freundliches Lächeln. Wir begannen die Tour auf dem Hof, schlenderten dann weiter zum alten Lagerhaus, das Nebengebäude, welches auch den Weinkeller beinhaltete. Sofia erzählte mir nebenbei, wie es früher hier ausgesehen hatte, und ich brachte sie auf den neuesten Stand der letzten sechs Monate. Es machte Spaß, gemeinsam mit ihr das Weingut zu inspizieren. Als wir am Ende des Lagerraumes ankamen, standen wir vor der alten Steintreppe, die in den Keller führte.

»So, und? Angst vor Spinnen?«, fragte sie mich keck, was ich mit einem Lachen widerlegte.

»Nein. Und du?«

»Sehe ich etwa so aus?«, neckte sie mich. Wir beide grinsten und stiegen die Steinstufen in den Weinkeller hinunter. Im Keller war es kühl und feucht. Es roch nach altem, erdigem Lehm. An den Wänden in dem großen Lagerraum standen hohe, große Holzfässer. Angrenzend zur Treppe gab es einen kleinen Sitzbereich sowie einen Weinschrank, der die wichtigsten Weine beinhaltete.

»Hast du Lust?«, fragte Sofia mich plötzlich und deutete auf den Weinschrank.

Fragte sie mich allen Ernstes, ob ich Lust hatte, einen Wein zu trinken?

Mitten am Tag?

Vielleicht war es wie eine Art Test. Wenn ich ja sagte, würde sie ihrem Vater berichten, dass ich während meiner Arbeitszeit getrunken hatte und mich sofort feuern. Doch so war sie einfach nicht. Dennoch schüttelte ich den Kopf in ihre Richtung und lehnte dankend ab.

»Ich arbeite. Ich darf jetzt nicht einfach was trinken.«

Prompt setzte sie ein provozierendes Grinsen auf und legte den Kopf schief. Eine derart ungezogene und freche Geste, wie ich fand, die sie in meinen Augen noch reizvoller machte. »Komm schon. Du arbeitest auf einem Weingut und ich habe ewig nicht mehr meinen Lieblingsrotwein getrunken«, bettelte sie mich förmlich an.

»Ich habe noch nie einen Wein von euch getrunken, um ehrlich zu sein.«

Dieser Satz war mir einfach entwischt, weil ich nicht wusste, was ich sagen sollte. Dass ich es mit dieser Aussage nicht gerade besser gemacht hatte, bemerkte ich schnell, als sie mich derart entsetzt ansah. »Das ist nicht dein Ernst, oder? Du arbeitest seit einem halben Jahr bei uns und hast noch nie einen Wein getrunken?«

Ungläubig schüttelte sie den Kopf, während ich über diese Tatsache nur schmunzelte. Es war schräg, wenn man sich diese Lage auf der Zunge zergehen ließ, und weil ich nicht im Ansatz wusste, wie ich aus der Nummer noch nüchtern herauskommen sollte, gab ich kurzerhand klein bei. Ein Schluck Wein fiel vielen wahrscheinlich nicht wirklich ins Gewicht. Vorausgesetzt, Salvatore würde mich nicht wieder erwischen.

Zwei Minuten später saßen wir gemütlich mit zwei halbvollen Weingläsern auf der kleinen Bank gegenüber den alten Weinfässern und prosteten uns freundlich zu. Sofia begann, ihr Weinglas zu drehen, sodass aus der roten, fast magentafarbenen Flüssigkeit ein Strudel entstand. Für die Entfaltung. Ich verstand das, fand es bis jetzt aber immer albern, wenn ich es bei Weinkennern beobachtete. Dennoch imitierte ich ihr Verhalten und versuchte, ihr nachzuahmen. Es gelang mir mittelmäßig.

»Fontana, piccola Stella vino da Sogno«, hauchte Sofia leise aus, noch bevor ich den ersten Schluck trinken konnte. Ich blickte irritiert.

»Es ist mein Lieblingswein. Mein Vater hat ihn damals nach mir benannt«, erklärte sie, ehe wir tranken. »Nach dir?«, fragte ich verwundert, da ich nirgends auf dem Etikett der Flasche, die ich hochhob, ihren Namen entdecken konnte. Lachend nahm sie mir die Flasche ab und erklärte.

»Piccola Stella … kleiner Stern!« Sie blickte sanft, was mir ein geborgenes Gefühl bescherte. Wie schön musste es sein, wenn man wusste, dass dieser Wein nur für einen selbst produziert worden war. Nicht mal in meinen kühnsten Träumen würde ich mir ausmalen oder sogar erwarten, Dad würde eine Hauptspeise in seinem Restaurant nach mir benennen. Ich war mir sicher, er würde nicht mal einen Beilagen-Salat nach mir benennen, weil es ihn, um ehrlich zu sein, nicht wirklich kümmerte.

Ich bemerkte, dass ich vom eigentlichen Thema gedanklich abgekommen war und Sofia mich musterte. Dann prostete sie erneut und wirkte vergnüglich.

»Lass es dir schmecken«, kicherte Sofia, die ihr Glas nun zum Mund führte.

Langsam kostete ich ebenfalls den Wein, der sanft meine Lippen benetzte und sich in meine Wangen und auf meine Zunge legte. Er schmeckte herrlich süß, nach Beeren, vor allem nach Wacholder und einem leichten Geschmack von Ingwer. Es war ein wunderbarer Wein und mich überraschte nicht, dass es Sofias Lieblingswein war. Sie trank noch, als ich mein Glas zurückführte.

Als sie ihres absetzte, seufzte sie und schmunzelte. Dabei zeichneten sich kleine Grübchen auf ihrer Wange ab. Sie drehte leicht ihren Kopf, um mich anzusehen. Ihre Augen funkelten strahlend blau im einzigen kleinen Licht, das von der Wandlampe ausging. Durchströmende Unruhe machte sich in mir breit. Allmählich verstand ich die Signale meines Körpers und musste mich beherrschen, nicht nervös zu wirken.

»Und? Was sagst du? Wie schmeckt er?«, fragte sie neugierig und musterte mich nachgiebig.

»Gut … nach … Ingwer«, stach ich hervor, nur um schlau zu wirken. Verblüfft jedoch, blickte sie zu mir.

»Das hat bis jetzt noch niemand sofort erraten. Hast du es gewusst?«

»Ich schwöre, nein. Ich habe es geschmeckt. Kurz vor Ende habe ich es herausgeschmeckt. Genauso wie den Wacholder«, ergänzte ich bescheiden.

»Du hast einen sehr ausgeprägten Geschmackssinn. Schon mal überlegt, das beruflich zu machen?«, fragte sie mich direkt auf ihre charmante Art.

Ich?

Ein Sommelier? Das war mindestens genauso undenkbar wie die Tatsache, dass aus mir niemals ein Millionär werden würde. Laut begann ich zu lachen. »Ich denke eher nicht. Eigentlich habe ich andere Pläne«, verriet ich unüberlegt und spielte damit auf meine Zukunftspläne an, über die ich sonst mit niemandem sprach.

»Ach, und welche?« Gespannt sah sie mich an und wartete darauf, dass ich sie einweihte. Ich hatte nie jemandem etwas über meine Leidenschaft zu Kaffee erzählt. Nicht einmal Dad wusste um meine Zukunftswünsche, nicht dass es ihn auch sonderlich interessiert hätte.

Sofia zog eine Augenbraue hoch, um ihrer Nachfrage mehr Ausdruck zu verleihen. Daraufhin begann ich zu erzählen. »Ich träume davon, mein eigenes Café zu eröffnen. Ich bin mindestens ein genauso großer Kaffee-Fan, wie du Wein liebst. Eines Tages habe ich ein eigenes Café mit edlen, eigens gerösteten Bohnen aus biologischem Anbau.«

Sofias Augen funkelten, als ich zu ihr hinübersah, was mich unsagbar erfreute. Hier im Weinkeller, getaucht im flackernden Licht einer einzigen Seitenlampe, sah sie noch reizender aus, als es mir bisher aufgefallen war.

»Das finde ich wirklich großartig, Luca! Es ist gut, wenn man ein Ziel hat, und ich denke, du schaffst es eines Tages«, entgegnete sie ehrlich und motivierend, was mich komplett überforderte.

Welch einer hat je an mich geglaubt oder sich für meine Ziele interessiert? Alles, was ich wollte, oder glaubte zu sein, hatte ich mit mir selbst ausmachen müssen.

Es schien also fast unmöglich für mich, dass es jemanden gab, der an mich glaubte. Einfach so. Ohne Druck oder Erwartungen. Es überforderte mich, weshalb ich nur ein verlegenes Schnauben herausbrachte.

Sofia war sagenhaft und langsam verstand ich, was in mir vorging.

Ich kannte sie nicht einmal vierundzwanzig Stunden, doch ich war mir sicher, dass ich mich Hals über Kopf in meine zukünftige Chefin verkuckt hatte.

Verdammt!

Noch mehr Probleme konnte ich nicht gebrauchen.

Kapitel 7 Sofia

So wie er mich ansah, schien es ihm unangenehm zu sein, über seine Zukunft und seine Pläne zu reden. Wir kannten uns ja auch erst seit gestern und mit einem Fremden sprach man nun nicht wirklich alle Tage über seine Zukunftspläne.

»Wollen wir weitermachen?«, entgegnete ich, da er außer einem Seufzen nichts zustande brachte.

»Mit was?«, stotterte er verdutzt, worauf ich ebenso verblüfft reagierte. »Äh, mit der Führung über das Weingut?«, erklärte ich selbsterklärend. Er nickte und schloss peinlich berührt die Augen.

»Richtig. Die Führung. Aber sicher. Dann lass uns als Nächstes zu den anderen Erntehelfern und Gastarbeitern im Hinterhof gehen. Sie wollen ihre baldige Chefin bestimmt gerne kennenlernen.«

Zufrieden nickte ich und wir stiegen die schmale Holztreppe aus dem Weinkeller wieder nach oben. Es war zu hell für unsere Augen, als wir den Hof erreichten, sodass wir unsere Augen belächelt zukneifen mussten. Ich freute mich über die ausgelassene Stimmung, die zwischen mir und Luca herrschte. Es fühlte sich wie eine Freundschaft an, die nahezu perfekt war, um zu wachsen. Er sah unheimlich gut aus, als ich mir erlaubte, ihn beim

Überqueren des Hofs kurz näher zu betrachten. Etwas unruhig machte mich die Tatsache, dass er offensichtlich ein attraktiver Mann war schon, da es meist diese Art von Typen gewesen waren, die in meiner Schulzeit besonders ekelige Bemerkungen über mein Aussehen und meine etwas zu großen Knochen gemacht hatten. Insgeheim hoffte ich, dass Luca so nett und freundlich war, wie er es mir in meiner Gegenwart zeigte.

Ich hatte leider, auch wenn ich schon fünfundzwanzig war, nicht wirklich viel Erfahrung mit Jungs machen können. Natürlich hatte ich auf der Universität viele Freunde gehabt und auch mein erstes Mal erlebt.

Ethan hatte damals den gleichen Kurs wie ich besucht. Wir hatten uns immer gut verstanden und nachdem wir uns bei einem Filmabend in meinem Zimmer nähergekommen waren, hatten wir es gemeinsam getan. Dies war genauso schlecht gewesen, wie man es sich vorstellen kann, wenn zwei sexuell hoffnungslose Fälle es miteinander taten. Danach hatte ich bisher wenig Lust verspürt, mich diesem Abenteuer erneut hinzugeben. Es gab für eine unabhängige Frau andere Wege und Mittel, um sich gelegentlich selbst zu befriedigen.

Und außerdem hatte ich in den letzten Jahren all meine Aufmerksamkeit meiner Ausbildung geschenkt, dass ein Freund oder die Verstrickung in sexuelle Beziehungen nur eine größere Ablenkung mit sich gebracht hätte.

Luca und ich erreichten den hinteren Hof, zudem auch mein Balkon angrenzte. Einige Arbeiter waren mit unterschiedlichen Aufgaben beschäftigt. Ich stellte mich ihnen vor, erkannte dabei einige alte Gesichter wieder, die ich auch schon vor meinem Studium öfter auf dem Hof gesehen hatte.

Unsere Erntehelfer waren meist treu ergeben und kamen jedes Jahr um dieselbe Zeit wieder in die Regionen, um zu helfen.

Ein riesiger Vorteil war es für uns, dass diese Personen keine erneute Einarbeitung benötigten und vieles dadurch schneller vonstattenging. Paps hatte damals beschlossen, Helfern, die immer wiederkehrten und gute Arbeit leisteten, einen höheren Stundenlohn zu zahlen. Dies war für viele ein großer Anreiz gewesen, ihre Arbeit bei uns jährlich fest einzuplanen.

»Kommst du? Wir wollten doch mit der Führung weitermachen«, hörte ich Luca plötzlich neben mir sagen, der auf seinen Roller zeigte, der wie gestern im Hof neben der Hauswand parkte.

Verwundert schien ich meine Stirn zu runzeln, worauf er erklärte, »Ich dachte, wir könnten zu den Weinbergen fahren. Ich kann dich auf dem Roller mitnehmen.«

Ich schwieg, weil ich nicht wusste, ob das eine gute Idee war. So nah bei ihm auf dem Roller mitzufahren, war wahrscheinlich das Dümmste, was ich tun könnte. Ich wollte auf keinen Fall, dass es noch mehr zwischen uns knisterte. Er schien meine Antwort geduldig, aber mit gewissem Nachdruck zu erwarten, worauf ich mir auf die Zähne biss und antwortete,

»Ich weiß nicht! Ich denke, das ist keine gute Idee.«

Er sah enttäuscht aus. Dann lächelte er verlegen und sah mich mit einem derart frechen und verlockenden Blick an, dass meine Knie wie Pudding wurden.

»Es passiert auch nichts. Du kannst dich an mir festhalten«, hauchte er. Ich war verloren. Wie hätte ich aus dieser Nummer nun herauskommen sollen? Es war nicht ideal, dass ich in seiner Gegenwart weiche Knie bekam. Ich war bald seine Chefin und er würde niemals auch nur im Traum daran denken, sich auf mich einzulassen. Oder vielleicht doch?

Mein Körper setzte sich in Gang, ohne dass ich irgendeinen weiteren Einfluss auf ihn gehabt hätte. Es schien, als würden mich meine Beine wie von selbst zu seinem Roller tragen, was Luca als Triumph auf seine Frage verbuchte und mir erfreut hinterherdackelte. Er setzte sich auf den Roller und ich nahm hinter ihm Platz. Dann griff er nach dem Helm, der am Lenkrad hing, und hielt ihn mir hin.

»Setz ihn auf. Ich habe nur einen.« Bot er mir wirklich gerade seinen Helm an? Wie charmant.

»Los geht's! Bist du bereit?«, rief er nach hinten, als der Motor schon gestartet war. Ich nickte irritiert und griff automatisch um seinen Rücken, legte meine nervösen Hände auf seinem Bauch ab und hielt seinen Oberkörper fest umschlossen. Dabei verlagerte ich mich ebenfalls etwas nach vorne und musste mich unweigerlich anschmiegen.

Er roch gut. Nach einem sehr würzigen Deodorant oder Aftershave, jedenfalls gefiel es mir. Und wie es das tat. Wir fuhren vom Hof. An mir vorbei zog die schöne, toskanische Landschaft und nachdem wir ein paar Hügel hinter uns gelassen hatten, erschienen am Horizont die ersten Weinfelder meines Vaters.

»Und? Gefällt es dir?«, rief Luca, der seinen Kopf seitlich drehte, damit ich ihn verstand. Heftig nickte ich den Kopf und konnte mir ein breites Grinsen in seine Richtung nicht verkneifen. Es war herrlich.

Ich hatte mich etwas von ihm losgelöst, um die Landschaft zu bestaunen. All dies, jahrelang nicht zu sehen, war nun wahrlich ein Fest für meine Augen. Ein innerer Frieden, wieder angekommen zu sein, da, wo ich glaubte, hinzugehören. Und diesmal wollte ich niemals wieder Casalia Lebewohl sagen.

Wir fuhren ein weiteres Stück Land meines Vaters ab, bis wir die Blockhütte erreichten, die zum Gut gehörte und eine Schutzhütte für die Arbeiter bot. Sie war der Aufenthaltspunkt für unsere Erntehelfer, die wir hier in den Pausen beköstigten oder die die Hütte zum Erholen nutzen konnten. Von hier aus konnte man auch zu Fuß wunderbar in die Weinberge starten und sich des Ausmaßes des hochqualitativen Weinanbaus sicher sein. Wir wurden langsamer und Luca lenkte den Roller Richtung Hütte, damit er ihn an der linken Wandseite abstellen konnte.

Es war niemand hier. Alle schienen heute mit anderen Aufgaben beschäftigt, weshalb wir uns ungestört alles in Ruhe ansahen. »Es kommt mir vor, als wäre ich viel länger weggewesen«, stammelte ich, während ich ins Innere der Hütte sah. Luca hielt mir die Tür auf. Es war alles dunkel und roch ein wenig moderig, aber ansonsten sah alles aus wie früher. In der einen Ecke gab es einen Tisch mit Stühlen, in der anderen ein Etagenbett für Arbeiter, die in der Hauptlese Nachtwache hielten und sich so hier ausruhen konnten. Wir schlossen die Tür und drehten uns in Richtung der Weinberge um. Die Sonne stand hoch, da es fast Mittag war, und erhellte den Weinberg mitsamt seinen unzähligen Reben.

»Wir machen ein Wettrennen«, schlug Luca vor, der impulsiv und euphorisch neben mir stand und sich in Stellung brachte. Da wir beide genau parallel gegenüber zwei Feldpfaden standen, in denen sich die Weinreben mit ihren saftigen, noch sehr unreifen Trauben erstreckten. Er wartete nicht mal meine Antwort ab, als er plötzlich loslief und einen Vorsprung herstellte.

»Ey, das ist unfair!«, schrie ich überdreht, lachte dabei und setzte ihm in meiner Spur des Feldes nach. Er war deutlich schneller als ich, weshalb er ein ganzes Stück vorne lag. Mein Atem wurde schwerer und schneller, genauso wie mein Herz, das gegen meine Brust hämmerte, als ich durch das Weinfeld rannte. Luca wurde langsamer. Auch er war nun etwas erschöpft, machte aber keine Anstalten, mir den Sieg zu überlassen. »Lahme Ente …«, schrie er und kam erst am letzten Weinstock siegessicher wieder zum Stehen. »Ich habe gewonnen!«, jubelte er und lächelte derart erfreut in meine Richtung, dass ich ihm den Sieg ehrlich gönnen konnte, dennoch aber stichelte.

Völlig aus der Puste schloss ich zu ihm auf.

»Du hast geschummelt. Ein Frühstart zählt nicht«, tadelte ich ihn, was er schelmisch einfach weggrinste, und mich erfreut ansah. Ich versank schon wieder in seinen grünen Augen, die mich hier draußen auf dem Feld an einen schimmernden Smaragd erinnerten. Die Sonne gab ihnen ein unverkennbares Feuer und es fiel mir schwer, meinen Blick von ihm abzuwenden. Es war unglaublich, dass er so schöne

Augen besaß. Augen, die mich sofort in seinen unverkennbaren Bann hineinzogen.

»Du hast Recht. Ich war nicht gerade fair«, gab er schließlich zu, fuhr mit der Hand durch seine Haare, die durch den Wind zerzaust in seinem Gesicht steckten.

»Und nun? Eine kleine Pause oder wollen wir weitermachen?«, fragte Luca mich, als wir so verlegen dastanden und wirklich beide erschöpft aussahen.

»Etwas Kleines zu essen wäre nicht schlecht. Was ist denn mit dem Restaurant am Ende der Straße? Du arbeitest da, oder?«, platzte es unkontrolliert aus mir hervor. Er sah irritiert drein und riss weit die Augen auf.

»Ich arbeite da nicht … wie kommst du darauf?«, wollte er wissen. Seine Stimme klang verletzt, fast so, als hätte es ihn beleidigt, ihn mit dem Restaurant in Verbindung zu bringen. Ich biss mir ein wenig auf die Lippe. Jetzt musste ich zugeben, dass ich ihn heimlich von meinem Balkon aus beobachtet hatte.

»Auf deinem Roller ist das Logo vom Restaurant, daher dachte ich …«, entgegnete ich kurz und knapp. Sein Blick wurde etwas unentspannter als noch vor wenigen Minuten.

»Meinem Vater gehört das Restaurant. Ich habe damit nichts zu tun. Und was das Logo angeht«, er zeigte auf seinen Roller, der neben uns im Hof an der Ecke stand,

»Ohne Logo hätte er mir den Roller nicht bezahlt.« Mir fiel keine Antwort ein, da es nichts zu antworten gab, was passend gewesen wäre. Wenn ein Kind nicht mit dem Geschäft seines Vaters in Verbindung gebracht werden wollte, dann lag es entweder daran, dass dieser Dreck am Stecken hatte oder dass die beiden durch einen Streit entzweit waren.

So oder so stand es mir nicht zu, nachzufragen, weshalb ich schleunigst das Thema wechselte.

»Dann bist du heute herzlich bei uns zum Essen eingeladen«, verkündigte ich kurzerhand triumphierend und brachte ihn aus dem Konzept, als ich nach seiner Hand griff und ihn euphorisch zurück zum Roller zog. Auf der Rückfahrt zum Weingut schwieg er und als wir wenig später den schmalen Weg um das Haus zum Haupthaus entlangschritten, räusperte er sich, ehe ich es hatte kommen sehen.

»Ich kann nicht mit bei dir essen. Ich bin ein Angestellter deines Vaters«, widersprach er und stemmte seine Füße in den Boden, als wir vor der Steintreppe zum Haupthaus zum Stehen kamen.

Natürlich konnte er.

Ich schob anmaßend die Schultern nach oben, blickte aber weiterhin freundlich drein, damit er diese Haltung als scherzhaft empfand. Zu meinem

Enttäuschen blieb er weiterhin standhaft, woraus ich schloss, dass ihm nicht zum Scherzen zumute, war.

»Du bist doch kein Staatsfeind. Meine Eltern werden dir schon nicht den Kopf abreißen, wenn ich ihnen erkläre, dass ein Freund mit uns ist.«

Ein kurzes Schmunzeln machte sich auf seinem Gesicht breit, welches mir sofort ein wohliges Gefühl in den Bauch zauberte. Ich war mir sicher, dass er es ebenso gut fand, wie ich, dass ich uns eben »Freunde« genannt hatte.

Er hatte etwas an sich, vor allem wenn er sich so überraschend freute und lächelte. Es steckte mich an und entdeckte in mir Gefühle, die davon träumten, die Zeit möge stehenbleiben.

»Na gut! Wenn du meinst, aber wenn ich merke, dass ich unerwünscht bin, verschwinde ich sofort«, gab er direkt zu verstehen. Langsam setzte ich mich in seine Richtung fort und blieb kurz vor ihm stehen. Grinsend entgegnete ich nur, um ihn restlos zu überzeugen, dass meine Familie niemand war, der jemanden nicht willkommen hieß

»Es wird ihnen eine Ehre sein.«

Seine grünen Augen funkelten, als ich erneut seine Hand nahm und ihn die Treppen hinaufzog. Ich tat es nur, weil ich befürchtete, er würde den Weg sonst nicht allein finden.

Kapitel 8 Luca

Wie brenzlig eine Situation werden könnte, wegen einer Frau, die man erst seit wenigen Stunden kannte, hatte ich nicht kommen sehen. Ich hatte dieses Geschöpf nicht kommen sehen. Dieses weibliche Wesen und die Art, wie sie mich einhüllte, brachten mich zur Verzweiflung.

Mich elektrisierte ihre unverkennbare Art, ihre Euphorie für die Dinge und diese bedingungslose Freundlichkeit. Sie war nicht nur wunderbar, sie war verdammt sexy und wunderschön zugleich. In dem Moment, als sie die Einladung zum Essen ausgesprochen und meine Hand wie aus dem Nichts ergriffen hatte, um mich zum Haus der Fontanas zu führen, hatte ich es geschehen lassen, weil ich wie gelähmt gewesen war.

Auf der Fahrt zum Weinberg hatte ich so ein Kribbeln in der Brust verspürt. Eines, bei dem ich mit aller Macht versucht hatte, mich zu beherrschen.

Bei jeder Bewegung von ihr hinter mir auf dem Sitz, wie sie ihre Arme um meinen Rücken geschlungen und ihren Oberkörper gegen meinen Rücken gedrückt hatte, war es um mich geschehen.

Sie war atemberaubend und es schockierte mich, dass ich nach all den Jahren, in denen ich auf der Suche nach dieser einen gewesen war, sie ausgerechnet hier gefunden hatte. Doch das alles hatte keine Zukunft. Es war eben eine ausweglose Situation, dass wir Chefin und Angestellter waren und ich niemals mit ihr eine Beziehung eingehen könnte. Nicht mal, wenn sie wollte.

Es war Jahre her gewesen, dass ich selbst eine Freundin gehabt hatte. Und wenn ich vergeben war, hatte es früher oder später immer wieder Streit gegeben. Hauptsächlich wegen meines Vaters. Ich hatte einfach geglaubt, eine Beziehung könne mir die Chance geben, mich endlich ganz und gar von meinem Vater abzunabeln, aber ich hatte meine ehemaligen Freundinnen einfach jedes Mal viel zu schnell unter Druck gesetzt und sie zu früh zum Zusammenziehen gedrängt. Dies hat bis jetzt immer zur Trennung geführt. Und in den Augen meines Vaters war ich dadurch noch ein größerer Versager, als er erwartet hatte.

Freunde oder Bekannte gab es nicht. Demnach auch niemand, der mich zum Essen oder als Gast eingeladen hätte, weil ich meine Zeit jetzt und in der Kindheit ausschließlich mit meinem Vater oder sonst oft allein verbracht hatte. Es war mir fremd gewesen, mich mit diesen gesellschaftlichen Werten abzufinden, da ich so wenig über diese wusste. Eines wusste ich jedoch, dass die Idee, mit der Tochter des Chefs unangemeldet in deren Haus zu erscheinen und am gleichen Tisch zu essen, mir äußerst seltsam und unangemessen erschien.

Aus diesem Grund und selbstverständlich nur aus diesem Grund war ich vor der Treppe des Hauses stehen geblieben und hatte Sofias Hand abrupt losgelassen. Auch wenn ich sie liebend gern den ganzen Tag weiterhin festgehalten hätte und meine körperlichen Signale mich weiterhin bei dieser Berührung gequält hätten.

Ich hätte sie am liebsten mein Leben lang festgehalten. Unweigerlich hatte sie mir zu verstehen gegeben, dass ich dennoch willkommen sei, doch nichts hätte mich mehr überzeugen können, als sie im federnden Gang auf mich zugekommen war, um mich ganz nah anzusehen. Als sie mit einem verschmitzten Lächeln auf mich zugekommen war und gefühlt kurz vor meiner Nasenspitze stehen blieb, spürte ich mein Herz gegen meine Brust hämmern.

Meine Hände wurden schwitzig, als ich sah, was sich direkt vor meinen Augen bot. In Sekundenschnelle hatte ich meinen Augen über ihrem Körper schweifen lassen. Scannte mit meinem Blick ihr Dekolleté und ihre Oberweite und musste feststellen, dass ihre Brüste von nahem noch einladender und voller wirkten als zuvor. Sie lächelte mich kokett an und brachte dann den unverkennbaren Grund zum Ausdruck, wieso ich ihrer Einladung letztendlich doch gefolgt war.

»Es wird ihnen eine Ehre sein!«

Diese Worte hallten noch so lange nach, bis sie mich in die Eingangshalle des Haupthauses geführt hatte. Dort ließ sie meine Hand los. Sofort bemerkte ich den Verlust auf meiner Haut, welche die Leere spürte.

»Signorina Sofia, wünschen Sie, Ihr Mittagessen auf der Terrasse bei Ihren Eltern einzunehmen, oder möchten Sie mit Ihrem Gast speisen?«, fragte Salvatore, als er die Treppe aus dem ersten Stock hinuntertrat. Die neutrale Art aller Beteiligten auf die Dinge, dass die Tochter des Chefs mit einem Angestellten zu Mittag essen wollte, überraschte mich. Offensichtlich schien niemand etwas dagegen zu haben, sodass ich mich tatsächlich darüber freute.

Diese Freude war neu für mich und erfüllte mich mit einem wohlig-warmen Gefühl, welches ich nicht einzuordnen vermochte.

»Wir essen in meiner Wohnung, zuvor möchte ich meinen Eltern aber unseren Gast vorstellen. Sie sollen wissen, wer in ihrem Haus künftig ein und ausgeht«, entgegnete Sofia auf Salvatores Anfrage. Bei dieser Antwort zog er eine Augenbraue hoch und schmunzelte in meine Richtung, was mich noch mehr nervös werden ließ. Hatte sie in Zukunft öfter ein und ausgesagt? Freude keimte erneut in mir auf bei dem Gedanken, dass sie mich vielleicht öfter einladen könnte.

»Komm! Meine Eltern essen auf der Terrasse im Erdgeschoss. Wir begrüßen sie nur, danach sind wir für uns.« Sie zwinkerte, als sie dies äußerte, und führte uns durch den Salon in Richtung Terrasse. Ich wusste, dass sie ein alleiniges Essen damit abzielte, sodass ich mich wohler fühlte, da mir die Konfrontation so mit ihren Eltern erspart blieb, doch die Art, wie sie »Für uns« ausgesprochen hatte, erregte mich. Konnte es etwa sein, dass sie doch ähnlich fühlte?

Sie schlängelte sich vor mir in ihrem blauen Kleid so elegant durch das Wohnzimmer, dass ich wieder und wieder damit beschäftigt war, mir sie ganz genau anzusehen. Ich schämte mich dafür, früher auch nur eine Sekunde daran gedacht zu haben, dass dicke Frauen nicht attraktiv sein konnten, denn Sofia stellte für mich mittlerweile sämtliche weibliche Geschöpfe in den Schatten. Zugegeben, war ich damals dreizehn gewesen und hatte den meisten Scheiß der coolen Jungs in meiner Schulklasse einfach nachgeplappert, um auch dazuzugehören. Dennoch ärgerte mich jetzt mein Verhalten aus vergangenen Tagen.

Sofia hatte genau an den richtigen Stellen Kurven von ästhetischem Ausmaß, die mich wahnsinnig machten, je mehr ich mir vorstellte, wie es wäre, sie zu berühren.

»Da wären wir. Mama und Papa, ich habe einen Gast mitgebracht. Ich wollte so höflich sein und euch natürlich Bescheid geben, dass ich nicht allein bin.« Prompt katapultierte ich mich gedanklich wieder zurück auf das Wesentliche.

Ich stand Sofias Eltern gegenüber, die beide in trauter Zweisamkeit an einem runden Tisch saßen und das gemeinsame Mahl genossen. Signore Fontana blickte zunächst überrascht und dann sehr verhalten über die Ankündigung seiner Tochter, sodass ich mich für einen kurzen Moment bestätigt fühlte, lieber doch nicht mitgegangen zu sein. Signora Fontana, Sofias Mutter hingegen, lächelte und blickte unweigerlich zwischen mir und Sofia hin und her, was mich nervös machte.

»Wir werden in meiner Wohnung essen, um euch nicht zu stören ...«, erklärte Sofia, doch Signore Fontana unterbrach sie regelrecht.

»Nicht doch. Hier ist wirklich genug Platz für euch. Salvatore lässt einen zweiten Tisch bringen und schon essen wir gemeinsam«, verkündete er schon regelrecht übertrieben, sodass ich mich fragte, ob er das Theater wirklich für mich aufzog oder um seiner Tochter nicht vor den Kopf zu stoßen. Er nickte seinem Butler auffordernd zu und dieser verstand, was er zu tun hatte. Er eilte davon, um einen weiteren Tisch zu organisieren.

Ich wusste von Dads Erzählungen, dass er nicht so aufrecht sein könnte, wie er immer tat. Auch wenn ich nicht wusste, was mein Vater und ihn miteinander verband, grübelte ich oft, ob es nicht doch eine andere Seite von Signore Fontana gab.

»Ich möchte wirklich keine Umstände machen«, winkte ich sofort ab, da ich das Gefühl hatte, es sei Signore Fontana wirklich nicht recht. Sein Blick sprach Bände. Er hatte, seit ich die Terrasse betreten hatte, nicht mehr gelächelt und schien sich nur so ins Zeug zu legen, um vor seiner Familie keine Szene zu machen.

Tja, von wegen, Sofia, es würde ihnen eine Ehre sein, dachte ich etwas enttäuscht. Aber ich war auch Realist und die Tatsache, dass man mich anscheinend eben doch nicht gerne zu Tisch bitten mochte, passte besser in mein Bild als die, dass ich jemals wirklich bei Leuten willkommen war.

Am Ende des Tages waren auch sie vielleicht alle nur versnobte Millionäre, die weniger mit einfachen Menschen zu tun haben wollten.

»Tust du nicht, schau. Da ist schon der Tisch. Und da kommen die Stühle.« Sofia verhieß meinen Blick auf die Hausbediensteten, die soeben das passende Mobiliar auf der Terrasse platzierten. Bevor ich mich an den runden Tisch setzte, rückte ich für Sofia den

Stuhl ab und schob ihn ihr entgegen, als sie Platz nahm.

Diese Geste der vornehmeren Klassen war mir wie selbstverständlich in den Sinn gekommen, obwohl ich wohl im normalen Leben niemals an so etwas gedacht hatte, war es so, als würde mein Verstand in Gegenwart dieser gehobenen Leute ganz neue Werte wie von selbst ausführen.

Sofia strahlte, als ich mich zu ihr setzte. Die Blicke ihrer Eltern ruhten auf uns. Das konnte ich spüren, doch ich konzentrierte mich darauf, Sofia anzusehen, und ich stellte dabei fest, dass diese Idee alle unschönen Gefühle der letzten zehn Minuten vergessen ließ.

Kapitel 9 Sofia

Er war bei mir zu Hause und aß mit meinen Eltern. Das war eindeutig ein Ritterschlag, und in den Augen meiner Eltern, zumindest in Mamas Augen, hatte ich ein leichtes Funkeln erkannt und deutete daraus, dass sie dachte, ich würde Luca mögen.

Das tat ich auch. Wirklich. Er war fast schon zu perfekt für jemanden, der nie auch nur im Ansatz eine feste Beziehung geführt hatte, doch ich wagte nicht mal im Traum daran zu glauben, dass er an mir interessiert sein könnte. Die meisten, oder ich sage lieber fast schon alle, männlichen Geschöpfe mit derartigem Aussehen, so wunderschönen grünen Augen und einem markanten Gesicht, waren auf schlanke und wunderschöne Frauen aus, nicht auf eine übergewichtige, junge Italienerin, die in ihrem Leben erst einmal schlechten Sex gehabt hatte.

Salvatore brachte uns das Essen und platzierte erst mir, dann Luca den Teller mit köstlich duftendem Gemüse und einem Stück Rinderfilet, welches perfekt gebraten auf den übrigen Beilagen bettete.

»Vielen Dank, das sieht sehr gut aus«, stellte Luca fest, der begeistert zum Besteck griff. Unsere Weingläser wurden mit einem perfekt passenden Weißwein gefüllt und wir stießen an. Es fühlte sich, trotz dass meine Eltern uns aus weniger als zwei Metern beobachten konnten, befreiend und leicht an, mit Luca die Zeit zu verbringen. Er war unkompliziert und offen gegenüber allem, was ihm begegnete. Während wir aßen, begann mein Vater sich zu räuspern.

»Sofia, Liebes. Ich habe Neuigkeiten. Die Vorbereitungen für die Überschreibung der Firma und des Weinguts werden wie geplant in drei Monaten stattfinden. Es ist alles erledigt. In den nächsten Wochen werden uns einige unserer Lieferanten und engsten Geschäftskunden besuchen und ich möchte, dass du dich dafür vorbereitest.« Überschäumende Freude machte sich in mir breit. Es war wirklich soweit und es schien, als ob es kein Zurück mehr gab.

Paps würde Ende des Sommers abdanken und dann oblag es mir, das Familienerbe fortzuführen.

»Sicher, Papa, ich bin sowas von bereit. Ich danke euch von Herzen für all das hier. Es ist nicht nur mein Zuhause. Es ist mein Leben.« Gemeinsam prosteten wir uns zu, bevor Mama nun das Wort ergriff.

»Weißt du, wir dachten uns, du würdest dich freuen, wenn wir den Übergang mit einem Weinfest feiern. Wir dachten an ein zweitägiges Fest, mit Führungen durch den Weinkeller und das Weingut, Verkostungen und einem Ball?«

»Ist das euer Ernst? Das ist fantastisch«, schrie ich begeistert und klatschte aufgeregt in die Hände. Luca lächelte freudvoll, mischte sich aber nicht in die Unterhaltung ein, was ich ihm nicht verdenken konnte. Als ich ihn ansah, kam mir gleich eine raffinierte Idee, die ich sofort kundtun musste.

»Wie wäre es denn, wenn wir deinen Vater fragen, ob er das Catering für das Fest übernimmt«, preschte ich hervor.

Lucas Lächeln verschwand unweigerlich zu einem ernsten Gesicht, während Paps zu husten begann. Beide sahen sich kurz an, dann trat Schweigen ein. Niemand machte Anstalten, darauf zu antworten, sodass ich mich wunderte.

Was war denn das Problem? Wenn Lucas Dad ein gut etabliertes Restaurant führte, könnte er doch auch das Catering für das Fest übernehmen.

»Ich denke nicht, dass Signore Barbero Zeit hat, für uns zu arbeiten. Immerhin ist er nun Besitzer eines Restaurants und …«

»Eben. Er ist doch ein Fachmann und kann doch bestimmt eine Vorauswahl erstellen, aus der wir dann auswählen können, oder Luca?«, versuchte ich zu vermitteln.

Ich sah euphorisch zu ihm, in der Hoffnung, er würde mir in meiner Idee beipflichten, doch zu meinem Entsetzen stellte ich fest, dass er blass geworden war.

»Ich weiß nicht … ah … ich bin nicht so vertraut mit den Abläufen dort«, murmelte er. Sein Blick schoss zu Paps, der ihn ebenfalls kühl ansah.

Was war hier los? Irgendwie stand etwas in der Luft, was mit Luca oder seinem Vater zu tun haben musste. Ich beschloss, das Thema zu wechseln, doch ehe ich das tun konnte, unterbrach mich Luca.

»Es ist schon spät. Meine Mittagspause ist gleich vorbei. Ich werde mich nun verabschieden. Signore Fontana, Signora Fontana …«, er sah charmant zu meinen Eltern,

»Vielen Dank für Ihre Gastfreundschaft.« Dann sah er mich an. Seine Augen funkelten flehend daraufhin, dass ich ihn noch bis zur Tür brachte. Zumindest glaubte ich das, denn er wartete noch einen Moment ab, ehe er seinen Schritt in Richtung Salon fortsetzte. »Warte, ich bringe dich noch zur Tür«, kam ich ihm nach und spürte einen Moment Erleichterung in seiner Haltung. Als wir das Innere erreicht hatten und auf dem Flur standen, streckte er die Hand aus. Förmlich, freundschaftlich verabschiedete er sich »Danke für den großartigen Vormittag. Es war einer meiner schönsten Tage hier, bisher.«

In meiner Brust begann es zu kribbeln. Es zog sich kurz in Richtung Magen, was ich aufs Essen schob. Nach seinen netten Worten ihm förmlich die Hand zu reichen, kam mir unweigerlich komisch vor. Er

74

war wie ein guter Freund für mich, neben meinen Eltern der einzige Verbündete, den ich zum aktuellen Zeitpunkt hatte, da könnte man sich doch schon mal zur Verabschiedung in den Arm nehmen. Ohne weiteres Zögern schloss ich meine Arme um seine Taille und seine Schultern. Für Sekunden spürte ich seine Zurückhaltung, die der Überraschung meines Überfalls geschuldet sein musste, doch als er langsam seine Hände hob, um es mir gleich zu tun, wurde auch das Kribbeln in meiner Magengegend wieder kräftiger.

Er umfasste mit einer Hand meine Taille und hielt mich mit der anderen am Arm fest. Sein Kopf versank kurz auf meiner Schulter neben meinem Ohr und ich spürte seinen warmen Atem in meinem Gesicht. Roch seinen Duft nach frischem Rasierwasser in meiner Nase und wünschte mir für eine Sekunde lang, wir würden ewig so stehen bleiben können. Doch schon bald ließen wir voneinander ab und blickten ein wenig beschämt drein.

»Danke. Wir sehen uns bestimmt auf dem Hof.«

Er zwinkerte, als er das sagte. Mein Herz hüpfte.

Was passierte hier gerade? Es war nicht gut. Egal, was es war, es war eine Katastrophe. Dennoch konnte ich ihn nicht gehen lassen, ohne zu wissen, wann wir uns das nächste Mal treffen würden.

»Warte! Ich dachte, wir könnten Nummern austauschen? Dann kann ich dich anrufen, wenn ich wieder mal eine Führung benötige«, schlug ich vor und zückte mein Handy aus der Tasche, um damit zu wedeln.

Lächelnd kam er näher und nahm es mir ab, um seine Nummer einzutippen. »Schreib mir einfach.«

Er zwinkerte erneut und schloss dann die Tür hinter sich.

Ich blieb zurück mit dem beschleichenden Gefühl, dass ich mich in einen charismatischen und sehr charmanten Angestellten meines Dads verkuckt hatte, der in mir nie etwas anderes als seine zukünftige Chefin sehen würde und ganz bestimmt nicht auf Abenteuer aus war.

Es würde ihn seinen Job kosten und mich in eine schwierige Lage vor allen anderen Angestellten bringen. Ich beschloss daher, es lieber gleich zu vergessen, bevor es mir später noch mehr wehtun würde. Wenn es dafür nicht schon zu spät war.

Kapitel 10 Luca

Sie hatte sich nicht gemeldet. Fünf Tage waren vergangen, seit sie mich zum Essen eingeladen und mich meine Nummer in ihr Handy hatte eintippen lassen.

Und nichts. Sie meldet sich nicht und das brachte mich an den Rand des Wahnsinns.

Hatte sie mich durchschaut? War ich zu lange in der Umarmung, die sie angezettelt hatte, versunken? Ich hatte Mühen gehabt, meine männlichen Signale, die sofort entflammten, als sie sich so nah an mich geworfen hatte, vor ihr zu verbergen.

Wie sie sanft ihre Brust gegen meinen Oberkörper gestemmt hatte, als sie ihren Kopf leicht über meine Schulter abgelegt hatte.

In diesem Moment war ich mit Mühe damit beschäftigt gewesen, mich so zusammenzureißen, dass ich sie nicht beinahe Hals über Kopf an mich gerissen hätte, um sie zu küssen. Ihre Taille in meiner Hand zu spüren, hatte mich förmlich verbrannt. Zu gern hätte ich sie nackt berührt. Sie mir ganz genau angesehen und mich … Stopp, Luca!

Als sie mir dann ihr Handy gegeben hatte, um die Nummer eintippen zu können, und ich nach Hause gegangen war, mit dem Glauben, sie würde mich kontaktieren, hatte ich mir für einen kurzen Moment ernsthafte Hoffnungen gemacht. Doch diese waren nun fünf Tage später, in denen sie mich praktisch geghostet hatte, gänzlich verworfen. Sie sah nicht mehr in mir als einen guten, freundlichen Kerl, der sie an ihren ersten Tagen hier nett behandelt hatte.

Ich begann, die Weinkisten im Lager über dem Weinkeller zu stapeln, während ich immer wieder aus der Tür zum Haupthaus hinübersah. Irgendwann müssten wir uns doch mal über den Weg laufen? Es war doch nicht so unwahrscheinlich, dass wir uns begegneten, wenn man bedachte, dass ich fast den ganzen Tag auf dem Hof verbrachte. Blind versuchte ich, die letzte Kiste auf den Stapel zu heben, ließ meinen Blick aber weiter auf der Tür des Haupthauses gerichtet.

Mit einem scheppernden Geräusch krachten die letzten drei Kisten auf den Boden. Zum Glück waren sie leer. Mist! Ich war zu abgelenkt gewesen und hatte sie nicht richtig ineinander verkeilt. Plötzlich öffnete sich die Tür des Hauptgebäudes. Mein Puls beschleunigte sich schlagartig. Ein gutaussehender Mann trat aus dem Haus und stieg die Steintreppenstufen bis hin zum Hof hinunter, gefolgt von Sofia, die wie immer ein elegantes Sommerkleid trug. Sie hatte ihre Haare heute seitlich über ihre linke Schulter geflochten und eine dicke Sonnenbrille schützte ihre Augen vor der Helligkeit. Ich konnte trotz der großen Entfernung erkennen, dass sie charmant lächelte, als der Mann ihr die Beifahrertür seines schwarzen Cabrios aufhielt. Er hatte schwarze Haare, war schätzungsweise genauso groß wie ich und trug ein weißes Hemd.

Wer zum Teufel war der Kerl? Ich hatte ihn noch nie zuvor gesehen. Sie fuhren in seinem Auto, nachdem auch er elegant um den Wagen gegangen und sich ans Steuer gesetzt hatte, in Richtung Weinberge davon. Aufkeimende Eifersucht stieg in mir auf. Ich war eifersüchtig und verärgert, dass sie mich offensichtlich so schnell ersetzt hatte. Vielleicht war sie am Ende doch wie alle reichen Mädchen, die eher Typen mit genauso viel Geld wie ihre Eltern verfallen war.

Himmel! Luca. Reiß dich zusammen. Das Letzte, was eine Frau wie Sofia wollte, war so ein Loser wie dich. Verärgert fuhr ich herum und stieß aus Versehen einen morschen Stapel Weinkisten um. Sie fielen mir entgegen und rissen mich zu Boden. Dabei glitt eine Kiste an meinem Schienbein entlang, die ungehemmt das splitternde Holz in mein Bein bohrte.

»Ah … Verdammt«, schrie ich, als ich zu Boden fiel und auf dem harten Beton aufkam. Mein Ellenbogen war aufgeschürft und blutete, genauso wie mein Bein, welches übersät mit kleinen

Holzsplittern schmerzte. Konnte dieser Tag noch schlimmer werden?

Ein Kollege, seinen Namen konnte ich mir zu meiner Schande nie merken, kam mir zu Hilfe und bot mir seine Hilfe an. Doch ich wollte nur meine Ruhe und dass der Tag endlich vorüberging. Nicht auszumalen, was Sofia gerade mit diesem merkwürdigen Typen unternahm. Da war die Verletzung gerade mein geringstes Problem.

Ich humpelte über den Hof des Hauptgebäudes, um an ihm zum Arbeiterbereich zu gelangen, als ich Signore Fontana in die Arme lief. Ich hätte gerne einen anderen Weg genommen, wenn ich ihn hätte, kommen sehen, doch es war zu spät. Ich war gezwungen, mich nun dieser kommenden Konfrontation zu stellen.

»Luca, was ist denn mit Ihnen passiert?«, fragte er mich ehrlich bestürzt über meinen Zustand. Ich sah wirklich zerbeult aus und auch meine Schulter tat vom Aufprall mittlerweile fürchterlich weh, doch ich wollte vor Signore Fontana nicht das Weichei spielen.

»Es ist halb so schlimm, ich bin gestürzt und leider unglücklich aufgekommen«, spielte ich so meine Verletzung herunter. Er hob zwar fragwürdig eine Braue, woraus ich schloss, dass er mir meine Tapferkeit nicht abnahm, und dann winkte er mich zu sich ran.

»Es war ein Arbeitsunfall?«, fragte er konkret. Ich nickte brav. Er tat es mir gleich.

»Verstehe, dann kommen Sie bitte mit. Das muss sich jemand ansehen und danach gehen Sie nach Hause.«

»Das ist wirklich nicht nötig«, widersprach ich, weil ich kein Feigling sein wollte und sowieso schon das Gefühl hatte, dass er nicht viel von mir hielt.

»Ich werde keinen Widerspruch akzeptieren. Kommen Sie.« Er bewegte sich in Richtung Seiteneingang vom Haupthaus, wo die Küche zu finden war. Seine Körperhaltung und sein Auftreten ließen es unweigerlich nicht zu, mich zu widersetzen. Also humpelte ich hinter meinem Chef hinterher und betrat nach ihm die Küche.

»Du meine Güte, was ist denn mit Ihnen passiert«, empfing mich Nonna, die netteste Dame, die mir je untergekommen war und sich um uns Arbeiter immer sorgte. Ich zuckte nur mit den Schultern und setzte mich auf einen klapprigen Küchenstuhl. Mein Bein sah am schlimmsten aus, aber meine Schulter schmerzte von Minute zu Minute mehr, sodass ich langsam begann, schnaubend auszuatmen. »Luca, bitte sagen Sie uns die Wahrheit. Wie geht es Ihnen jetzt? Was tut weh?«, bat mich Signore Fontana mit ernsthaft besorgter Stimme, die mich kurz verblüffte. Machte er sich jetzt wirklich Sorgen um mich?

»Ich hole erst mal Verbandsmaterial und mache Ihnen einen Tee.« Nonna tätschelte mir die Schulter, zu großer Freude die Seite, die nicht schmerzte, und ging davon. Da saß ich nun in der Küche meines Chefs, mit ihm gemeinsam, und hielt mir schmerzend meinen Arm, um die Schulter zu entlasten, während er mich scharf musterte.

Sein Blick war nicht ernst und schroff, aber auch nicht liebevoll oder freundlich. Es sah fast so aus, als ob er grübelte. Dann, kurz und bündig, teilte er mir mit, was ihn wohl beschäftigte.

»Wissen Sie es? Ich meine, hat Ihr Vater es Ihnen erzählt?«

Mein Herz, welches eben noch aufgeregt vor Schmerz gegen meine Brust gepocht hatte, schlug nun so kräftig, dass ich mir ein übersprungmäßiges Räuspern nicht verkneifen konnte.

»Ja«, kurz und knapp antwortete ich und bewahrte mich davor, ihm nicht in die Augen zu sehen.

»Ich bedaure mein Handeln von damals, das müssen Sie wissen. Es war einer meiner schlimmsten Fehler im Leben.« Er hauchte diese Worte förmlich nur aus, als müsse er es mir sagen, als wäre er gezwungen, es zu sagen, damit es sein Gewissen erleichterte.

»Sie müssen sich vor mir nicht rechtfertigen, Sir. Um ehrlich zu sein, weiß ich nur, dass Sie und mein

Vater etwas verbindet. Etwas anscheinend nicht sehr Positives. Ich habe damit nichts zu tun«, erklärte ich ihm, da es mir wirklich unangenehm war, mit ihm darüber zu reden.

»Ich möchte es aber gerne. Sie verstehen nicht, was für eine Last damals auf mir gelegen hatte. Ich hatte kurz zuvor das Weingut übernommen und niemanden mehr um mich gehabt, der mir hätte zur Seite stehen oder mir einen Rat geben können. Und dann habe ich meinen eisigsten Freund, der mir immer geholfen hatte, Ihren Vater, verraten.«

Es erschien mir fast schon gruselig, wie offen er über seine Taten berichtete und ich nicht wusste, wie ich diese neue Zutraulichkeit zwischen uns einordnen sollte. Er hatte Dad verraten? Warum?

»Ich weiß nicht, um ehrlich zu sein, was Sie von mir erwarten«, gab ich offen zu. Er seufzte.

»Werden Sie es Sofia erzählen? Offensichtlich sind Sie Freunde und ich dachte, dass Sie …«

Und da war es. Das voreingenommene Denken über meine Familie und mich. Nur weil unsere Väter eine Vergangenheit hatten, wovon Sofia anscheinend nichts wusste, weil es unter Umständen ein schlechtes Licht auf ihren »Paps« werfen könnte, hatte er sich getraut, mich darauf anzusprechen. Es war Angst, die ihn dazu führte, mich auszuhorchen, und ich bemerkte, wie ungebremst ich ihm gerne meine Meinung sagen wollte.

»Es ist nicht im Geringsten meine Absicht, mit Sofia über die Machenschaften unserer Väter zu sprechen«, konterte ich forsch, weil ich verärgert war, wie er mich offensichtlich einschätzte. Was hatte er für ein Problem mit mir und meinem Dad, wenn er es doch war, der damals diesen schlimmen Fehler begangen hatte?

»Wissen Sie was? Vielleicht sollten Sie es ihr erzählen, wenn Sie das schlechte Gewissen so plagt, wie Sie gerade versuchen, es mir weiß zu machen.«

Verdammt. Ich wollte dies nicht aussprechen, doch ich hätte mich selbst verleumdet, hätte ich es für mich behalten. Er zog vorschnell eine Braue nach oben und ballte seine Hände zu Fäusten. Sein Gesicht verdunkelte sich.

»Ich hätte es wissen müssen, dass auch Sie nichts weiter sind als ein kleiner Wichtigtuer«, preschte er hervor. Meine Halsschlagader schlug spürbar kräftig und beförderte die Wut in Lichtgeschwindigkeit durch meine Arterien und ließ das Blut bis in meinen Ohren rauschen. Meine Schmerzen vergaß ich in diesem Moment. Ich wollte um nichts auf der Welt mit meinem Vater über einen Kamm geschert werden. Das ging zu weit.

»Was ist Ihr Problem? Was haben Sie für ein Problem mit mir oder meiner Familie?«, maulte ich ihn an. Er schreckte kurz zurück, weil er nicht gedacht hätte, dass ich mich trauen würde, so mit ihm zu reden, doch ich war fest entschlossen, für mich einzustehen, auch wenn es sonst nie jemand anderes getan hatte.

»Ich habe einen Fehler begangen, aber ist es fair, mich diesen Fehler jahrelang spüren zu lassen? Mich auf Kosten meines Besitzes zu erpressen und aufgrund meines schlechten Gewissens immer mehr Geld von mir zu verlangen? Dieser Wahnsinn wird bald auffliegen und dann Gnade mir Gott, wenn Sofia dies erfahren wird, oder meine Frau«, schrie er aus voller Kehle.

Meine Wut entwich urplötzlich aus meinem Bewusstsein und hinterließ ein beklemmendes Gefühl von Panik.

Erpressungen? Sein Land? Mehr Geld? Mich hatte bereits immer beschlichen, dass das Restaurant meines Vaters nicht mit fairen und hart verdienten Rücklagen gebaut worden sein könnte, doch je mehr ich meine Überlegungen nun mit den von Signore Fontanas ausgesprochenen Worten kombinierte, erklärte sich mir die Situation.

»Tun Sie nicht so, als würden Sie davon nichts wissen«, ermahnte er mich aufgrund meines Schweigens, das er als Täuschung einordnete.

Ich sah ihn respektierend an und war nicht fähig, in der Sekunde zu sprechen.

Niemals hätte ich dies zugelassen, wenn ich es gewusst hätte.

Wenn mein Vater seine Geschäfte aufgrund von Straftaten und Erpressung errichtet hatte, so hatte er mich stets im Dunkeln gelassen. Er hätte niemals riskiert, dass ich seine Pläne durch meine fehlende Loyalität durchkreuzen könnte. Denn nicht nur mir war klar, dass uns nur noch ein gestörtes Verhältnis miteinander verband. Ich räusperte mich, wischte mir verlegen den Schweiß von den Händen und sah Signore Fontana eindringlich an, was ihn beeindruckte.

»Signore Fontana, so wahr ich hier sitze und für Sie arbeite. Ich weiß nicht, wovon Sie sprechen.«

Und plötzlich tat er mir leid. Ich empfand Mitleid mit ihm und zugleich empfand ich entzündete Wut über die Machenschaften meines Dads und darüber, dass ich sein Sohn war.

Signore Fontana musterte mich. Ich wich seinem Blick nicht aus und versuchte ihm somit zu sagen, dass es nicht mein Spiel sei, welches mein Vater spielte. Durch meine Standhaftigkeit in seinem Blick hatte er offensichtlich ein Einsehen und schien mir meine Worte zu glauben.

»Nun gut. Ich sehe schon, das ist nicht Ihr Problem. Aber bei allem, was mir lieb ist, bitte ich Sie. Sollten Sie irgendeinen Einfluss auf Ihren Vater haben, bitte bewegen Sie ihn zur Einsicht.«

Worauf er sich verlassen konnte. Er ließ mich allein in der Küche zurück, da Nonna gerade mit dem Verbandsmaterial zurückgekommen war. Diesmal wollte ich nicht klein beigeben. Diesmal wollte ich meinem Vater mitteilen, was ich von ihm hielt und ihm endlich sagen, was für ein arrogantes Arschloch er war.

Kapitel 11 Sofia

Erwärmt von der Mittagsonne, stiegen Jack und ich aus dem Auto aus. Wir hatten auf unserer kleinen Hof-Tour bis hin zu den Weinbergen nur über Ereignisse aus unserer Kindheit gesprochen und es war herrlich gewesen, mal wieder mit einem Verbündeten in Erinnerungen zu schwelgen.

Nachdem wir die Steintreppenstufen erklommen und uns über einen alten Witz amüsierten, liefen wir unvorhersehbar Mama und Paps in die Arme.

Sie standen in der kleinen Eingangshalle und waren in ein Gespräch vertieft. Als sie uns erblickten, kam Paps auf mich zu, um mich zu begrüßen.

»Na, ihr zwei. Wie war euer Tag? Hat dich deine Cousine auf Trab gehalten?«

Diese Worte richtete er an Jack, der breit grinsend neben uns zum Stehen kam.

Ich war schon immer die energiereichere von uns beiden gewesen und daher verbuchte ich dieses leichte Zwinkern, das er mir zuwarf, als Kompliment. Nach den letzten drei Tagen, Bücher walzen und Zahlen studieren, hatte ich an nichts anderes mehr gedacht als an die öde, trockene Buchhaltung. Daher war ich bei der Nachricht über

Jacks spontanen Besuch wie aus dem Häuschen gewesen.

Schon als Kinder waren wir eng vertraut gewesen und hatten auf dem Weingut die tollsten Dinge unternommen.

»Ich würde mich kurz etwas frisch machen und dann zu euch zum Abendessen dazustoßen?«, fragte Jack höflich, bevor er die Holztreppe zu den Schlafzimmern hinaufstieg. Wir alle nickten.

Als Jack uns verlassen hatte, wurde Paps Blick mit einem Mal ernster.

»Ist alles okay mit dir? Ist es dein Herz?«, fragte ich voller Sorge, weil er sehr benommen wirkte. Lächelnd winkte er ab.

»Nein, nein, Kind. Du solltest nur wissen, dass ich heute Luca etwas früher nach Hause geschickt habe. Er hat sich bei der Arbeit verletzt.«

Entsetzen durchzog meinen Körper. Ich hatte jeden Tag an Luca gedacht, mich nie gemeldet, weil ich Angst hatte, er würde mich als anhänglich empfinden und ich würde vielleicht falsche Signale senden. Als neue Chefin konnte ich auf keinen Fall etwas mit einem Angestellten anfangen.

Außerdem beunruhigten mich diese kribbelnden Gefühle, immer dann, wenn ich an ihn dachte. Weshalb ich es vernünftiger empfand, ihn zu meiden. Doch dass sogar Paps mir nun von Luca berichtete, ließ mich vermuten, dass es ihm wirklich nicht gut gehen musste. »Kleines, alles okay?«

Dad hob seine Hand, um sie mir auf die Schulter zu legen, doch ich bekam das gar nicht richtig mit.

Ich wollte wissen, wie es Luca ging und ein einfacher Anruf, nachdem ich ihn ja buchstäblich die letzten zwei Wochen ignoriert hatte, würde da nicht wirklich ausreichen. Ich war fest entschlossen, mich nicht auf irgendetwas Kompliziertes mit Luca einzulassen. Aber befreundet mit ihm sein, da konnte doch niemand was dagegen haben. Es bedeutete aber, dass ich mich entschuldigen musste und zu alldem wirklich gerne gewusst hätte, wie es ihm ging.

»Danke, Paps, ich werde zu ihm fahren.«

Entschlossen schnappte ich mir meinen Schlüssel und stieg in mein neues Auto, welches auf dem Hof parkte. Es war nicht weit bis zum Restaurant von Signore Barbero, sodass ich das Auto nur die lange Privatstraße vom Weingut bis hin zur Einfahrt des Parkplatzes entlangfuhr. An der Nebeneingangstür stand Lucas Roller, weshalb ich darauf kam, dass er auch wirklich zu Hause war.

Ich betrat das moderne Gebäude aus Beton mit seinen vielen großen Fenstern, durch die man das Innere bereits entdecken konnte, und stand inmitten eines einladenden, hochpreisigen Schankraums, dessen Tische, Personal und Dekoration nur so von

Perfektion glänzten. Wow. Hier zu Abend zu essen, müsste ein Highlight für einen Normalverdiener sein.

Nicht auszumalen, wie tief man hier für einen ganzen Abend in die Tasche greifen musste.

Am Empfang wartete ein Kellner und begrüßte mich mit einem freundlichen Lächeln.

»Mrs., guten Tag, kann ich Ihnen weiterhelfen?«

»Oh, vielen Dank. Ich habe keinen Tisch reserviert. Ich suche Signore Barbero Junior.«

Er nickte, verließ mich kurz und kam bereits nach einer Minute aus dem hinteren Teil des Restaurants zurück.

»Er ist gerade in einer Besprechung mit Signore Fontana. Wollen Sie warten?«

Er bot mir einen der Loungesessel an, die an der Seite standen, und zog sich dann für weitere Vorbereitungen zurück. Ich nahm auf dem gemütlichen Polster Platz und blickte in die Richtung des Korridors, in dem ich Luca vermutete.

Aus diesem Teil des Gebäudes hörte ich so bald Stimmen, die schrill und unschön waren und plötzlich immer lauter wurden. So, als würden sich zwei Männer streiten.

Nachdem ich mich geheimnisvoll nach links und rechts umgesehen hatte, mit der Versicherung, dass der Kellner mich nicht erwischte, huschte ich zum hinteren Teil des Ladens und versteckte mich hinter einer Trennwand. Ein Schild an der Wand wies mir den Weg zum Büro, aus dessen Richtung die Stimmen immer lauter zu werden schienen. Ich erkannte Lucas markante Stimme, die sich mehr und mehr zu einer Waffe entwickelte. Stark und laut brüllte er voller Wut sein Gegenüber an, der gekonnt zum Gegenanschlag ausholte.

»Du bist doch nicht zu retten, Junge. Ohne diese Fontanas hätte ich schon vor Jahren mein Restaurant errichten können. Wir hätten uns alles leisten können, was wir gewollt hätten. Du hättest eine gute Ausbildung genossen und eine wunderschöne Frau gefunden. Unser Leben wäre perfekt gewesen. Sie sind es uns schuldig.«

Ein Kloß schnürte mir die Kehle zu. Was waren wir denn Luca und seinem Vater schuldig? Leise lauschte ich erneut. Diesmal war ich gespannt auf Lucas Antwort.

»Das ist Wahnsinn, Signore Fontana länger damit zu erpressen und so weiterhin Geld von ihm zu verlangen.

Du hast doch schon das Land für den Parkplatz bekommen, welches er dir geschenkt hat. Wenn auch nicht freiwillig, wie ich mir jetzt denken kann.«

Mit einem Mal wurde mir schlecht. Mein Herz begann zu klopfen und ein wirklich schlechtes Gefühl legte sich auf meine Kehle und schnürte einen Knoten, der mir langsam die Luft abschnitt.

Mich beschlich das Gefühl, dass ich langsam, aber sicher verstand, was für ein Kreuzverhör ich hier gerade belauschte.

Erpressung? Geld? Geschenkt?

Plötzlich erschienen vor meinem inneren Auge Gedanken der letzten Tage. Die komischen Reaktionen meiner Eltern, dass sie immer, wenn das Restaurant zur Sprache gekommen war, verhalten reagiert hatten und sich bedeckt hielten. Gab es etwa Probleme zwischen Paps und Signore Barbero und was hatte Luca damit zu tun?

»Du wirst nicht so mit mir reden. Ich bin immer noch dein Vater«, schrie der alte Barbero in einer Lautstärke, die sogar mich vor der Tür zum Zucken brachte.

Am liebsten wäre ich hineingestürmt und hätte Luca aus dieser miserablen Situation befreit, doch ich war zu gespannt, fast schon zu sehr damit beschäftigt, an noch mehr Informationen zu gelangen, dass sich mir dieser Komplott erschlösse.

»Ich will nicht in deine Machenschaften hineingezogen werden. Ich mag meine Arbeit auf dem Weingut und ich mag auch … Sofia.«

Moment mal! Das war mein Name.

Mein Herz hüpfte, als ich dies Luca sagen hörte. Er mochte mich? Etwas unerwartet war es, es in dieser Situation zu hören, doch ich freute mich darüber – vor allem, wie er es gesagt hatte. Die kleine Pause in seinem Satz, bevor er »...Sofia.« ausgesprochen hatte, bescherte mir ein unkontrollierbares Magenkribbeln.

Es hatte etwas Tiefgründiges gehabt, als wolle er wirklich damit sagen, dass ich ihm etwas bedeutete.

»Ach Himmel!«, krächzte der alte Barbero und begann spöttisch zu lachen. Ich zuckte erneut und schaltete wieder den Spitzel-Modus ein.

»Du meinst doch nicht etwa seine pummelige Vorzeigetochter, die für den Schuppen die nächsten Jahre den Kopf hinhalten soll.« Ich hatte mir gewünscht, dass ich nicht hingehört hätte. In dem Moment, als ich die Aussage verarbeitete, die mich viel zu unvorbereitet getroffen hatte, war es wie ein Stich in mein so mühselig aufgebautes Herz voller Selbstvertrauen.

Er kannte mich gar nicht. Und trotzdem hatte er mich mit dieser Bemerkung so verletzt, dass mir die Tränen in die Augen stießen. Eigentlich hätte ich spätestens jetzt gehen sollen. Doch ich konnte nicht. Ich saß auf meinem Posten vor der Bürotür, hinter der Trennwand, und weinte.

Natürlich war ich nicht bescheuert, und ich wusste, dass ich dick war.

Aber niemand hatte das Recht, es zu benennen und sich darüber zu äußern, wenn diese Tatsache so unsachlich und gemein dargestellt wurde wie vom alten Barbero in diesem Moment.

Die erste Träne hatte den Rand meiner Wange erreicht und tropfte zu Boden. Ich konnte nichts dagegen tun. Es war ein Stich in den Teil meiner Seele, der immer das zerbrechlichste von mir sein würde. Dort wo auch sämtliche Stiche der Jungs aus Kindertagen eingestochen hatten. Dort, wo etwas niemals ganz verheilen würde.

»Was hast du gerade gesagt?«, hauchte es plötzlich beinahe flüsternd und kühl mit Lucas Stimme aus dem Raum. Mein Puls beschleunigte sich und ich stellte das Weinen sofort ein, um zu lauschen.

Barbero lachte spöttisch und antwortete seinem Sohn nicht weiter.

Dann hörte man nur noch Luca brüllen. So laut, wie er konnte.

»Du weißt gar nichts über sie. Wie hart Sofia gearbeitet hat für die Übernahme des Weinguts, und was zum Teufel gibt dir das Recht, so über sie zu reden.« Mein Herz hämmerte gegen meine Brust und das Kribbeln in meinem Magen eroberte schlagartig alle restlichen Teile meines Körpers.

»Es reicht, Luca! Verschwinde. Ich lass mir von einem Versager wie dir doch nicht meinen Mund verbieten. Pack dein Zeug und geh!«

Damit war das Gespräch zu Ende. Ich stand noch immer wie angewurzelt da, grübelte und überlegte ernsthaft, was eigentlich in den letzten zehn Minuten geschehen war.

Ehrenhaft hatte er mich verteidigt. So etwas wäre mir nicht mal im Traum eingefallen. Dass es einen Mann gab, der das für mich tat. Obwohl ich nicht mal dabei war oder er gar wusste, dass ich alles mit angehört hatte.

Die Bürotür schwang auf und gab die Sicht auf einen alten, grauen Mann mit dunkler Miene frei, der an seinem Schreibtisch saß und weiter seine Arbeit verrichtete, ohne seinen Sohn eines Blickes zu würdigen.

Luca entdeckte mich, als er aus dem Büro trat und die Tür schloss. Ihm stand sichtbar der Schweiß auf der Stirn. Er sah angespannt und zornig aus. Seine Körperhaltung war gestreckt, fast zum Angriff bereit und er bebte vor Zorn, welcher aber sofort verfloss, als er mich wirklich registrierte.

»Sofia? Was machst du hier?«, fragte er entsetzt und mit ernster Miene, als er auf mich zukam und kurz vor mir stehen blieb.

»Ich wollte sehen, wie es dir geht«, gab ich zu allem Überfluss leise zu, doch es war gar nicht weiter wichtig, wieso ich da war.

Er war da. Sogar in Momenten, wo er nicht wusste, dass ich dort war, beschützte er mich und stand für mich ein. Die Sachen, die er über mich gesagt hatte, obwohl er mich selbst noch gar nicht richtig kannte, schmeichelten mir und ließen mein Herz dahinschmelzen.

Das hatte ich noch nie erlebt. Ich war verzaubert von diesem Mann, der mich seit meinem ersten Tag wie eine Göttin behandelt hatte. Ich ging einen Schritt auf ihn zu, um mich zuerst zu entschuldigen.

»Es tut mir leid, dass ich dich nicht angerufen habe. Ich hatte so viel zu tun und …«

»Nein, nicht. Schon okay. Du musst dich nicht entschuldigen«, unterbrach er mich.

Ich sah auf seinen Arm, der in einer Schlinge steckte. Sein Ellenbogen sah schmerzhaft blutig aus, genauso wie sein Schienbein, welches mit ein paar Klammerpflastern versorgt war.

»Was ist denn passiert? Du hast echt alle Arbeit geleistet.« Er sah mich mit seinen grünen, funkelnden Augen an, kam mir noch näher, weshalb ich mich nicht traute, mich zu bewegen.

»Hast du es gehört?«, wollte er wissen. Ich nickte, und leider quoll auch eine letzte Träne, die ich vorerst noch hatte zurückhalten können, aus den Augen. Er sah leidvoll auf mich hinab und wischte mir die Träne aus dem Gesicht. Als er das tat, kribbelte es überall doller in mir.

»Es tut mir so leid. Ich kann dir sagen, dass nichts, was mein Vater jemals zu mir oder anderen Menschen gesagt hat, freundlicher war. Er ist ein Egoist und ist es leider auch nicht wert.«

Ich nickte, dennoch fühlte ich mich gänzlich unwohl. Plötzlich spürte ich Lucas Hand, wie sie meine griff.

»Komm, wir gehen hier weg. Ich brauche, glaube ich, sowieso deine Hilfe«, hauchte er und führte mich fort. Ich fragte nicht nach, wohin er wollte, denn es hätte in diesem Moment keinen Ort gegeben, an den ich nicht mit ihm aufgebrochen wäre.

Während er meine Hand festhielt und wir mit schnellen Schritten zurück in den Schankraum liefen, wurde mir klar, dass sich meine Prioritäten und Überlegungen grundlegend geändert hatten.

Erstens: Ich wollte alle Intrigen und Geheimnisse lüften, die Paps offensichtlich vor uns allen verheimlichte.

Und zweitens: Ich wollte das Weingut übernehmen und eine gute Chefin werden. – Aber nichts davon wollte ich von nun an ohne Luca tun. Angestellter hin oder her. So viel stand für mich fest.

Kapitel 12 Luca

Es war vorbei. Mein abhängiges Leben unter dem Willen meines abscheulichen Vaters war vorbei.

In dem Moment, als er es ausgesprochen hatte, als er mich einen Versager genannt hatte, war die letzte emotionale Verbindung, die ich hatte, aufrecht stehen reißen lassen. Es hatte sich atemberaubend angefühlt, mein Zeug zu packen und ihm auf immer Lebewohl zu sagen, auch wenn ich dies nicht einmal getan hatte.

Ich war ohne Verabschiedung in das Auto von Sofia gestiegen, nachdem ich in meinem Zimmer alles Nötige zusammengerafft und in meinen Rucksack gestopft hatte, um sie auf das Weingut zu begleiten.

Niemals hielt ich es noch länger bei ihm aus, nach all den Intrigen und den Machenschaften, die er angerichtet hatte. einem derart schlechten Menschen, der sogar Menschen beleidigte, die er nicht kannte.

Mein Blut hatte gekocht, als er Sofia mit seinen schlimmen Worten in den Dreck zog. In diesem Moment hatte ich mich so stark wie noch nie gefühlt. Ich wäre bereit gewesen, ihm dafür eine zu scheuern, doch ich hatte schnell erkannt, dass dies keinen Sinn gehabt hätte. Er hätte sich auch dann nicht zu einem besseren Menschen verändert.

Als ich wenige Momente später Sofia vor der Bürotür hatte, stehen sehen, hatte ich mich elend gefühlt. Sie hatte es mir nicht sagen brauchen, dass sie alles mit angehört hatte, weshalb es mir nicht wirklich besser gegangen war. Das einzig Gute daran war, dass wir uns nähergekommen wären und ich das Gefühl gehabt hatte, sie hätte es genossen.

Wie ich ihr eine Träne weggewischt oder ihr das Haar aus dem Gesicht strich, hatte sich atemberaubend angefühlt. Was ich nach wie vor nicht verstand, war, wieso sie gekommen war. Was hatte es mit dem Typen von heute Morgen auf sich gehabt? War es ihr Freund oder doch nur ein Bekannter?

Wir fuhren in ihrem schicken Neuwagen geradewegs auf den Hof. In den letzten zehn Minuten war mir die Lust nach Reden vergangen. Mir stand noch bevor, mich bei Signore Fontana selbst einzuladen, da ich nun ohne Heim dastand und es nicht wirklich zu meiner Lage beitrug.

»Geht's dir gut?«, fragte Sofia mich und schenkte mir einen liebevollen Blick.

Ich nickte. Mir war klar, dass sie alles gehört hatte. Von der Erpressung und auch alles andere. Es würde nichts bringen, weiter zu lügen, und unweigerlich würde auch Signore Fontana nun seine Ehefrau und Tochter in die vergangenen Ereignisse einweihen müssen. Er würde mir wahrscheinlich eher den Hals umdrehen, als mir ein Zimmer anzubieten. Mehr als ein Personalzimmer wollte ich eh nicht. Und dann wollte ich mit der ganzen Sache ein für alle Mal abschließen.

Mein Plan, mich von Anfang an aus der Nummer rauszuhalten, hatte nicht gut funktioniert. Ich wollte nicht zwischen meinem Dad und den Fontanas stehen. Ich wollte meine Arbeit machen, damit ich mir irgendwann ein eigenes Café aufbauen konnte.

Mehr nicht, obwohl neuerdings vielleicht noch etwas anderes, das ich mehr als alles andere wollte. Vielleicht sogar mehr als das Café…

Vorsichtig blickte ich zu ihr.

»Da sind wir. Ich spreche mit meinem Vater, dann kannst du…«

»Nein!«, unterbrach ich Sofia, was sie mit einem erschrockenen Blick kommentierte.

»Ich spreche mit ihm. Das Letzte, was ich will, ist, dass du für mich einstehen musst. Ich arbeite bei euch. Ich werde selbst mit ihm sprechen. Vielleicht ist noch ein Arbeiterzimmer frei.«

Ich zwinkerte. Doch Sofia sah missmutig und verlegen drein, ehe sie sich räusperte.

»Du hast das auch getan und für mich eingestanden. Als du mich vorhin so mutig verteidigt hast, obwohl du nicht mal wusstest, dass ich da war …« Funkelnd und mit einem neuen, scheinenden Blick sah sie mich an. In mir begann sich Sämtliches anzuspannen. Dieser Blick.

Ich wünschte, wir würden augenblicklich aus diesem Auto steigen, damit ich der Versuchung entkam, sie jetzt zu küssen.

»Danke, Luca«, hauchte sie tiefgründig aus, so dass es mir eine Gänsehaut bescherte.

Es kam von Herzen. Es war ihr wichtig gewesen, mir das zu sagen, doch es gab nichts, wofür sie sich hätte, bedanken brauchen. Daher schüttelte ich den Kopf.

»Dank mir nicht. Das war gemein und grausam, und daher war es absolut selbstverständlich, dass ich dich in Schutz genommen habe.

Wollen wir langsam hineingehen? Dein Freund wartet doch sicher auch schon auf dich, oder?«

Diese Anspielung auf den komischen Typ war meiner Nervosität geschuldet, die immer mehr Kontrolle über mein Sprachzentrum gewann. Sofias Blicke schienen mich wahnsinnig zu machen. Ihrer Reaktion nach zu urteilen, musste meine Frage merkwürdig gewesen sein, denn sie veränderte schlagartig das Gesicht und sah mich fragend an.

»Der Typ, mit dem du heute und die letzten Tage verbracht hast«, half ich ihr auf die Sprünge.

Ich hatte mich die ganze Zeit schon gefragt, was der Typ davon hielt, dass Sofia zu mir gefahren war. Nur verstand ich das Gesicht nicht, welches sich nach meiner Frage bei Sofia auftat. Wie sie mich verdutzt und verlegen ansah und ihr offensichtlich die Worte fehlten. Dann blinzelte sie, grinste und begann laut zu lachen. Sie lachte so laut, dass ich dachte, sie lache mich aus.

»Jack? Der ist doch nicht mein Freund. Er ist mein Cousin aus Siena. Er ist Sommelier bei meiner Tante auf dem Weingut und daher ein super Experte, um mich nochmal ein wenig zu schulen.«

Mein Körper brodelte. Sie hatte keinen Freund. Sie hatte nur Besuch von ihrem Cousin? Auch wenn ich mir nun überaus eifersüchtig vorkam, überkam mich sprudelndes Glück, welches sich so richtig selig anfühlte.

Konnte es tatsächlich sein, dass sich zwischen mir und Sofia mehr entwickelte?

»Wieso bist du zu mir gekommen, heute Nachmittag?«, fragte ich geradeheraus, weil ich es endlich wissen wollte.

Sofia sah mich verwundert an, ehe sie antwortete.

»Weil du dich verletzt hast und ich wissen wollte, wie es dir geht. Außerdem hatte ich ein schlechtes Gewissen, weil ich dich so lange nicht angerufen habe.«

Ihre Antwort genügte mir vorerst.

Noch immer saßen wir in diesem Auto. Die Luft wurde allmählich unerträglich, denn auch wenn es Abend war, herrschte draußen noch ca. dreißig Grad.

Und als ob das nicht genügte, hatte Sofia den Wagen in der Sonne geparkt, und langsam machte ich mir Sorgen, wir würden noch an den neuwertigen Ledersitzen festkleben, wenn wir nicht bald ins Haus gingen.

Aber nichts hätte mich in dieser Sekunde aus diesem Wagen herausbekommen. Ich saß neben ihr, keinen Meter entfernt, sah sie an und war zu Hause. Sie war alles, was ich je gesucht hatte. Ein Grund, wofür es sich zu kämpfen lohnte. Ich hatte in all den Jahren nie den Mut gehabt, mich gegen meinen Vater aufzulehnen, und nur weil ich sie kannte, hatte ich es fertiggebracht. Es war mir so leichtgefallen, all dies zurückzulassen, und nur ihr allein galt der Dank. In diesem Moment wurde es mir klar.

Ich liebte sie.

Schnell, intensiv und ohne »Wenn« und »Aber« war es passiert. Es gab keinen Zweifel, dass sie das Einzige war, was ich mir immer erträumt hatte. Eine Frau, mit der ich mir eine Zukunft vorstellen konnte. Eine echte Familie.

Langsam lehnte ich mich zu ihr herüber und fixierte sie mit meinem Blick. Ich hatte nichts mehr zu verlieren. Wenn sie nichts für mich empfand, dann war es nicht weiter dramatisch, die Szene der Zurückweisung heute auch noch über mich ergehen zu lassen. Aber sollte ich nun Erfolg haben, wäre es der kostbarste Moment, den ich für immer in meinem Herzen tragen würde, und begann daher vorsichtig mit meiner Hand nach ihrer zu suchen.

»Sofia«, hauchte ich gierig, davor sie endlich zu küssen. Ich wollte wissen, wie sie sich anfühlte. Wollte wissen, wie sie schmeckte. Sie war durch mein plötzliches Handeln erstarrt, musterte mich mit ihren großen Augen, die unweigerlich nur noch einige Zentimeter vor meinen weilten.

»Was ... hast du vor?«, hauchte sie mit zitternder Stimme zurück.

Ich wusste es nicht. Offensichtlich war es keine gute Idee, sie jetzt zu küssen, doch wenn ich es tat und es sich, wie ich hoffte, als positiv herausstellte, war ich mir sicher, ich könne für nichts mehr auf der Welt garantieren, meine Finger noch bei mir zu lassen.

Sie schloss die Augen und öffnete sanft ihren Mund. Ich berührte mit meiner Oberlippe ihre Nasenspitze. In mir schossen sämtliche Blitze durch meine Blutbahnen und ließen gewisse Regionen anschwellen, die das Verlangen nach Körperlichkeit noch verschlimmerten. Ich schloss ebenso meine Augen und fand mit meinen Lippen endlich ihren Mund, der mich zu meiner Freude gierig empfing. Niemals hatte ich solche Gefühle erwartet. Während ich mit meiner Zunge ihre Lippen durchstieß, schob ich eine Hand in ihren Nacken.

Sie presste sich mit ihrem Körper in meine Richtung und schob mir ihre Brüste entgegen.

Ich keuchte. Da wären sie. Wunderschön und groß. Ihre Oberweite brachte mich um den Verstand. Auch wenn ich nicht zu voreilig sein wollte, konnte ich, so erregt wie ich war, nicht ignorieren, dass sie sich schamlos an mich pressten. Ich griff mit der Hand vom Nacken über ihr Dekolleté und dann vorsichtig abwärts in Richtung des tiefen Ausschnittes. Als ich ihre Brüste erreicht hatte und unter das Kleid griff, löste sich unser Kuss prompt.

Sie keuchte. Es gefiel ihr, und ich spürte, wie erregt sie war. Dies übertrug sich in sehr kurzer Zeit auf meinen eigenen körperlichen Zustand. Sämtliche Reize in mir arbeiteten auf den natürlichen Vorgang hin, dass ich bereit für sie war. Ich hätte sie jetzt auf der Stelle im Auto nehmen können, so erregt war ich über die Gewissheit, dass sie mich in diesem Moment genauso wollte wie ich sie. Es war fast schon magisch, wie geschickt wir uns liebkosten, wie ich ihre Brust in meiner Hand knetete und sie vor Begeisterung zwischen dem Küssen leise zu stöhnen begann.

Ich ließ von ihren Lippen ab und wanderte an ihrem Hals entlang zu ihrem Ohr. Als ich es erreicht hatte, flüsterte ich sanft,

»Weißt du eigentlich, wie schön du bist.« Prompt griff sie nach meinem Kopf, suchte meinen Mund und erkundete ihn mit ihrer Zunge, die sie mir zum

Knabbern anbot. In mir bebte mein Herz, ein erneuter Hitzschlag durchfuhr meine Adern.

Doch plötzlich beendete sie den Kuss. Schwer atmend saßen wir uns gegenüber und öffneten langsam die Augen. Sie sah erhitzt aus und für einen Moment irritiert. Ich zog die Hand aus ihrem Ausschnitt und legte sie auf ihre. Elektrisiert betrachtete ich Sofia, wie sie ihren Ausschnitt zurechtzog.

»Bist du okay?«, brach ich das Schweigen, da es mir allmählich komisch vorkam, nicht zu reden. Sie nickte und lächelte.

»Ja, alles okay. Ich bin nur etwas verwirrt«, gestand sie.

Verwirrt? Wieso um alles in der Welt war sie verwirrt?

War es denn nicht offensichtlich, was zwischen uns vorgefallen war? Ich nahm ihre Hand, was sie zu meiner Erleichterung zuließ, und fädelte meine Finger in ihre. Zuversichtlich sah ich sie an und flüsterte, »Ich bin eigentlich gerade ziemlich glücklich.«

Dann lächelte ich sie verliebt an.

Ich konnte nicht anders, denn ich hatte Recht behalten und hatte die Signale, die wenigen kleinen Momente, richtig gedeutet und dabei den Mut bewiesen, mein Schicksal in die Hand zu nehmen. Leicht beugte ich mich zu ihr hinüber, um ihr einen leichten, liebevollen Kuss zu geben. Unsere Lippen trafen sich nur kurz. Trotzdem lächelte sie ebenfalls glücklich.

Auch noch, als wir kurze Zeit später die Treppen zum Haupthaus hinaufstiegen.

Kapitel 13 Sofia

Er hatte mich geküsst. Heiß und wild war es über uns gekommen, als er mich so völlig überraschend im Auto geküsst und…

Um Himmels Willen. Er hatte mich berührt.

Noch nie hatte ich so etwas erlebt und ich betete insgeheim, dass er nicht gemerkt hatte, was für eine totale Anfängerin ich war. Tatsache war, dass es mir unsagbar gefallen hatte, wie er mich berührt hatte. Ich war nur so überrascht gewesen, dass er wie ich tatsächlich mehr als nur freundschaftliches Interesse zeigte.

Wie er sanft meinen Mund gefunden und mir dann diese wunderbaren Worte ins Ohr geflüstert hatte, war das Schönste gewesen, was mir je passiert war.

Ich wollte ihn. Auch wenn sein Leben einem gewaltigen Chaos entsprach. In meinem Kopf ratterten all die Fakten, die ich in den letzten paar Stunden erlangt hatte, die ich erst einmal einordnen musste. Barbero hatte Paps erpresst. Womit und wieso?

Luca hatte es gewusst und obwohl er hier arbeitet, tat Paps so, als wäre nichts. Diese Tatsache wollte sich nicht in mein Gehirn brennen, dass mein Vater offensichtlich Geheimnisse hatte, von denen sogar Mama nichts wusste. Luca hatte wie zuvor schon darauf bestanden, allein mit Paps zu sprechen, weshalb ich im Flur vor dem Arbeitszimmer aufgeregt auf und ab lief und auf die Entscheidung wartete.

Er würde ihn nicht auf die Straße setzen und selbst wenn, würde ich es nicht zulassen. Wenn alle Stricke rissen, hätte ich nach dem, was zuvor im Auto passiert war, ihm als letzten Ausweg einen Platz in meinem Bett angeboten.

Dies war natürlich ein absoluter Notfallplan, zumal ich mir nicht sicher war, ob er wirklich ernsthaftes Interesse an mir zeigte.

Es war kaum zu glauben, dass ein so attraktiver Mann wie Luca mich »wunderschön« fand. Niemals zuvor hatte ein Junge das zu mir gesagt. Nur zu den schlanken Mädels, die schon immer beliebter als ich gewesen waren. Als junges Mädchen hatte mich das verletzt, doch ich hatte mich zu einer starken, unabhängigen Frau entwickelt.

Die Bürotür öffnete sich und Luca und Paps kamen heraus.

»Und?«, stieß ich aufgeregt hervor.

Paps und Luca lächelten, was ich etwas befremdlich fand. »Denkst du, ich lasse jemanden, der bei mir arbeitet, auf der Straße sitzen?«, fragte mich Paps schließlich und musterte mich sarkastisch.

Nein, das dachte ich nicht. Im Leben nicht hätte ich gedacht, dass er Luca im Stich ließ. Dieser drehte sich zu Paps um und reichte ihm die Hand.

»Danke, Alberto. Ich weiß das zu schätzen.«

Alberto? Hatte Papa ihm etwa das Du angeboten? Er nickte zufrieden und beauftragte dann Salvatore damit, Luca ins Gästezimmer zu führen. Er würde bei uns im Familienanwesen als Gast schlafen und nicht im Arbeitertrakt im Haus gegenüber. Ich sah Luca nach, der die Treppen ins Gästezimmer hinaufstieg, während Paps mich bat, ins Büro einzutreten. Zu meiner Überraschung saß dort Mama, die eine besorgte Miene machte.

»Ich möchte etwas mit dir besprechen, Sofia. Es tut mir leid, dass du es nicht schon früher von mir erfahren hast, aber ich kann es nicht länger verheimlichen.«

Ich erinnerte mich an die Informationen, die ich im Restaurant aufgeschnappt hatte. Es ging um die Erpressung und die Anschuldigungen, die meine Familie mit Lucas verband. Papa begann zu erzählen. Wie er als junger Mann, kurz nach dem Tod seines Vaters, den Posten des Chefs übernommen hatte und dass er nur einen einzigen Freund namens Ernesto Barbero gehabt hatte, der ihm den Start auf dem Weingut leicht gemacht hatte. Mir stockte der Atem. Paps und Barbero sollten Freunde gewesen sein? »Aufgrund der vielen Aufgaben, die ich allein bewältigen wollte, unterlief mir ein Fehler«, erklärte er weiter. Wegen mir war fast eine gesamte Ernte zur Weiterverarbeitung für Wein ungenießbar geworden, weil sie über Nacht mit Reinigungsmitteln in Berührung gekommen war, die ich nicht ordnungsgemäß entfernt hatte.

Ich bekam Panik und dachte, ich müsse mich als Chef erst etablieren, sodass ich kurzerhand meinem Freund Ernesto alles in die Schuhe schob. Er wurde sofort entlassen. Der Vorstand schmiss ihn vom Hof und ließ ihn ohne ein Dach über dem Kopf auf der Straße stehen.«

In meinem Hals wuchs ein Kloß, der mir den Platz zum Atmen nahm. Es war grausam zuzuhören und zu spüren, wie die Vergangenheit meinen Vater quälte, doch was er getan hatte, war schrecklich gewesen. Er hatte den Verlust seines einzigen Freundes verursacht, sodass der Verlust tatsächlich sein eigener war.

»Seit diesem Tag an bereue ich zutiefst, dass ich ihn im Stich gelassen habe. Als er vor rund einem Jahr auf meinem Hof stand und mir sagte, er würde ein Restaurant eröffnen, hatte ich mich sehr darüber gefreut.

Doch ihr könnt nicht ahnen, was seit diesem Tage an los ist.« Mama und ich sahen uns besorgt an, da Paps Stimme mit einmal brach.

Das tat sie nie.

Ich hatte meinen Vater in all den Jahren noch nie weinen sehen und musste zugeben, dass mich dies überforderte. Er schluchzte zweimal und fasste sich schnell, um fortzusetzen.

»Barbero erpresst mich. Seit gut einem Jahr erpresst er mich, euch davon zu erzählen und mich zu verklagen, sollte ich nicht auf seine Forderungen eingehen. Ich habe ihm das Stück Land für den Parkplatz nicht freiwillig geschenkt, genauso wie die letzten 50.000 Euro, die ich aufgrund von ungeplanten Ausgaben ...«, er machte Gänsefüßchen in die Luft, »...überweisen musste, gingen an ihn. Wie soll das nur weitergehen, wenn er immer mehr verlangt.« Mama begann zu weinen, stand vom Stuhl auf und ging zu ihrem Mann, der in ihrem Arm vollständig zerbrach.

Es zerrüttete mein Herz. Ich war gebrochen. Mein Gedanke an die immer glückliche Familie war gebrochen. Ich glaubte, in einer Familie zu leben, die sich alles erzählte, die ehrlich zueinander war und stets die Wahrheit sagte. Paps' Fehler war nicht so schlimm wie der Gedanke, dass er es uns all die Jahre verheimlichte. War unsere Familie am Ende des Tages viel weniger wert, als mir immer lieb gewesen war? War es nur ein Schein?

»Ich muss das erst einmal sacken lassen. Tut mir leid«, gestand ich, da sich die Ereignisse des Tages geradezu überschlugen.

Ich stürmte aus dem Büro und lief die Treppen hinauf, am Gästezimmer vorbei, worin ich Luca vermutete. In meinem Kopf hämmerten die Informationen, Intrigen und die neue Vorstellung darüber, dass ich meine Eltern anscheinend nicht wirklich kannte, gegen meine Stirn.

Die Vorstellung, dass es vielleicht noch viel mehr Dinge gab, von denen meine Eltern mir nie erzählt hatten, oder schlimmer, die sich meine Eltern gegenseitig verschwiegen, machte mir große Sorgen. Wie sollte es jetzt weitergehen? Und was genau hatte Luca mit alldem zu tun?

Vor meiner Tür blieb ich stehen. Ich ging nicht weiter, es war, als würden meine Füße mir den Dienst versagen, denn sie ließen mich nicht über die Schwelle treten. Mein Kopf fuhr zum Gästezimmer herum. Ich zog es vor, nicht allein zu sein. Nicht in diesem Moment.

Ein neues, sehnsüchtiges Gefühl stieß in mir auf. Ich brauchte Halt.

In Lucas Armen fand ich diesen Halt, dieses Gefühl von Geborgenheit.

Dessen war ich mir in diesem Moment sicher wie nie zuvor. Ich wollte nicht reden. Ich wollte fühlen. Ohne es bewusst wahrzunehmen, fand ich mich vor der Tür des Gästezimmers wieder und klopfte energisch an.

Wie aus dem Nichts hatten sich Tränen der Verzweiflung in meinem Gesicht verirrt. Ich war verzweifelt über die vielen Dinge, die sich wie einzelne Zettel voller neuer Ereignisse in meinem Kopf verhedderten. Die Tür ging mit einem Ruck auf, da Luca sich mit Sicherheit erschrocken hatte. Zu meinem Entsetzen präsentierte sich ein entblößter männlicher Oberkörper, der meine Verwirrtheit in einem Schlag zu Fall brachte. Seine Wärme drang unweigerlich zu mir hinüber und zog mich fast wie einen Magneten an.

Er stützte sich am Türrahmen ab und musterte mich zunächst verwundert, dann erwartungsvoll. Oh nein! Hatte er etwas gesagt? Ich war zu abgelenkt gewesen über das Bild, das sich mir bot. Und weil ich einfach nicht mehr denken wollte, schloss ich in einem Satz zu ihm auf, drückte mich an seinen nackten, warmen Oberkörper und fiel gierig über seinen Mund her.

Sofort erwiderte er mein Verlangen, drückte mich an sich und schloss die Tür.

Kapitel 14 Luca

Sie presste sich an meinen Oberkörper, der bereit zum Duschen gewesen war. Doch die Alternative, die sich mir, zu meinem Erstaunen und völlig überraschend bot, genoss ich in vollen Zügen und ich war fest entschlossen, Sofia heute Nacht nicht mehr gehen zu lassen.

Ihr Verlangen war ungezügelt, wild und entschlossen. Es brachte mich von null auf hundert in Ektase. Mein Körper fing Feuer unter ihren Berührungen, vor allem, als ich spürte, wie sie sich an meiner Jeans zu schaffen machte. Und trotz der Hitze, die über uns schwebte, schwang eine gewisse Verzweiflung mit, die auch ihre Tränen erklärte, die ich auf ihren Wangen spürte.

»Was ist mit dir, Sofia? Du weinst ja«, hauchte ich zärtlich. Sie nickte verlegen, blinzelte und schaute mich mit ihren traurigen, aber auch entschlossenen Augen an. »Es ist alles wirklich wahr. Paps hat uns alles erzählt«, gestand sie. Beschützend hielt ich sie in meinen Armen, spendete ihr Halt, den sie benötigte. Natürlich war all das wahr gewesen. Auch wenn ich selbst erst heute von dem gesamten Ausmaß der Machenschaften erfahren hatte, stimmte es und es überraschte mich keineswegs. Ich traute Dad einiges zu, um an seine Ziele zu gelangen. Was es diesmal nur schlimmer machte, war die Tatsache, dass er Personen mit hineinzog, die mir etwas bedeuteten.

Schnell hob ich mit meiner Hand, die ich Sofia unters Kinn legte, ihr Gesicht an. Ich lächelte freundlich, nicht zu aufgesetzt, und zog sie zu einem weiteren Kuss zu mir. Bei dem erneuten Aufeinandertreffen unserer Lippen entstand ein Feuerwerk in meinem ganzen Körper, was mir fast die Luft abschnürte. Ich wollte mehr. Viel mehr.

»Luca, ich will nicht drüber reden. Halt mich einfach fest und …«, während sie die Pause setzte, atmete sie schlagartig schneller, presste sich wieder deutlich spürbar an mich und begann derart mit den Augen zu funkeln, dass es mir schwerfiel, mich zu konzentrieren.

»… berühr mich!«, hauchte sie dann. In diesem Moment setzte ein Teil meines Gehirns aus. In Bruchteilen von Sekunden entschied ich zu verstehen, was gerade geschehen war. Welche Informationen sie mir übermitteln wollte und was nun zu tun war. Schließlich schloss sie zu mir auf und presste ihre Lippen auf meine.

Mein Körper empfand dies als Startschuss für ein sehr natürlich angelegtes Verfahren, was sich von nun an automatisiert abspielte.

Mit einem Ruck hatte ich ihr Kleid entfernt, welches sie sich mühelos über die Arme hatte streifen lassen. Ihre langen lockigen Haare kitzelten auf meinem Arm und ich wurde allmählich so erregt, dass ich sie kurzerhand hochhob und ins Schlafzimmer trug. »Luca, nicht! Du bist doch wahnsinnig. Ich bin zu schwer«, keuchte sie, als ich sie vor mir hertrug und sanft im Schlafzimmer abstellte.

»Bist du nicht. Du bist verdammt sexy.« Ich war nervös und dennoch unglaublich scharf auf sie, denn mit ihrer direkten Art machte sie mich rasend. Ich wich ein Stück von ihr ab, um sie zu begutachten.

Ihr BH war seidenweiß und hielt ihre üppige Brust nur noch so lange, bis ich den Verschluss mit einem Griff überlistet hatte. Der BH fiel zu Boden und gab nun vollends den gesamten Anblick auf ihre Brüste frei, was mir schier den Atem raubte.

Sie waren voll und rund und sie machten mich wahnsinnig, je länger ich sie betrachtete. Ich packte Sofia mit einem Ruck am Rücken, zog sie näher und drückte ihre Oberweite gegen meinen Körper. Sie keuchte auf und kicherte, was mir gefiel. Ich hoffte insgeheim, dass sie Erfahrung im Liebesspiel hatte, denn ich war nicht unbeschrieben und wollte sie nicht überfordern.

Ihre Bemühungen, meine Jeans zu öffnen, machten sich bezahlt, denn sie rutschte sanft zu

Boden und ließ mich nur noch in Boxershorts stehen. Mein Penis war bereits mächtig und bei der Befreiung aus meiner Hose erregte mich die Tatsache, dass ich sie schon sehr bald fühlen konnte, noch mehr.

Ich tänzelte mit ihr zum Bett und ließ mich zuerst fallen, damit sie auf mir landen könnte. Meine Schulter, die ich mir am Morgen angeschlagen hatte, schmerzte höllisch bei jeder Bewegung, doch ich konnte und wollte mich nicht zurücknehmen. Küssend befreite ich sie langsam aus ihrem Slip, den sie sich dann zuletzt selbst von den Füßen fädelte.

Sie lag nackt auf mir, spendete mir Wärme und war der Anreiz dafür, dass sich sämtliches an mir versteifte. Ich wirbelte sie von mir hinunter, sie stöhnte, beugte mich über sie und legte meine Boxershorts ab. »Lass mich noch schnell ein paar Vorkehrungen treffen, bevor wir …«, erklärte ich, doch sie legte mir schweigend den Finger an den Mund. »Ich nehme die Pille«, hauchte sie dann.

Unerklärlicherweise erfreute mich ihre Aussage zutiefst. Ich küsste sie und fuhr mit meinen Händen über ihren Körper. Dabei zuckte sie ein wenig, was mich verwunderte.

»Ist das unangenehm?«, fragte ich sie vorsichtig. Heftig schüttelte sie den Kopf. »Nein! Es ist nur … ich habe halt überall ein wenig mehr an den Stellen, die sonst bei den meisten Frauen …«

»Stopp!«, befahl ich erschrocken, legte dabei meine Hand an ihrem Hals und küsste sie zärtlich. Dachte sie allen Ernstes, sie wäre für mich nicht attraktiv? Ich verbrannte förmlich vor Lust auf sie und wollte niemals, dass sie dachte, sie sei nicht vollkommen.

»Du bist wunderschön, Sofia!«, raunte ich ihr ins Ohr, als ich meinen Blick über ihren gesamten Körper schweifen ließ. Sie lächelte überglücklich, während sie mich dabei beobachtete. Dann legte sie sich weiter zurück, ließ ihren Kopf dabei auf das weiche Kissen fallen und sah mich auffordernd an.

Langsam glitt ich mit meiner Hand zwischen ihre Beine, küsste dabei ihre Brüste und ließ sie aufstöhnen, als ich sie mit meinen Fingern dort berührte.

Sie fühlte sich wunderbar an.

Warm und feucht. Während ich sie befriedigte, bäumte sie sich ab und an auf, streckte mir damit ihre Brust entgegen und gab mir den Grund, mich vollends mit ihren Vorzügen zu befassen.

Sie waren ausnahmslos eine Augenweide. Ihre pralle Brust, ihre Taille und dazu ihre üppigen Hüften, die sie gegen meinen Penis drückte, machten mich rasend. Ich wollte nicht länger warten und müsste wissen, wie sie sich anfühlte. Ich zog meine Finger zurück und schob ihre Beine weiter auseinander, während sie mich dabei beobachtete.

Sie legte ihre Hände auf meine Brust und berührte mich sanft, indem sie mein Haar zu kraulen begann.

Es war fantastisch. Dann sendete ich ihr einen fragenden Blick, den sie mit einem leichten Nicken beantwortete. Ich war mir damit sicher, dass sie bereit für mich war. Langsam schob ich mich vor, berührte mit meinem Penis ihre Scheide, dabei zuckte sie erregt.

Es verbrannte mich förmlich, als ich sie spürte. Sie war heiß und wunderbar. Ich schob mich weiter vor, genoss das Kräuseln ihrer Finger in meinen Brusthaaren und stieß noch einmal tiefer hinein, als ich bis zum Anschlag in ihr versank.

Es war einzigartig. Ich war unsicher, ob ich jemals mit einer Frau geschlafen hatte, die ich so kurz kannte und die mir so viel bedeutete. Sie hier, in meinem Bett, bei mir zu haben, mit ihr zu schlafen und zu wissen, dass sie genauso wie ich bemerkt hatte, dass uns irgendetwas Magisches verband, war ein neues Gefühl für mich.

Es war überfordernd schön und gab mir auch den Anlass, etwas besorgt zu sein. Ich hoffte, Sofia würde es auch nach unserer Nacht genauso sehen. Mich betrübte die Tatsache, dass sie vielleicht nur die negativen Erkenntnisse des Tages verdrängen wollte. War sie überhaupt bereit für etwas Ernstes?

Sofia schloss die Augen, stellte das Kraulen meiner Haare zwar ein, begann dann aber, sich derart erregt unter mir zu winden, sodass ich nicht anders konnte, als einen schnellen, regelmäßigen Rhythmus vorzugeben.

Gerne hätte ich mir mehr Zeit gelassen, um sie zu genießen, doch sie drängte mich förmlich dazu, es ihr schnell und ungezügelt zu besorgen, was mich selbst in Ekstase versetzte. Über alles, was mir Sorgen bereitete, konnte und wollte ich nicht weiter nachdenken. Ich wollte nur an uns beide denken und mich ihr ganz und gar hingeben.

Sie begann keuchend zu stöhnen, wurde dabei immer lauter, ihre Brüste lagen vor mir, schaukelten im Rhythmus mit.

Ich beugte mich hinunter, verringerte ein wenig das Tempo und nahm eine Brustwarze in den Mund.

Sie zitterte vor Begeisterung, was mich selbst fast zum Höhepunkt trieb. Als ihr Stöhnen intensiver und kräftiger wurde und sie sich unweigerlich immer mehr aufbäumte, wusste ich, dass sie fast am Gipfel angekommen war.

Ich stieß noch doller zu und kostete ihren Körper weiterhin mit meinem Mund, was sie letztendlich ans Ende brachte. In dem Moment, als sie kam, als sie laut stöhnte und unter meinem Gewicht zu zittern begann, erreichte auch ich den Höhepunkt und ergoss mich bebend in ihr. Sie war so wunderschön, so sexy und verdammt scharf im Bett, dass ich mir sicher war, davon niemals genug bekommen zu können. Augenblicklich dachte ich erneut daran, dass es vielleicht nur eine einmalige Sache war.

Erschöpft löste ich mich aus ihrem Schoß, sank neben ihr auf dem Bett zusammen. Sie atmete schwer und keuchte, sah mich an und lächelte glücklich.

»Wie fühlst du dich?«, wollte ich wissen. Sie zog sich die Decke, unter die wir geschlüpft waren, bis über die Brust, legte sich eine Haarsträhne zurecht und kräuselte erneut meine Haare auf der Brust.

»Das war unglaublich«, flüsterte sie erschöpft.

Dann kuschelte sie sich an mich und wir schliefen gemeinsam ein.

Kapitel 15 Sofia

Erschöpft und überglücklich war ich eingeschlafen. In seinen Armen. Mir war es egal, dass ich bald seine Chefin war, es war mir egal gewesen, welches Chaos seine Familie über meine gebracht hatte.

Ich liebte ihn. Spätestens nach dieser Nacht war ich mir sicher gewesen. Ich war mir sicher gewesen, dass das, was wir beide getan hatten, mein erstes Mal gewesen war.

Nichts Vergleichbares hatte ich zuvor erlebt. Seine Berührungen, sein nackter Körper, wie er mich stark und völlig abhängig, als wäre ich die Luft, die er zum Atmen bräuchte, geliebt hatte, ließen mich auch am nächsten Morgen noch erzittern.

In mir kribbelte es bei dem Bewusstsein, nackt in seinem Bett aufzuwachen und ihn vor mir liegen zu sehen. Ich schloss meine Augen noch einmal und öffnete sie nur, um sicherzugehen, dass es real war.

Er lag vor mir und schlief noch. Seine mittellangen Haare lagen auf dem Kissen und sahen wüst aus. Ich strich sanft über seinen Oberkörper, wodurch er zu zucken begann. Amüsiert lächelte ich und ließ ihn in Ruhe weiterschlafen. Leise schlich ich aus dem Bett in das Badezimmer des Gästezimmers, ging aufs Klo und wickelte mich dann in ein Handtuch ein. Mein Gesicht war errötet, meine langen Locken waren ohne Volumen, hingen schlaff über meinen Schultern und ich hatte einen sehr unschönen Pickel am Kinn, den ich schleunigst zu eliminieren versuchte.

Als ich im Spiegel wieder hochsah, stand Luca in der Tür und musterte mich. Ich sah wahrlich nicht mehr so gestriegelt und aufgebrezelt aus wie am gestrigen Abend und ich fühlte mich ein wenig unwohl.

»Guten Morgen.«

Er kam auf mich zu und zog mich an sich. Aus einem mir nicht bewussten Grund hielt ich mein Handtuch fest umklammert. Es schüchterte mich plötzlich ein, neben einem großen, attraktiven, nackten Mann zu stehen. Ich hatte mich ihm derart offenbart, ihm meinen Körper anvertraut, dass ich nun Angst hatte, er würde vielleicht doch nicht zufrieden mit dem sein, was ich bieten konnte.

Es war meine Bürde, mich immer wieder auf meine überflüssigen Pfunde zu beschränken. Die Momente, in denen das Bewusstsein gegenüber meiner übergewichtigen Statur und dem Glauben, nicht gut genug zu sein, unweigerlich Macht über meinen Verstand erlangte, würden leider niemals ganz verschwinden.

Verlegen zuckte ich, als er mit seiner Hand über meine nackte Schulter strich.

»Was ist? Fühlst du dich nicht wohl? Habe ich was Falsches getan?«, fragte er besorgt und seine panische Maske, in die sein Gesicht verfiel, tat mir auf der Stelle leid. Um nichts wollte ich diesen Moment, das Gefühl, welches seit der letzten Nacht nachhallte, zerstören, doch ich fühlte mich in diesem Moment angreifbar und verletzlich und ich wollte nie wieder erleben, dass mich jemand, der mir etwas bedeutete, aufgrund meines Aussehens verurteilte.

Ehrlich seufzte ich.

»Ich verstehe nicht, dass du mich schön findest.« Ehrlich und verletzlich offenbarte ich meine Gefühle. Er blickte entsetzt, als er meine Worte verarbeitete, und für einen Moment dachte ich, dass ich ins Schwarze getroffen hatte. Dass er mir dieses Gefühl, schön zu sein, aus Begierde geschenkt hatte, nicht weil er es ernsthaft so dachte. Umso mehr verblüffte es mich, als er gierig zu mir eilte und mich Hals über Kopf küsste, mich mit seinen starken Armen umschlang und meinen Kopf festhielt. Er wich von meinen Lippen, richtete seinen Blick mit großen Augen in meinen und versicherte mir mit einer Ernsthaftigkeit.

»Du bist nicht nur schön. Du bist unglaublich und alles, was ich mir je gewünscht habe. Ich liebe dich, Sofia.«

Dann küsste er mich erneut. Ehrlich und voller Liebe, dass es mir den Verstand raubte.

Vielleicht war die Liebe unweigerlich der Grund, weshalb ich mein Handtuch doch langsam lockerließ, bis es schließlich ganz und gar hinunterrutschte und meinen Körper für Luca erneut enthüllte.

Nachdem wir uns ein weiteres Mal, nach zärtlicher Vereinigung, in seinem Bett wiedergefunden hatten, zog ich mich an. Es war mittlerweile halb neun und ich musste mich beeilen, um das Arbeitstreffen nicht zu verpassen.

Meine Haare hatte ich zu einem engen, strengen Dutt zusammengeknotet, wofür mich Luca kurzerhand ausgelacht hatte, weil er meinte, dass dies gar nicht zu mir passte.

Tat es auch nicht, aber meine Lockenpracht war aufgrund nächtlicher Strapazen leider gänzlich verdorben, weshalb ich auf diese notdürftige Lösung zurückgreifen musste.

Pünktlich um neun schlich ich ins Arbeitszimmer. Noch vor Paps, der auf dem Flur mit einem der Angestellten sprach. Dann kam er, gefolgt von Jack, hinzu, begrüßte mich und wir nahmen Platz.

In den nächsten Stunden verbrachten wir damit, sämtliche Zahlen aller Weinbestände, Antragskosten an die Weinbauern, die unsere Ländereien pachteten, sowie die Erträge gegenüberzustellen.

Ich dachte an Luca, der aufgrund seiner Verletzungen heute einen Tag freinahm. Abschweifend von dem, was mich eigentlich hätte interessieren sollen, dachte ich nur an ihn, nahm somit am Meeting zumindest kognitiv nicht weiter teil und träumte von seinen Berührungen.

Er hatte mir sämtliche Zweifel genommen, mich bei ihm nicht vollständig fallen zu lassen, dass das zweite Mal, in dem wir es taten, noch intensiver gewesen war. Es war fantastisch, mit jemandem, den man liebte, Sex zu haben. Bei dem Gedanken daran wurde mir auch jetzt, wo ich eigentlich meine Aufmerksamkeit weiterhin Jack und Paps schenken, sollte, schwindelig vor Entzücken.

»Sofia, sag mal, hörst du überhaupt zu?«, beanstandete Jack entsetzt, der mich prompt aus meinen Gedanken zog. Er saß auf seinem Platz und wedelte mit einem Blatt Papier in meine Richtung. Ich wusste nicht, was er zuvor gesagt hatte. Hatten die beiden mich etwas gefragt?

Verlegen stieß ich

»Nein. Tut mir leid«, hervor und schüttelte den Kopf, so als könne ich die anderen Gedanken aus meinem Kopf vertreiben. Was war nur mit mir geschehen, seit ich diesen Mann kannte. Er hatte mich von Beginn an in seinen Bann gezogen und die Gewissheit zu besitzen, dass es ihm ebenfalls so erging, mauserte sich immer mehr zur besten Tatsache aller Zeiten.

Nach einer weiteren Stunde, in der wir Zahlen wälzten und uns sämtliche Kostenpunkte der Buchhaltung ansahen, war ich äußerst dankbar, dass der letzte Tagesordnungspunkt etwas Spannenderes bereithielt.

»Kommen wir nun zur Planung für das Weinfest. Wir sollten uns damit befassen, die ersten Ideen meiner Frau zu erörtern«, berichtete Paps, der uns eine Skizze über den Beamer zur Anschauung an die Wand warf. Es zeigte eine grobe Abbildung des Hofes mit unterschiedlichen Ständen und zeitlich getakteten Ereignissen. Vieles erklärte Paps uns direkt und gemeinsam stimmten wir über sehr gut überlegte Ideen sofort ab.

»Was ist mit dem Tanzball am Abend? Wo wird er stattfinden?«, fragte Jack und zeigte auf den großen freien Hof, der alles andere als Laufweg verbinden würde. Plötzlich kam mir die Idee. Sie war brillant.

»Was haltet ihr davon, wenn wir ein großes Zelt auf dem Hof errichten lassen, das als Hauptanlaufpunkt dient? Abends könnten wir dort den Ball abhalten.«

Ihnen gefiel die Idee, das konnte ich anhand ihres enthusiastischen Kopfnickens erkennen. Nach weiteren zwanzig Minuten hatten wir einen groben Plan für das Fest entwickelt und vereinbarten, uns zur weiteren Planung in zwei Tagen wieder zu treffen. Alles in allem bereitete es mir Spaß, die Aufgaben des Hofes zu koordinieren, doch diese fürchterlich trockenen Themen der Buchhaltung und Kalkulationen waren für mich eine Zumutung. Als ich nach der Besprechung mit Paps allein im Büro zurückgeblieben war, bemerkte ich beim Einpacken meiner Sachen seinen unruhigen Blick in meinem Nacken.

»Sofia, es tut mir leid. Ich wollte dich gestern Abend noch mal sprechen, doch ich dachte, ich lasse dir lieber den Freiraum, damit wir heute erneut darüber reden können.«

Ich war mir sicher gewesen, dass er das Thema der Unterhaltung von gestern Abend erneut zur Sprache brachte. Ärgerlich empfand ich es nur, dass ich geradezu unweigerlich erneut daran erinnert würde, denn aufgrund meiner eigenen überschlagenden Ereignisse in der Nacht hatte ich den Rest schier verdrängt. Ich seufzte, fuhr zu ihm herum und hielt den Blick auf ihn standhaft. Seine Augen funkelten erneut.

»Paps!«, stieß ich sanft und fürsorglich aus.

»Du brauchst nicht weinen, ich verurteile dich nicht. Ich bin nur so enttäuscht gewesen, dass du dachtest, du könntest uns solche Dinge nicht anvertrauen. All die Jahre lang.«

Er schloss zu mir auf und ich nahm ihn in den Arm, legte meinen Kopf auf seine väterliche Brust und ließ zu, dass er mich festhielt.

Wie oft hatte er mich so schon gehalten. Als sein kleines Mädchen und auch jetzt als junge Frau fühlte es sich dennoch gleich an. Es würde sich immer gleich anfühlen, von Paps in den Arm genommen zu werden, weil ich immer noch seine Kleine war. Das wusste ich und ich war neben all den schlimmen Dingen, die ich erfahren hatte, stolz auf seinen Mut. »Ich habe ein Leben zerstört. Er hätte ein anderes Leben gehabt, wenn ich nicht gelogen hätte,«, stieß er aus.

»Vermutlich, aber wir können die Dinge der Vergangenheit einfach nicht mehr ändern. Er wird irgendwann ein Einsehen haben und uns in Ruhe lassen. Ich bin sicher.«, erläuterte ich ihm mit einer sachlichen und überzeugenden Stimme.

Er lächelte, als ich ihn dabei ansah. Danach drückte er mich noch kurz und rückte dann von mir ab. Er ließ mich weiter meine Unterlagen in der schwarzen Aktentasche verstauen, wobei er mich spontan doch noch einmal unterbrach.

»Wird Luca mit uns zu Mittag essen, Kleines?« Diese Frage hatte ich nicht erwartet und katapultierte mich unweigerlich in den Zustand, mich wie eine stammelnde Idiotin zu benehmen.

»Ah, ich weiß nicht. Ich …« Mehr konnte ich nicht hervorbringen. Zu sehr war ich schockiert darüber gewesen, dass Papa mich so direkt auf Luca ansprach. Wenn ich ehrlich war, wusste ich, dass er etwas andeuten wollte.

»Du magst ihn, oder?«, schelmisch grinste er mich an, was mich erneut entsetzte.

»Paps! Was soll das?«, tadelte ich ihn und schüttelte mahnend den Kopf. Papa startete eine abwehrende Haltung, um Beschwichtigung zu zeigen.

»Schon gut, schon gut. Ich werde nicht weiter fragen, aber ich denke, er ist ein guter Kerl.«

Mit dieser Aussage ließ er mich im Büro zurück. Ich wusste nicht, ob es mich freute oder doch eher überforderte, dass mein Vater neuerdings der größte Fan von Luca zu sein schien. Immerhin hatte er ihm das Du angeboten und das, obwohl ich es in zwanzig Jahren noch nie erlebt hatte, dass er dies einem Angestellten gestattet hatte.

Mit meiner Aktentasche betrat ich den Flur und lief unumgehbar Luca in die Arme, der gerade die Treppen hinunterstieg. Er grinste übers ganze Gesicht, als er mich erblickte, was mir ein aufloderndes Gefühl in meinem Magen bescherte.

Unglaublich, wenn ich daran dachte, was wir gemeinsam in den nächtlichen Stunden geteilt hatten und offensichtlich beide dasselbe fühlten. Als er neben mir vor der Treppe stehen blieb, bemerkte ich seinen intensiven Blick auf mir. Seine Augen tanzten sichtbar und musterten jeden Zentimeter meiner Haut. Er hob die Hand und umschlang meine Taille.

»Luca, nicht hier ...«, hauchte ich, obwohl ich ihm am liebsten alles hätte erlauben wollen, doch wir waren bei meinen Eltern zu Hause.

Wir standen inmitten des unteren Flures vor der Treppe und ich wollte in keinem Fall dafür sorgen, dass uns jemand der Angestellten, mein Cousin oder, Himmel hilf, sogar meine Eltern dabei erwischten.

Sofort ließ er von mir ab, schien aber nicht garstig bezüglich meiner Zurückweisung zu sein.

»Wie war das Meeting?«, raunte er stattdessen und strich mir sanft über den Arm. Ich lächelte. Er war so aufmerksam und liebevoll, dass ich mich kurz ärgerte, ihm doch nicht gestattet zu haben, mich hier in aller Öffentlichkeit zu küssen, doch übergangslos ertappte ich mich bei dem sorgenvollen Gedanken, dass er dies vielleicht gar nicht wollte. Wir hatten nicht darüber gesprochen, wie es nun zwischen uns weitergehen würde. Wollten wir offiziell als Paar gesehen werden oder war es ihm lieber, uns heimlich und nur zu zweit zu treffen.

Anscheinend machte ich eine zu offensichtliche, besorgte Miene, denn er schmunzelte.

»Was ist los? Du siehst so nachdenklich aus.«

Unbeholfen wollte ich eigentlich abwinken, weil ich dieses Thema wirklich nicht zwischen Tür und Angel anreißen wollte, doch er verlieh seinem Blick mehr und mehr solch einen Nachdruck, dass ich ihn auch nicht anlügen konnte.

»Was ist das jetzt mit uns?«, fragte ich daher geradeheraus. Er lächelte sanft, strich mir dabei über die Arme und küsste mich. Einfach und direkt. Geradewegs so, als sei es das Einzige, was er fortan überhaupt noch tun wollte. Mich küssen. Ich beantwortete seinen Kuss, indem ich gierig miteinstieg. Während wir so dastanden, versunken im Tun, räusperte sich jemand hinter uns.

»Äh, ich möchte nicht stören, aber ihr versperrt ganz schön den Weg.«

Prompt löste ich mich von Lucas Lippen und fuhr herum. Jack stand mit verschränkten Armen vor uns und schmunzelte erst, bis er dann schelmisch breit zu grinsen begann.

Verdammt. Jetzt war die Katze wohl oder übel aus dem Sack. Wobei ich mir sicher war, er würde Mama und Papa nicht einweihen, wenn ich ihn darum bat. »Hi, ich bin Luca«, durchbrach Luca die peinliche Stille und bot Jack seine Hand für eine Begrüßung an. Dieser willigte ein und schlich sich dann, als wir ein wenig beiseite gingen, an uns vorbei.

Er grinste erneut, blieb noch einmal, als er bereits zwei der Treppenstufen erklommen hatte, stehen, drehte sich um und hauchte scherzhaft »Weitermachen.«

Dann ging er auch die übrigen Stufen hinauf und ließ uns wieder allein. Luca und ich mussten unweigerlich laut loslachen, bis er mich erneut in seine Arme schloss und mich zärtlich zu küssen begann. Versunken gab ich mich ihm hin, wie er mir seine intensive Liebe schenkte und mich dabei zärtlich gegen das Geländer drückte.

Kapitel 16 Luca

Fast zwei Wochen waren vergangen, seit ich dem Wunsch meines Vaters gefolgt und von zu Hause ausgezogen war. Es war herrlich gewesen, die Möglichkeit zu kosten; ein eigenes Leben, völlig selbstbestimmt und fernab von seinen Launen und Erniedrigungen zu führen.

Ich freute mich darauf, von nun an bei den Fontanas zu leben, und auch auf die Aussicht, weitere Nächte mit Sofia zu verbringen.

In den letzten Tagen waren wir uns des Öfteren nähergekommen und ich musste mir unweigerlich eingestehen, dass ich diese kontinuierliche Zuneigung allmählich genoss.

Als sie am Morgen nach unserer ersten Nacht leichte Selbstzweifel gezeigt hatte, kam es mir fast vor, als wäre sie ein anderer Mensch. Wo waren ihre spritzige Art, ihr Charme und ihr Selbstbewusstsein hin?

Auch nur für eine einzige Sekunde dem Gefühl ausgeliefert gewesen zu sein, dass sie unsere gemeinsame Nacht bereut haben könnte, hatte in mir einen tiefen Schmerz hervorgerufen. Ohne Verzögerung suchte ich sie auf, um ihr zu versichern, dass sie sich vor nichts in der Welt verstecken müsse. Wie sie mich sonst einhüllte, mit ihrer ganzen Art, ihrem Humor und ihrer Lebensfreude, waren alles, was mir, sobald ich sie sah, den Verstand raubte.

Ich war süchtig nach ihr und den Berührungen auf meiner Haut, die sie mir schenkte, wenn wir allein waren. Auch wenn Jack, Sofias Cousin, uns bereits erwischt hatte, hielten wir vorerst unsere Beziehung vor ihren Eltern geheim. Das Letzte, was wir wollten, war, dass sich noch eine familiäre Situation aufgrund jüngster überschlagender Ereignisse anspannte.

Mir blieb, während ich meiner Arbeit auf dem Hof nachkam, nichts anderes übrig, als meine Füße stillzuhalten, wenn Sofia entweder allein oder mit einem ihrer Familienmitglieder den Hof überquerte. Sie hatte sich in den letzten Wochen gänzlich in die Arbeit der Geschäftsführung gestürzt und hatte alle Hände voll mit der Vorbereitung des Weinfestes zu tun, das sie und Jack gemeinsam planten.

Gerade als ich die letzten Kisten leerer Weinflaschen vom Lieferwagen unseres Händlers in Empfang genommen hatte, klingelte mein Handy. Peinlich berührt über das Klingeln meines privaten Telefons, unterzeichnete ich noch schnell die Lieferanweisung, die der Händler mir eilig unter die Nase hielt und auch den passenden Stift mitlieferte.

Dann, als er endlich ins Auto stieg, konnte ich den gnadenlos hartnäckigen Anrufer erlösen und herangehen.

»Luca Barbero, wer ist da?«, meldete ich mich zu Wort. Der Anrufer räusperte sich. Es kratzte im Hörer und dann antwortete er: »Ich bin es! Komm zur Straße.« Eiskalt fuhr es mir durch Mark und Bein, ließ mich erschrecken und blockierte meine Fähigkeit, darauf zu antworten.

Es war mein Vater. Darin bestand kein Zweifel. Die Art, wie gnadenlos er die Worte aussprach, bedeutete nichts Gutes. Nicht, dass er jemals etwas anderes, freundlicher ausgesprochen hätte, doch ich konnte spüren, dass er auf etwas abzielte. Wieso hätte er mich sonst angerufen? Bestimmt nicht, um sich zu entschuldigen. Noch ehe ich hätte widersprechen können, klang mir ein gleichmäßiges Tuten ins Ohr, das darauf schließen ließ, dass er aufgelegt hatte.

Er bestand also darauf, dass ich zu ihm kam und mir anhörte, was er zu sagen hatte.

Na schön.

Mit starken Schritten machte ich mich auf den Weg. Binnen Sekunden, als ich dem Haupttor des Hofes und damit der Straße näherkam, keimte Zorn und Wut in mir hoch. Was wollte er von mir? Konnte er mich nicht einfach in Ruhe lassen?

Und tatsächlich. Als ich die Straße betrat und um die Ecke sah, stand er versteckt hinter einer Staude und trat hervor, als er mich erblickte.

»Da bist du ja«, stellte er kühl fest, musterte mich und blickte zornig auf mich herab.

»Kommen wir gleich zur Sache? Was willst du von mir?«, forderte ich und stemmte nachdrücklich meine Hände in die Seiten. Er zuckte mit dem Auge und tat es mir gleich, indem er meine Haltung imitierte.

»Ich will, dass du wieder nach Hause kommst, hörst du«, klang es fast schon sehnsüchtig, aber grob aus ihm heraus. Sein Blick wurde weicher, er ließ von seiner aufrechten Haltung ab und kam einen Schritt auf mich zu. Ich verstand die Welt nicht mehr. Nach Hause kommen? Hatte er soeben zugegeben, dass er mich vermisste? Mein Herz pochte wie wild gegen meinen Brustkorb. War er es nicht, der mich fortgeschickt hatte? In mir begann es zu brodeln. Es begann in meinem Magen und zog sich weiter in Richtung Oberkörper. Urplötzlich hatte ich das Gefühl, etwas müsste heraus.

Ich musste meiner Wut Platz machen und ihm sagen, was ich von ihm hielt. Jetzt, wo ich es geschafft hatte, ihm zu entkommen, jetzt, wo ich Leute gefunden hatte, denen ich genügte, musste ich um diese Sache kämpfen. Also richtete ich mich auf, reckte meinen Kopf, streckte die Arme und lächelte ihm würdevoll entgegen, womit ich ihn verunsicherte.

Dies sprachen seine Augen, die wild hin und her zuckten.

»Du kannst nicht mehr über mich entscheiden«, erklärte ich ihm mit einer derartigen Ruhe und Würde, die ihm merklich das Blut in den Adern kochen ließ. Bis jetzt war seine Theorie immer aufgegangen, mich durch Verunsicherung in Schach zu halten, doch diesmal gelang es ihm nicht. Ich hatte mir geschworen, nie wieder die Kontrolle an ihn zu verlieren.

»Ich kann nicht ertragen, dass du auf die Seite der Menschen gewechselt bist, die ich Feinde nenne«, hauchte er mit einer unsagbaren Spur an Hass, das mich plötzlich doch aufschrecken ließ. Er räusperte sich erneut und während er mit leichten Schritten weiter auf mich zukam, erklärte er mir endlich, weshalb er gekommen war.

»Du glaubst, du bist denen etwas wert? Sie haben mich damals eiskalt verraten und so wird es dir auch ergehen, wenn du glaubst, dass du hier eine Zukunft hast.« Seine faltige Stirn und sein krankhafter Ausdruck im Gesicht, während er diese unschönen Dinge sagte, glichen einer Figur aus einem Horrorfilm. Er baute sich vor mir auf.

»Junge! Du wirst deine Zelte hier wieder abbrechen und nie wieder einen Fuß auf das Weingut setzen. Du kannst mit in das Restaurant einsteigen und meine Nachfolge antreten.«

Bei dieser Aufforderung musste ich plötzlich laut loslachen. Die gesamte Situation, in der wir uns befanden, glich einem gut einstudierten italienischen Bühnendrama, doch unweigerlich bemerkte ich, wie er meinen humorvollen Gefühlsausbruch alles andere als erfreulich empfand. Selbstsicher stellte ich mich seiner Person, stand nur mit einem Fuß weit entfernt vor seinem.

»Niemals«, hauchte ich ihm stark und stolz entgegen, und sah dabei die Schweißperlen, die sich auf seiner faltigen Haut gebildet hatten. Er begann zu lachen. »Nun gut, du hast es so gewollt.«

Er wich von mir ab und drehte sich herum, begann vor mir herzulaufen, während er mir seine Überlegungen eröffnete, die mir umgehend die Kehle zuschnüren ließ.

»Du kannst mein gleichwertiger Partner werden, wenn du das möchtest.« Er richtete seinen Blick zu mir, der mir unweigerlich den Atem raubte. Er sah mich mit flehendem Ausdruck an, hielt sich aber dennoch zurück, seine Gefühle deutlich zu offenbaren.

»Was?«, fragte ich ihn fassungslos über seinen Vorschlag. Er zuckte mit den Schultern.

»Ich war nicht immer der Vater, den du verdienst. Aber ich will es wiedergutmachen.« Ich wusste nicht, ob es Freude oder Erstaunen war, welches sich in meinem Körper breitmachte und die negativen Gefühle verbannte. Er war tatsächlich gekommen, um mich zurückzuholen. Keinerlei Vorwürfe oder Sprüche, die mich infrage stellten. Es ging ihm zum ersten Mal um mich. »Was ist? Was sagst du dazu?«, hakte er schließlich nach und kam unweigerlich noch etwas näher.

»Ich weiß es nicht. Ich weiß nicht mal, ob ich für dich arbeiten will«, gestand ich, da ich mir geschworen hatte, nie etwas mit seinen Geschäften zu

tun zu haben

»Wenn ich gleichwertig sage, dann meine ich das auch so. Ich überschreibe dir die Hälfte des Restaurants als Teilhaber. Einverstanden?«

Nun war ich vollkommen neben der Rolle.

»Ist das dein Ernst? Du hast nie sonderlich etwas von mir gehalten. Was hast du davon?«

Er weitete seine Augen, als ich ihm dies vorwarf. »Du bist mein Sohn.«

Diese Worte waren schlicht und tatkräftig. Sie waren unumgänglich korrekt und doch erwischte ich mich bei dem Gefühl, dass es nie so gewesen war. Er war kein Vater gewesen, und ich war nie sein Sohn gewesen. Seit meiner Kindheit hatte ich nicht mehr zu ihm aufgesehen, aber in diesem Moment

142

wünschte ich mir die Gelegenheit, das Verpasste nachholen zu können.

Am Abend kam ich pünktlich zum Essen. Als ich die Tür zu Sofias Wohnung aufschloss, saß sie bereits am Tisch und lächelte mir glücklich entgegen.

»Guten Abend. Du bist ja schon fertig«, stellte ich fest und gab ihr einen Kuss, bevor ich mich neben sie setzte.

»Wie war dein Tag? Hast du viel geschafft?«, fragte ich sie entschlossen, schenkte mir etwas Wasser in mein Glas und hörte ihr gespannt zu. »Wir haben das Fest weitergeplant. Jack und ich haben so viele Ideen, da könnten wir drei Tage länger feiern, um alles zu berücksichtigen.«

Sie war voller Freude, als sie mir von ihrem Tag erzählte.

»Und bei dir? Wie war deine Arbeit?« Bei dem Gedanken daran, ihr von der Begegnung meines Dads zu berichten, hatte ich Sorge, denn sie war bereits voreingenommen und ich konnte es ihr nicht verdenken.

»Weißt du, mein Vater hat mich heute besucht«, gestand ich.

Ich bemerkte in Sekundenschnelle, wie sich ihre ausgelassene Stimmung in Anspannung verwandelte. »Wie bitte?«, hakte sie nach.

Unabdingbar war mir nun klar, dass dieser Abend
nicht so wie die anderen verlaufen würde.

Kapitel 17 *Sofia*

Er war zum gemeinsamen Abendessen gekommen, um mir kurzerhand zu eröffnen, dass sein Vater ihn auf dem Hof besucht hatte? Ich war fassungslos bei dieser Nachricht, während ich Luca äußerst entspannt wahrnahm.

Er saß mir gegenüber und trank aus seinem Glas, während ich meine Gedanken darüber sortieren musste.

»Was wollte er von dir? Hat er dich wieder mit irgendwelchen doofen Ideen eingehüllt?«, stieß ich unüberlegt hervor und konnte mein Augenrollen nicht wirklich unterdrücken.

»Ganz im Gegenteil! Er war nett.« Ich verschluckte mich kurzerhand, als ich seine Worte verarbeitete. Luca sah mich herausfordernd an.

»Wie? Nett? Was hat er denn gesagt?«, wollte ich wissen. Während mir Luca von dem Gespräch mit seinem Vater, dem Angebot der Teilhabe und auch der Möglichkeit zur Rückkehr in das Restaurant berichtete, stockte mir der Atem. War er wirklich so naiv zu glauben, dass sich dieser furchtbare Mensch innerhalb von zwei Wochen zum Besseren geändert hatte?

Deshalb konnte ich nicht mehr als eine halbwegs passable Miene machen, während ich Luca weiter zuhörte. Er erkannte meine Skepsis im Blick und begann sich zu wundern.

»Was ist? Glaubst du, er lügt mich an?«, wollte er wissen. Mich machte es schier wütend, dass er nicht selbst darauf kam und es wirklich von mir hören musste. Meine Meinung hatte ich binnen einiger Sekunden über diese Aussage gefällt, sodass ich Luca nur ein belächelndes Kopfnicken zuwarf.

»Glaubst du im Ernst, dass er sich jetzt plötzlich zum Besseren verändert hat? Ich meine, du hast doch nicht vergessen, wie er dich vor zwei Wochen behandelt hat oder welche Worte er über mich gesagt hat.«

Einstimmend schüttelte Luca den Kopf und er griff nach meiner Hand, die auf dem Tisch neben meinem Teller lag. Unsere gekochte Pasta mit Gemüse war höchstwahrscheinlich nur noch lauwarm, da wir noch immer nicht zum Essen gekommen waren.

»Ich bin mir ziemlich sicher, dass er diesmal so etwas wie Einsicht zeigt. Er will mich als gleichwertigen Partner in seinem Restaurant. Ich meine, kannst du dir das vorstellen? Ich kann mein Café eröffnen, wenn das gut läuft«, sprühte es geradewegs aus ihm heraus.

Er war verloren. Der Teil seines Herzens, dessen väterlicher Liebe jemals zu wenig bekommen hatte, strotzte förmlich nach dieser Chance. Ich war mir sicher, er könne gerade nicht rational denken, sondern sich nur über die Tatsache freuen, dass sein Vater ihm zum ersten Mal Anerkennung entgegenbrachte. Ich hingegen hielt absolut nichts davon.

»Ich weiß nicht, Luca. Ich finde, du solltest vorsichtig sein. Dein Vater hat dich jahrelang wie einen besseren Sklaven behandelt. Du bist so viel mehr wert als das«, hauchte ich. Bei diesem Satz begann er zu lächeln und meine Hand fester zu drücken.

»Mach dir keine Sorgen. Ich werde vorerst weiter bei euch wohnen und mir das Ganze erst einmal anhören. Und ich werde eine Entschuldigung verlangen, von ihm, für das, was er über dich gesagt hat«, versprach er und beugte sich sanft zu mir herüber.

Dabei begann mein Unterleib zu kribbeln. Ich wusste, dass er mich jetzt küssen wollte, also streckte ich mich ihm entgegen und fand sanft seinen Mund. Er fühlte sich warm an und neckte mich zärtlich. Dabei wanderte meine Hand zu seinem Shirt. Ich begann, darunterzugreifen. Unerschrocken und mutig machte ich diesmal den Anfang. Er spannte sich an und auf seiner Haut spürte ich seine

Gänsehaut. Er keuchte sanft, was mich erschaudern ließ. Offensichtlich gefiel es ihm, dass ich ihn so überrascht berührte. Er tat es mir gleich und schob seine Hand unter mein Top. Noch immer saßen wir auf den Holzstühlen im Wohnzimmer, unsere Nudeln mittlerweile kalt vor uns auf den Tellern, und das Einzige, an was ich momentan noch denken konnte, war Luca.

Es war mir in diesem Moment egal, ob er einen miserablen Vater hatte oder mit welchen Mitteln er sein Café eröffnete.

Ich wollte unverzüglich mit ihm ins Bett. Daher beugte ich mich ihm noch weiter entgegen. Mein Stuhl kippte leicht in seine Richtung. Einen Moment lang dachte ich, ich würde hinunterfallen, doch da hatte Luca schon seine Arme um meine Taille geschwungen, zog mich auf seinen Schoß und begann, mich weiter energisch zu küssen. Wanderte nun mit der Hand unter meinem Shirt, zu meinen Brüsten und weiter über meinen Oberkörper. Ich krallte mich mittlerweile an seinem Hals fest, als er von mir abließ und mich hungrig ansah.

»Ich will dich. Jetzt«, hauchte er und vergrub sein Gesicht in meinem Hals. Er brachte mich damit um den Verstand.

Ich packte seine Hand und stand auf. Sah ihn mit denselben gierigen Blicken an, die er mir mit einem koketten Lächeln schenkte, und zog ihn hinter mir her ins Schlafzimmer.

Am nächsten Morgen war ich bereits früh auf den Beinen. Jack erwartete mich im Arbeitszimmer zu einer weiteren Besprechung für das Weinfest, weshalb ich hastig aus dem Bett sprang, als der Wecker uns gnadenlos aus dem Schlaf riss.

»Guten Morgen, du Engel«, begrüßte mich Luca, der noch verschlafen im Bett lag und mich beim Anziehen beobachtete. Ich lächelte ihm liebevoll zu, verschwand dann im Bad und wollte gerade noch pünktlich die Wohnung verlassen, als Luca mich aufhielt. »Ohne einen Kuss lass ich dich nicht gehen«, erpresste er mich und hielt nur in Boxershorts bekleidet die Tür zu meiner Wohnung fest verschlossen. »Luca, ich muss los«, kicherte ich, während ich versuchte, mich an ihm vorbeizudrängeln. Er begann, mich zu kitzeln, was mich laut auflachen ließ, dann aber ließ er es endlich sein, sodass ich ihm den herbeigesehnten Kuss erfüllen konnte.

Er schmeckte süß, verschlafen und wunderbar, drückte mich dabei an sich und brachte mich dazu, für einen Moment zu überlegen, wieder mit ihm im Schlafzimmer zu verschwinden, doch … Himmel! Mein Termin.

»Luca, ich muss los«, tadelte ich ihn, als er mich noch immer festhielt.

Dann dachte ich an den gestrigen Abend und an Lucas Vater. Er wollte heute zu ihm gehen und mit ihm darüber sprechen. Grundsätzlich fand ich es eine gute Idee, dass er so vernünftig und nicht vorschnell handelte. Wenn ich ehrlich war, dann war ich nicht wirklich überzeugt, ob es etwas nützen würde.

»Pass auf dich auf, wenn du nachher zu deinem Vater gehst, okay?«, gab ich vorsichtig zu bedenken.

Er musterte mich verblüfft, strich mir dann eine Strähne aus dem Haar.

»Keine Sorge, ich weiß, worauf ich mich einlasse.« Ein kleiner Schauer des Entzückens fuhr über meine Haut. Jedes Mal, wenn er sich mir gegenüber so zärtlich und liebevoll verhielt, bemerkte ich mehr und mehr, dass mein Herz einen Hüpfer machte. Ich war mir sicher, dass ich tiefe Gefühle für ihn entwickelte. Er würde schon das Richtige tun.

Als ich im Arbeitszimmer ankam, lächelte mir Jack fröhlich entgegen. Er war bereits schwer damit beschäftigt, sämtliche Unterlagen für das Weinfest auf dem großen Tisch auszulegen.

»Guten Morgen, Cousinchen. Hast du gut geschlafen?« Natürlich legte er dieser Begrüßung einen leichten humorvollen Unterton bei, damit er auf die Beziehung zwischen mir und Luca anspielen konnte.

Ich belächelte dies nur neckisch und widmete mich dann den Unterlagen auf dem Tisch.

»Du hast schon gut vorgearbeitet. Danke dir. Lass uns als Erstes über den Tanzabend sprechen«, begann ich die Sitzung schließlich.

Er nickte, bot mir den freien Stuhl neben sich an und begann zu erklären. Das Fest würde in drei Wochen stattfinden. Bis dahin, hatten Jack und ich beschlossen, musste auf dem Hof noch einiges getan werden. Die Angestellten, die wir bis jetzt eingestellt hatten, füllten das Pensum für die Ernte vollständig aus, sodass wir uns nach weiteren Aushilfen umsehen mussten, um das Fest rechtzeitig und qualitativ gut auf die Beine stellen zu können.

»Ich könnte im Dorf weitere Ausschreibungen für die Arbeit als Hilfskräfte anbieten und Luca wird uns bestimmt auch eine große Hilfe sein. Er kennt sich hier mit am besten aus und kann ein paar größere Aufgaben übernehmen«, schlug ich vor.

Als ich dies äußerte, schmunzelte mein Cousin und schenkte mir ein verstohlenes Lächeln. Er war charmant durch und durch und wollte etwas andeuten. Das wusste ich sofort.

»Spuck es schon aus. Was möchtest du sagen?«, forderte ich daher schelmisch.

Er grinste nun, ertappt durch sein offensichtliches herausforderndes Grinsen. »Also du und Luca? Sag, Cousinchen, was läuft da zwischen euch?«

Dass er so konkret zur Sache kam, hatte ich dann doch nicht erwartet, aber Jack hatte schon immer eine

Neigung zur Neugier, und was er wohl am meisten verabscheute, war es, etwas nicht zu wissen.

»Nun ja, ich wüsste nicht, was dich das angeht, aber wenn du es genau wissen willst, sind wir zusammen«, gestand ich ihm. Seine Augen funkelten. Er lächelte und tätschelte mir dann freundlich die Hand.

»Das freut mich für dich. Er scheint echt in Ordnung zu sein. Wieso macht ihr denn so ein Geheimnis daraus? Dein Vater scheint ihn doch auch zu mögen?«, fragte Jack verwundert.

Mittlerweile fragte ich mich dies auch. Es war nach knapp drei Wochen, in denen wir nun heimlich ein Paar waren, vielleicht doch an der Zeit, meinen Eltern davon zu berichten.

Jack hatte recht mit dem Gedanken, dass Vater Luca mochte. Immerhin hatte er ihm unweigerlich das Du angeboten, als Luca nach seinem Rausschmiss von zu Hause bei uns aufgenommen wurde. Und gerade deshalb, dachte ich kurzerhand, war es falsch, es noch weiter zu verheimlichen.

Meine Eltern hatten Luca freundlich willkommen geheißen und ich wollte sie nicht länger über meine Beziehung im Dunkeln lassen.

Doch ob Luca das genauso sah, konnte ich mir in diesem Moment nicht wirklich erklären.

Kapitel 18 Luca

Schon als ich auf den Parkplatz des Restaurants fuhr, hatte ich ein mulmiges Gefühl. Immerhin war dies der Ort, von dem ich bis vor drei Wochen dachte, ihn von innen nie wieder sehen zu müssen.

Dass mein Vater den Mut aufgebracht hatte, sich persönlich bei mir zu entschuldigen, (auch wenn er diese Worte nie so gesagt hatte), hatte mich milde gestimmt. Ein wenig.

Mir war bewusst, dass er nie der Vater werden würde, dem man als Vorbild nachahmte, doch ich wollte daran glauben, dass er mich als jungen, erwachsenen Mann wahrnahm und in mir so etwas wie seinen Nachfolger sah.

Die Tür zum Restaurant öffnete sich selbstständig durch ein sirrendes Geräusch. Sie schwang nach innen auf und offenbarte das moderne Ambiente mit kleinen Sitzgruppen, die in Nischen versteckt waren und zum entspannten Essen einluden.

Dad stand direkt in der Mitte des Schankraumes und diskutierte mit einem Küchenangestellten. »Dann machen Sie es eben nochmal, wie ich es gesagt habe«, blaffte er den jungen Burschen an, der kaum älter als neunzehn Jahre alt sein konnte. »So schlechte Laune am frühen Morgen«, platzte es unüberlegt aus mir heraus, weshalb ich mir sicher war, nun eine saftige Standpauke zu kassieren, doch zu meiner Überraschung geschah dies nicht.

»Guten Morgen, Junge. Ach, halb so wild. Gehen Sie wieder an die Arbeit.«

Sein Ton war zwar noch immer nicht der liebevollste, doch er schien sich nicht weiter über den Küchenjungen zu ärgern, sondern wandte sich mir zu.

»Na, haste es dir also überlegt und willst du mit anheuern?«

Ich nickte und fügte noch bei: »Zumindest möchte ich mir dein Angebot anhören. Alles andere sehen wir dann.«

»Ha! Wusste ich es doch, dass du zumindest einen Funken Geschäftssinn besitzt. Komm mit in mein Büro. Wir gehen die Zahlen durch.« Ich folgte ihm an den Ort, an dem wir uns das letzte Mal zuvor gesehen und unsagbar heftig gestritten hatten.

Hier war auch das Unschöne über Sofia gesagt worden, weshalb ich unbewusst meine Hände zu Fäusten ballte, als wir das Büro betraten.

»Setz dich. Willste'n Kaffee?«

Ich winkte ab, da man das, was Dads Kaffeeautomat produzierte und zudem noch mit Kapseln funktionierte, nicht wirklich als Kaffee bezeichnen konnte.

Während er für sich auf der Maschine rumhämmerte, um einen Kaffee zuzubereiten, blätterte ich in einem der Schnellhefter, die auf dem Bürotisch lagen.

Er gab Aufschluss über die letzten Zahlen des Quartals. Alle Kosten und Einnahmen des Restaurants sowie dem Abschluss, abzüglich der Gehälter der Angestellten.

Ich sah buchstäblich rot.

»Das ist ja katastrophal«, platzte es aus mir heraus. Er drehte sich überraschend um und griff nach der Mappe, die er dann wieder auf den Tisch legte. »Mensch, Junge, ich wollte es dir schonend beibringen«, erklärte er, bevor er sich mit seiner hellblauen Tasse mit dem Logo des Restaurants darauf hinsetzte.

»Was schonend beibringen? Der Schuppen ist bankrott?«, forderte ich ihn heraus. Er knirschte mit den Zähnen, um einen Wutanfall zu unterdrücken. Das konnte ich spüren. Er wollte es sich mit mir offensichtlich nicht gleich wieder verscherzen und irgendwie war ich dankbar, dass er sich zum ersten Mal in meinem Leben wie ein erwachsener Mensch benahm.

»Wir sind nicht bankrott. Das Restaurant ist nur letzten Monat nicht so gut besucht gewesen. Wir brauchen einfach eine neue Marketingstrategie und mehr Qualität in der Küche«, versicherte er nachdrücklich.

Ich grübelte. Es war fast schon seltsam, wie er vor mir saß und sich um Kopf und Kragen stammelte.

Er brauchte meine Hilfe. Dies war der einzige Grund, wieso er zu mir gekommen war. Nicht, dass es ihm leidtat, seinen Sohn auf die Straße gesetzt zu haben, oder ihm etwas daran gelegen hätte, den Kontakt zu mir nicht abbrechen zu lassen.

Nein.

Er brauchte schlicht und ergreifend meine Hilfe, um sich mit dem Restaurant über Wasser zu halten. »Ich glaube eher, Vater, dass dir das Wasser bis zum Hals steht und du deshalb meine Hilfe brauchst«, konfrontierte ich ihn mit dieser Theorie.

Seine Zähne mahlten. Er schenkte mir einen frustrierten Blick und gestand dann alles.

»Schön, du hast recht. Ich brauche deine Hilfe. Du bist weitaus jünger und verstehst die moderne Welt besser als ich. Was schadet meinem Restaurant dermaßen, dass ich keinen Umsatz generiere?«, gestand er missmutig und legte zum ersten Mal eine ernsthafte, wertschätzende Stimme an den Tag, dass es mich zutiefst bewegte.

Er brauchte mich. Das hatte er gesagt. Auch wenn hunderte Leute mir in diesem Moment gesagt hätten, dass es sich wie ein leises, heulendes Ausnutzen anfühlte, konnte ich die Tatsache, dass mein Vater mich um Hilfe bat, nicht wortlos ignorieren.

Ich war ihm wichtig. Zumindest so wichtig, dass er den Mut gefasst hatte, mich zurückzuholen und meine Meinung für die Rettung seines Restaurants in Betracht zog.

Das genügte mir. Niemals hätte ich damit gerechnet.

Ich wollte nie etwas mit seinem Restaurant zu tun haben, doch jetzt, wo er mich nach Hilfe bat, konnte ich sie ihm nicht verwehren.

Gegen Nachmittag fuhr ich gerade auf den Hof, als ich Sofia und Jack mit zwei endlos langen Maßbändern auf dem Steinboden Markierungen malen sah. Sie planten wohl immer noch das Fest. Ich stieg aus Sofias Auto und knallte die Tür zu.

»Na, ihr zwei? Was macht ihr denn hier? Kleine Malstunde?«, neckte ich sie und belustigte mich über die vielen Kreuze auf dem Boden. »Nicht ganz!«, lachte Jack, der auf mich zukam.

»Das sind die Markierungen für das Festzelt«, erklärte er.

Das leuchtete mir ein. »Gibt es sonst noch etwas zu tun, wobei ich euch helfen kann?«, schlug ich ohne große Pause zwischen den Worten vor. »Bestimmt. Wir bräuchten auf jeden Fall noch jemanden, der an dem ersten Tag die geführte Tour durch den Weinkeller übernimmt. Hast du Interesse?«

Jack sah mich mit starkem Enthusiasmus an, um mir offenbar diese Aufgabe schmackhaft machen zu wollen, doch dies musste er gar nicht. Die Weinführungen anzubieten und die Gäste am Tag des Weinfestes durch die Fontana-Weinkeller zu begleiten, empfand ich als einen äußerst angenehmen Job.

»Einverstanden!«, verlautete ich daraufhin schnell und schlug bei Jack in die Hand ein, die er mir begeisternd hinhielt.

»Was werden denn hier für Geschäfte abgewickelt, von denen ich nichts weiß?«, scherzte Sofia, als sie in diesem Moment näherkam.

Sie sah wie immer im Glanz der Sonne fabelhaft aus. Trug wie sonst auch ein leichtes Sommerkleid und einen hellgelben Sonnenhut.

»Nichts, Cousinchen. Wir haben nur unseren ersten Weinführer für das Fest gefunden«, strahlte Jack seiner Cousine entgegen, worauf sie mich glücklich anfunkelte. Sie zeichnete ein lautloses »Danke« auf ihre Lippen, was mir ein Gefühl tiefer Freude bescherte.

»Tja, ich muss jetzt los. Dein Vater will noch mit mir die Bestellungen für das Fest besprechen.«

Jack wandte sich zu Sofia und nahm sie kurz in den Arm. Mir schenkte er einen netten Blick und hob die Hand, als er uns verließ und im Haupthaus verschwand. »Und wir beide? Was machen wir nun mit dem angebrochenen Nachmittag?«, fragte Sofia friedvoll, während sie auf mich zugetänzelt kam und ihre Hände auf meinen Brustkorb legte. Überrascht über diese offensichtliche Annäherung, wobei uns jederzeit ein Arbeiter oder ein Mitglied ihrer Familie hätte sehen können, zuckte ich zurück, bevor sie in Versuchung kam, mich zu küssen.

Was war los mit ihr? Wollte sie nun doch, dass alle Bescheid wussten?

»Ist etwas nicht in Ordnung?«, fragte sie verblüfft, als ich sie für einen Kuss abblitzen ließ. »Nein, natürlich nicht. Aber wir stehen mitten auf dem Hof und du wolltest mich gerade küssen«, flüsterte ich ihr erklärend zu.

Sie zuckte nur neckisch mit den Schultern und antwortete frech.

»Na und? Dann wissen es eben alle. Mir ist das mittlerweile nur recht.« Sie blinzelte mit ihren klaren blauen Augen, bettelte förmlich nach der erlösenden, zärtlichen Geste, dass ich nicht anders konnte. Ich war zu überrascht, positiv überrascht darüber, was sie mir eben gerade versucht hatte zu sagen, dass ich es einfach geschehen ließ.

Sie griff nach meinem Hals und ich tat es ihr gleich. Gierig und hungrig nacheinander fanden wir uns zu einem Kuss, schlossen beide unsere Augen. Gaben uns vollkommen unserer Sehnsucht hin.

Sie fühlte sich so wunderbar an und ich war mir
nun mehr als sicher, während wir so dastanden, für
jeden sichtbar und dennoch ganz für uns in diesem
Moment, dass ich sie liebte und sie nie wieder gehen
lassen wollte.

Kapitel 19 Sofia

Noch nie war ich so aufgeregt gewesen wie in dem Moment, als wir uns endlich vor anderen Augen geküsst hatten.

Im Augenwinkel erkannte ich einige Arbeiter am Ende des Hofes, die in diesem Moment ihrer Arbeit nachgegangen waren. Luca hatte genauso glücklich wie ich gewirkt, vor allem, als wir dann noch Hand in Hand im Haupthaus verschwunden waren.

Mir war klar, dass sich diese Nachricht nun wie ein Lauffeuer verbreiten würde, weshalb wir Mama und Papa lieber sofort einweihten.

»Meinst du, es ist wirklich ein guter Zeitpunkt? Er ist doch noch in einer Besprechung mit deinem Cousin?«, stammelte Luca, als wir kurze Zeit später vor dem Büro standen. »Hallo, ihr beiden. Hattet ihr einen schönen Tag?« Mama trat plötzlich neben uns, weshalb Luca den Kontakt zu meiner Hand abbrechen ließ. Eine leichte Enttäuschung machte sich in mir breit, doch ich nahm es ihm nicht übel. Er wollte nicht riskieren, dass Mama uns ohne Erklärung ertappte. Das hatten meine Eltern beide nicht verdient. Immerhin war ich erwachsen und sie hatten Luca in unser Haus aufgenommen, als er auf der Straße gestanden hatte.

Das war etwas, was ich ihnen hoch anrechnete, und ich wollte sie nicht hintergehen, indem ich sie bei dieser Sache weiter im Dunkeln ließ.

»Hallo, Signoria Fontana. Alles ist bestens. Hatten Sie einen schönen Tag?«

Luca lächelte freundlich und reichte ihr die Hand. Sie schüttelte diese, nickte zufrieden und lächelte mich an. »Wollt ihr zu deinem Vater? Ich fürchte, er ist noch in einer Besprechung. Es kann noch eine Weile …«

Prompt, in diesem Moment ging die große Eichentür des Büros auf und Jack steckte den Kopf hindurch. Er grinste

»Wollt ihr nicht reinkommen? Wir hören jedes Wort und wenn es etwas zu besprechen gibt, dann könnt ihr das auch hier drinnen machen.«

Leicht nervös, wie ich war, begannen meine Hände zu schwitzen. Musste ich es nun vor allen verkünden?

Das war so definitiv nicht geplant gewesen. Lucas Blick verriet, dass er mich bedauerte.

Es tat ihm offensichtlich genauso leid, wie mir, dass wir nun in so eine absolut schräge Situation geraten waren. Wir betraten, gefolgt von Mama, das Zimmer. Paps saß am Schreibtisch und Jack auf einem der Sessel davor. Er hatte die Arme überschlagen, grinste und schlug auch die Beine übereinander, als wolle er sich für das, was nun

kommen würde, genüsslich vorbereiten. In mir
kochte eine leichte Spur von neckischer Wut auf, die
ich ihm mit einem drohenden, aber dennoch
liebevollen Blick entgegenwarf. Sein Grinsen wurde
noch breiter.

Natürlich wusste er, was ich hier wollte, da er
bereits Bescheid wusste.

»So! Was kann ich denn für euch alle tun, während
ihr die Besprechung bereits so erfolgreich
unterbrochen habt«, forderte Paps, der sich mit den
Händen auf dem Tisch abstützte. Mein Herz schlug
bis zum Hals. Ich hatte superweiche Knie, die mir
fast den Dienst versagten und es dazu kommen
würde einzuknicken, doch ich schielte immer wieder
zu Luca, der genauso leidvoll aussah, wie ich mich
fühlte, und mir war klar, dass ich es nun zu Ende
bringen musste.

»Ja, also ich bin hier … ich meine, wir sind hier,
um euch etwas zu sagen«, stammelte ich und begann
sogar dabei unbewusst mit dem Fuß zu zucken. Sanft
spürte ich plötzlich Lucas Hand auf meinem Rücken,
die er so platziert hatte, dass es niemand sehen
konnte, da er seitlich hinter mir stand.

Es beruhigte mich augenblicklich, seine
Unterstützung zu wissen, sodass ich weitersprach.
»Wir sind … also Luca und ich kennen uns ja erst seit
knapp einem Monat, aber …«

Ich konnte es nicht. Ich wollte es gerne aussprechen und es sagen, aber irgendwie brachte ich den Mut nicht auf, während mich Mamas und Paps und auch Jacks Blicke elektrisierten.

Luca ging einen Schritt vor und räusperte sich.

»Ich glaube, was Sofia sagen möchte, ist, dass wir…«

Auch ihm fiel es schwer, es zu verkünden. Mama und Papa tauschten kurzerhand Blicke und grinsten. Es war mir klar, dass es bereits alle in diesem Raum erahnten. Daher fasste ich nun all meinen Mut und sprach es aus.

»Wir sind zusammen. Ein Paar. Wie auch immer ihr es nennen wollt, und wir hoffen, ihr freut euch für uns.« Einen Moment herrschte Stille im Raum. Die Augenpaare meiner Familienmitglieder glitten nur unwillkürlich umher und dann schließlich erhob sich Paps.

»Natürlich, das ist ja wunderbar«, staunte er erfreut und kam auf Luca und mich zu, um erst ihm die Hand zu geben und mich zu umarmen.

»Schön! Das ist wundervoll«, verkündete auch Mama, die neben mir stand und mich liebevoll umarmte. Nur Jack grinste weiterhin und sagte nicht viel. Er musste es auch nicht mehr, da er es bereits wusste und komischerweise schien es meine Eltern nicht zu verwundern. Hatten sie es etwa alle bereits geahnt? War es so offensichtlich gewesen, dass sich zwischen mir und Luca etwas angebahnt hatte?

Luca griff nach meiner Hand und räusperte sich erneut: »Ich danke Ihnen, Signore und Signoria Fontana, dass Sie mich bei sich zu Hause so freundlich aufgenommen haben. Ich verspreche, dass ich Ihnen keinen Anlass zum Ärgernis geben werde. Beruflich nicht, wie privat.«

Dabei sah er mich an, besonders bei dem Wort »privat«, was mir ein wunderbares Gefühl verschaffte. »Schön, dann lasst uns doch gleich alle gemeinsam zu Abend essen. Ich werde Nonna bitten, uns allen etwas Wunderbares zu zaubern«, schlug Mama vor und klatschte erfreut in die Hände. Sie verließ daraufhin das Arbeitszimmer und auch Luca und ich gingen wieder hinaus, damit Papa und Jack ihre Sitzung fortführen konnten. Als wir wieder auf dem Flur standen, konnte ich meine Freude über den Verlauf des Gesprächs nicht weiter verbergen.

»Hättest du erwartet, dass sie es so positiv aufnehmen?«, schmunzelte Luca, während er mit seinen Händen nach meinen angelte und mich an sich zog. Mein Herz machte einen Hüpfer bei der Tatsache, dass dies nun jederzeit möglich war.

Ich kicherte.

»Um ehrlich zu sein! Nein! Ich hätte zumindest damit gerechnet, dass mein Vater einen prüfenden

Blick in deine Richtung wirft, oder er etwas typisch Väterliches sagt.«

Luca strich mir über die Wange.

»Ich denke, dafür sind wir einfach mittlerweile zu alt«, flüsterte er, nein, es war eher ein Hauchen, bevor er mich sanft küsste. Ich streckte mich ihm entgegen. Er griff nach meiner Taille und umschloss sie.

Sein starker Griff brachte mich um den Verstand. Wir standen weiterhin vor dem Arbeitszimmer meines Vaters im Flur des Erdgeschosses, aber es spielte keine Rolle mehr, ob uns jemand bemerkte.

Ich hatte einen festen Freund. Es war der erste in meinem Leben und ich hoffte insgeheim, so verliebt wie ich ihn mittlerweile war, dass es auch mein letzter sein würde.

Wir lösten uns aus unserem Kuss. Stirn an Stirn blieben wir stehen. Er hielt mich fest in seinen Armen. »Ich liebe dich, Sofia«, flüsterte er. Alles in mir begann zu kribbeln. Ich sah zu ihm hoch und versank in grasgrünen Augen, die wie Smaragde funkelten. »Ich dich auch. Ich liebe dich, Luca.«

Daraufhin griff er erneut nach mir, um mich festzuhalten und wie ich hoffte, nie wieder loszulassen.

Kapitel 20 Luca

Gemeinsam mit Sofia und ihrer Familie zum Abendessen eingeladen zu sein, in dem Bewusstsein, dass es alle wussten, erschien mir wie ein Ritterschlag.

Vor ein paar Monaten noch war mein Leben grau und eintönig unter der Fuchtel meines egozentrischen und absolut grantigen Vaters verlaufen.

Mittlerweile hatte ich eine Freundin und auch aus mir unerklärlichen Gründen die Gunst meines Vaters zurückgewonnen.

Bei all den Ergebnissen des Nachmittags war es mir erneut nicht möglich gewesen, Sofia von dem Treffen mit meinem Dad zu berichten. Mir war bewusst, dass sie meinem Vater gegenüber skeptisch eingestellt war. Dennoch wollte ich ihr darlegen, dass er dieses Mal ernsthafte Absichten hatte.

»Kommst du? Wir sollten uns jetzt beeilen.« Sofia kam aus dem Schlafzimmer. Sie hatte sich umgezogen, trug nun ein wunderschönes Abendkleid in Samtrot. Es fiel bis zur Mitte ihres Schienbeins locker und bot Aussicht auf ihre fantastische Oberweite, allerdings nicht zu offensichtlich.

»Du siehst wunderschön aus«, stellte ich begeisternd fest und kam mir in meiner engen cremefarbenen Hose und einem klassischen blauen Hemd etwas langweilig vor.

»Danke, du auch. Das Hemd steht dir.«

Sie lächelte. Ich griff nach ihrer Hand und gemeinsam verließen wir die Wohnung. Als wir im Treppenhaus standen, kam uns sofort ein köstlicher Duft in die Nase.

»Nonna hat sich bestimmt richtig ins Zeug gelegt«, vermutete Sofia. Wir stiegen die Treppe hinunter und betraten den Salon. Da das Wetter es zuließ, hatte Salvatore den Tisch auf der Terrasse decken lassen. Jack saß bereits am Tisch und ließ sich gerade ein Wasser einschenken. Wir traten zu ihm nach draußen.

»Guten Abend, ihr beiden«, begrüßte er uns, als er uns entdeckte, und erhob sich, um Sofia einen Stuhl abzurücken. Es war erschreckend, wie selbstverständlich vornehm er sich sogar bei seiner Cousine benahm. Offensichtlich hatten Jack und Sofia eine ganz andere Erziehung genossen als ich, sodass ihnen derlei Werte und vornehme Gesten keineswegs fremd waren.

»Danke, Jack. Wo sind denn Mama und Papa?«, fragte Sofia verwundert, während ich mich neben sie setzte. In diesem Moment traten Signore und Signora Fontana auf die Terrasse.

Als hätte es jemand befohlen, standen wir auf. In der Sekunde, in der Sofia und Jack sich erhoben, tat mein Körper es ohne Kontrolle wie von selbst.

Jack bot seiner Tante ebenso einen Stuhl an und Signore Fontana reichte mir zur Begrüßung die Hand.

»Herzlichen Dank für diese offizielle Einladung, Signore Fontana«, bedankte ich mich bei ihm. »Alberto! Wir waren doch bereits beim Du, nicht wahr?«, erinnerte er mich und lächelte freundlich.

Es war dieses Gefühl der Akzeptanz, welches mir wohlig wie ein Schauer weicher Berührungen den Rücken runterlief, als wir uns setzten.

Noch nie hatten mir Menschen so freundlich gegenüber offenbart, dass ich willkommen war. Salvatore und Nonna brachten nacheinander für jeden einen italienischen Salat mit Mozzarella, Oliven und frischem Gemüse. Dazu gab es den besten Weißwein des Weinguts, genau die Sorte, die Sofia so schmeckte und die wir bereits im Weinkeller zusammen getrunken hatten. Während wir zu essen begannen, unterhielten sich Jack und Sofia genüsslich über Erlebnisse in ihrer Kindheit.

Es war amüsant, dabei zuzuhören. Es schien, als hätten sie eine sorgenfreie Kindheit voller Freude genossen. Mit Menschen, die für sie da waren, die sie ermutigten und ihre Kinderseele mit wundervollen Momenten gefüllt hatten.

»Was ist mit dir, Luca, wo bist du aufgewachsen?«, fragte Jack erheitert und riss mich aus meinen Gedanken. Er wusste nicht um die angespannte Situation meines Vaters, und ich beobachtete, wie Sofia besorgt zu mir herübersah, doch ich wollte nicht einknicken und somit signalisieren, dass ich dazu nichts zu sagen hätte.

»Ich bin in Apulien aufgewachsen. Mein Vater ist zwar gebürtig aus Casalia, aber er ist damals … weggezogen.«

Ich konnte es nicht vermeiden, diese kurze wörtliche Pause zu setzen und unbewusst zu Alberto zu blicken. Sofia blickte aufgeregt darüber, dass ich dieses Thema zur Sprache brachte, aber es war jetzt auch zu spät, um nicht weiter zu erklären.

»Er hat meine Mutter kurz nach seinem Umzug kennengelernt.«

Ich hatte schon jahrelang nicht mehr über meine Mutter gesprochen. Es überraschte mich, dass sich ein Kloß in meinem Hals bildete. Mit der Annahme, gleich nicht mehr weitersprechen zu können, wollte ich es schnell zu Ende bringen.

»Als sie bei einem Reitunfall ums Leben kam, war ich gerade erst zwei Jahre alt. Ich erinnere mich nicht an sie. Vor drei Jahren sind wir wieder hierhergezogen. Alles, was dazwischenliegt, ist nicht wirklich nennenswert, um ehrlich zu sein.« Stille war eingetreten. Niemand stellte Nachfragen zu meiner kleinen Anekdote, was ich keinem verübeln konnte und im Großen und Ganzen froh darüber war.

»Wer hat Hunger?«

Nonna betrat die Terrasse und brachte das Hauptgericht. Sie servierte jedem von uns ein feines Stück Rinderfilet mit gegrilltem Gemüse und Polenta. Es roch fantastisch und ließ mir das Wasser im Mund zusammenlaufen. Ich war froh, dass der Hauptgang die peinliche Stille beendet hatte. Genüsslich stießen wir mit unserem Wein an und begannen zu essen.

»Luca, ich bin sehr froh, dass Sie heute bei uns sind. Und auch darüber, wie sich die Dinge entwickelt haben«, gestand Alberto, bevor er von seinem Wein trank. Nickend bedankte ich mich und lächelte zu Sofia hinüber, die meine Hand griff. »Jetzt, wo Sie sowieso schon hier wohnen und ein Teil der Familie sind, ist es absolut nicht mehr angebracht, dass Sie als Aushilfe bei uns arbeiten.«

Ruckartig verschluckte ich mich an einem Stück Gemüse, das ich mir soeben in den Mund gesteckt hatte.

War das eine Kündigung? Sofia sah entsetzt zu ihren Eltern, da sie ebenso wenig verstand wie ich, doch Jack lächelte breit, als Alberto weitersprach.

»Ich möchte Ihnen einen Platz in der Geschäftsführung anbieten. Sobald Sofia das

Weingut übernimmt, werden Sie sowieso jede Menge davon mitbekommen und ich denke, es stellt uns so vor keinen Konflikt mit anderen Angestellten, was Ihre Verbindungen in die Chefetage angeht.«

Ich hatte einige Mühen, den Inhalt seiner Worte zu verarbeiten, weshalb ich unweigerlich nicht darauf antworten konnte. Mir schossen Gedanken durch den Kopf wie Blitze. Gedanken an das Angebot meines Vaters, bei ihm ebenso in der Chefetage mitzuspielen. Ich konnte unmöglich beides machen. Wie sollte das funktionieren?

»Was sagen Sie dazu?«

Alberto hielt erwartungsvoll und prostend sein Glas hin. Jack lächelte breit und Sofia funkelte mich begeisternd an. Es war eine absolute Zwickmühle. Doch ich konnte jetzt noch nicht sagen, ob ich dies wollte.

Ehrlichkeit schien mir das Beste zu sein. Auch wenn ich nicht im Ansatz ahnen konnte, was ich damit anrichten würde.

»Alberto, das ist wirklich sehr großzügig. Ich danke Ihnen für Ihre Wertschätzung, doch ich habe vor, in das Restaurant meines Vaters miteinzusteigen, um es wieder auf Kurs zu bringen.

Sofia schaute so enttäuscht und zugleich verärgert, dass mich ihr Ausdruck überraschte. Jacks Miene wandelte sich zu einem unscheinbaren Blick. Er lehnte sich zurück und vermied es, jemanden anzusehen, und Alberto war sämtliche Farbe aus dem Gesicht entglitten.

»Wie bitte? Sie wollen für Ihren Vater arbeiten?«, hakte er nach, was ich nur mit einem Nicken beantworten konnte. Allmählich machte mir die Kälte, die sich bei Tisch entwickelt hatte, Angst.

»Ihr Vater hat mich jahrelang bedroht und erpresst und Sie haben jetzt hier die Dreistigkeit, mir so etwas ins Gesicht zu sagen, nachdem ich weiß, dass Sie mit meiner Tochter anbandeln?«, brüllte er plötzlich laut und schlug dabei mit der Faust auf den Tisch, sodass das Geschirr klirrte.

Sofias Mutter legte die Hand auf Albertos Arm, um ihn zu besänftigen, doch es half nichts. Er schien außer sich zu sein und machte seinem Ärger Luft.

»Wir haben Sie hier aufgenommen, als er Sie rausgeworfen hat. Sie haben sich mit meiner Tochter vergnügt und nun wollen Sie mir sagen, dass Sie zu ihm zurückkehren und ihm den Hintern pudern?« brüllte er erneut. Ich war mittlerweile genauso außer mir vor Wut wie er.

»Ich muss doch sehr bitten, Alberto, ich habe mich nicht mit Ihrer Tochter vergnügt. Ich habe mich in Ihre Tochter verliebt und zuvor auf ihrem Hof schon mehrere Wochen gearbeitet. Ich bin Ihnen keine Rechenschaft schuldig, was ich tue. Ich bedanke mich bei Ihnen für das Angebot, aber ich muss ablehnen.«

Das war nicht klug gewesen. Als ich es ausgesprochen hatte, wusste ich bereits, dass mir meine Schlagfertigkeit zum Verhängnis werden würde.

Wütend und rot vor Zorn setzte er sich wieder auf seinen Stuhl. Er sammelte sich, um sich zu beruhigen, räusperte sich dann noch einmal, um mir mit einem kalten und abgeklärten Blick Folgendes zu eröffnen.

»Ich fürchte nur, dass wir in Zukunft leider keine andere Tätigkeit mehr für Sie haben werden.«

»Alberto!«, raunte Signora Fontana entsetzt und auch Sofia blickte schockiert zu ihrem Vater hinüber.

»Paps! Ist das dein Ernst?«, schrie sie mit heller Stimme.

»Wusstest du davon, Sofia? Wusstest du, dass er ab sofort im Restaurant arbeiten wird?«, fragte er nun erneut, wütend und verärgert.

Meine Hände ballten sich zu Fäusten in meinem Schoß. Ich hatte große Mühe, vor Wut nicht zu platzen. Es war gemein, Sofia nun damit reinzuziehen und damit den ganzen Abend und die Freude über unser Glück zu zerstören. Sie stammelte etwas, blickte zu mir und dann zu Alberto und seufzte.

»Nein! Ich wusste es bis jetzt eben noch nicht endgültig.«

Natürlich hatte sie recht. Ich hatte noch nicht mit ihr endgültig über meine Entscheidung darüber gesprochen, doch mit der Antwort fiel sie mir unbewusst gerade in den Rücken.

»Ha! Da ist der Beweis, dass er nichts für dich ist. Er ist ein Blender, der dich nur ausnutzen wird«, schrie er nun entgeistert und brachte damit Entsetzen in jedermanns Gesichter.

Plötzlich schmiss Signoria Fontana die Serviette, die sie sich in den Schoß gelegt hatte, auf ihren Teller, rückte ihren Stuhl nach hinten und verließ die Terrasse.

Das war's!

Ich musste mir dies ebenfalls nicht antun. Ich hatte zu oft meine Zeit vergeudet, mich mit Menschen abzugeben, die nichts von mir hielten. Sofia war sämtliche Röte aus dem Gesicht abgekommen. Sie schien fassungslos über das Verhalten ihres Vaters zu sein, doch hielt sie nicht dagegen, um mich in irgendeiner Art und Weise zu verteidigen.

Ich wollte hier weg. Deshalb ließ auch ich meinen Stuhl mit einem undankbaren Geräusch nach hinten kratzen, schmiss die Serviette ebenfalls auf den Teller, schaute zu Alberto und trat ihm würdevoll entgegen. »Ich muss mich von Ihnen nicht beleidigen lassen. Ich danke Ihnen für das Abendessen und für die Arbeit auf Ihrem Weingut. Ich kündige.« Dann machte ich auf dem Absatz kehrt und ging zur Tür in den Salon.

»Luca! Warte …«, schrie Sofia mir noch hinterher. Ich blieb trotzdem nicht stehen. Ich war enttäuscht und verletzt über die Worte von Alberto, die mich fast mit meinem Vater verglichen. Mit weiten Schritten, mit denen ich die Stufen doppelt nehmen konnte, stieg ich die Treppe hoch, betrat mein Gästezimmer und begann zu packen.

Kapitel 21 Sofia

Eilig stieg ich die Treppe hinauf, nachdem ich mich von Paps und Jack losreißen konnte.

Was für ein verkorkster Abend und ein absolut indiskutabler Auftritt von meinem Vater war das bitte gewesen? Luca musste förmlich kochen vor Wut. Dennoch hatte mich seine kühle und ruhige Art überrascht.

Er war wirklich cool geblieben und dass er am Ende gegangen war, hatte ich nachvollziehen können. Ich erreichte sein Gästezimmer. Ohne anzuklopfen, stürmte ich herein, beobachtete direkt Luca, der seine Kleidung auf dem Bett sortierte und in seiner grauen Tasche verstaute. Panik schoss in mir hoch. Was hatte er vor?

»Was machst du da?«, wollte ich wissen, als er zu mir aufsah.

»Packen. Siehst du doch«, erklärte er knapp. Er war aufgebracht und verärgert, doch er war auch selbst schuld.

Wieso hatte er vorher nicht mit mir gesprochen? Es war einfach so blöd gelaufen, dass ich kurzerhand überfordert war, etwas dazu zu sagen. Dass er nun seine Sachen packte, gefiel mir nicht.

Er würde direkt zu seinem Vater zurückziehen.

»Es tut mir leid, was mein Vater zu dir gesagt hat. Das war absolut …«, stammelte ich, bis er mich unterbrach.
»Bescheuert? Ja, das trifft es, finde ich, ganz gut. Hast du eine Ahnung, wie ich mich eben gefühlt habe? Du bist mir in den Rücken gefallen und hast ihn doch noch bestärkt.«

Er blaffte mich regelrecht an. Seine sonst so sanften Augen waren voller Wut, sein Körper angespannt und seine Stimme und sein Blick eiskalt. Es überforderte mich, dass er mir gegenüber so herzlos wurde, dass sich plötzlich meine Augen mit Tränen füllten, und trotzdem lag er falsch.

»Ich bin dir nicht in den Rücken gefallen. Ich wusste nicht, dass du nun tatsächlich für deinen Vater arbeiten wirst. Du hättest mir davon berichten müssen, bevor wir meiner Familie erzählen, dass wir ein Paar sind«, erklärte ich ihm hoffnungsvoll, um zu ihm durchzudringen, doch er packte wortlos seine Kleidung in die Tasche und reagierte nicht auf meine Erklärung. »Luca!«, hauchte ich und konnte nicht länger meine Tränen zurückhalten. Er blickte zu mir auf und sah mich weinen. Auch seine Augen glänzten vor Wut oder Enttäuschung, jedenfalls war auch er aufgewühlt. »Du kannst nicht verstehen, wie es ist, wenn man ganz allein auf der Welt ist. Wenn niemand da ist, der dir sagt, dass du etwas gut gemacht hast oder etwas schlecht«, gestand er. Seine Tasche stand gepackt auf dem Boden. Er setzte sich aufs Bett und legte die Hand in den Schoß.

»Ich habe noch nie in meinem Leben jemanden gehabt, dem ich genüge oder dem ich etwas bedeute.« Tränen kullerten über meine Wangen.

Es war zu tragisch. Ich hatte schon oft genug darüber gegrübelt, wie es wohl für Luca mit solch einem Vater gewesen sein musste, doch ich war mir nun sicher, dass ich nicht mal im Ansatz erahnen konnte, wie es wirklich gewesen sein musste. All die Jahre lang. Als kleiner Junge bis hin zum Erwachsenen.

Aber er war nun nicht mehr allein. Ich war für ihn da und ich wollte niemals, dass er das Gefühl hatte, er würde mir nicht genügen.

»Du bist nicht allein. Ich liebe dich und bin für dich da. Ganz egal, was mein Vater sagt«, versprach ich ihm und setzte mich auch auf die Bettkante, um ihm nah zu sein.

»Glaubst du im Ernst, dass dein Vater unsere Beziehung nach heute Abend noch gutheißt?«, fragte er sarkastisch.

»Das ist nicht mein Problem. Ich habe meinen Eltern nie Anlass zum Ärger gegeben oder mich aufgelehnt. Es wird die erste Rebellion sein, die sie nun auf ihre alten Tage verkraften müssen.« Ich kicherte und begann zu lächeln. Luca wischte mir eine Träne weg.

»Was hast du jetzt vor? Willst du zu ihm zurück?« Er seufzte.

»Ich wünschte, dein Vater hätte mich nicht beleidigt«, raunte er.

»Ich will nicht, dass du gehst!«, flüsterte ich ihm entschlossen zu.

»Ich kann nicht bleiben. Ich bin bei deinen Eltern zu Gast und offensichtlich hält dein Vater jetzt nicht wirklich mehr viel von mir.«

»Aber du kannst doch nicht einfach so gehen? Was ist denn mit uns? Dann kommst du gar nicht mehr her, oder was?«, flehte ich panisch, weil ich die Tatsache, dass er gehen wollte, wirklich nicht ertragen konnte.

Er lächelte und gab mir einen überraschenden Kuss. Meine Tränen waren mittlerweile versiegt, trotzdem war ich traurig und frustriert.

»Ich komme auf jeden Fall wieder. Denkst du, ich lasse dich einfach so hier sitzen? Ich meine es ernst, Sofia. Ich liebe dich. Es wird sich bestimmt bald alles wieder beruhigen, aber letztendlich hat dein Vater mir auch gekündigt, selbst wenn ich ihm am Ende zuvorgekommen bin«, erklärte er, was mich aufatmen ließ.

»Ich werde mit ihm sprechen. Das, was vorhin passiert war, ging absolut gar nicht, noch dazu wundert es mich, dass Mama so Hals über Kopf gegangen ist. Das ist so gar nicht ihre Art.«

Luca erhob sich vom Bett und griff nach seiner Tasche.

»Ich gehe jetzt lieber, bevor ich ihm nochmal über den Weg laufe«, entgegnete Luca und schenkte mir einen liebevollen Blick. Ich war froh, dass alles zwischen uns geklärt war, auch wenn ich mir weiterhin Sorgen machte. Würde es doch zwischen uns gut gehen, wenn Luca nun wieder bei seinem Vater einzog, für ihn arbeitete und Paps so einen Groll auf ihn hegte?

»Ich hoffe, dass du recht hast und dein Vater es ernst meint. Es wäre sehr schlimm, wenn er dich wieder hintergeht«, seufzte ich und umarmte ihn noch einmal.

»Das stimmt. Aber ich muss es riskieren, wenn es die Chance ist, dass diesmal alles gut werden kann«, gestand er und nahm mich an die Hand.

»Bringst du mich noch raus?«, fragte er liebevoll und schenkte mir wieder einen seiner charmanten Blicke. Ich nickte. Gemeinsam gingen wir nach unten ins Erdgeschoss, bis zur Eingangstür. Er schulterte seine Tasche, zog mich noch einmal an sich und gab mir einen zärtlichen Kuss.

»Schreib mir heute Abend!«, bat er.

Sofort nickte ich. Dann stieg er die Steintreppe zum Hof hinunter und verschwand hinter dem Tor zur Straße.

Nachdem ich mich vergewissert hatte, dass er wirklich auf dem Weg nach Hause war, schloss ich die Tür und steuerte ohne Umwege das Arbeitszimmer meines Vaters an. Zu meiner Überraschung fand ich Jack vor, wie er …

Was zum Teufel? Lauschte er etwa?

»Was machst du da?«, fragte ich ihn entsetzt, als ich ihn ertappte. Er stand seitlich an der Tür und hatte sein Ohr an das dicke Eichenholz gepresst. Dies wäre nur überhaupt nicht nötig gewesen, da man jedes Wort, welches die Personen sich lauthals um die Köpfe schrien, verstehen konnte.

»Sie streiten! Das tun sie doch nie, oder?«, grübelte Jack verblüfft und winkte mich zu sich heran.

Und tatsächlich hatte er recht. Meine Eltern verbargen sich offensichtlich hinter der Tür und stritten ohne Unterlass.

Wörter wie »völlig daneben« oder »respektloses Verhalten gegenüber unserem Gast« fielen im lauten Ton seitens meiner Mutter. Es war das erste Mal, dass ich meine Eltern streiten hörte. Nicht einmal in meiner Kindheit war es vorgekommen, dass ich eine Auseinandersetzung in diesem Ausmaß mitbekommen hatte. Entschlossen klopfte ich an der

Tür. Jack geriet in Panik, dass ich mich traute, die beiden zu stören, und wedelte wild mit den Händen.

Die scharfzüngigen Stimmen im Inneren des Zimmers verstummten.

»Herein!«, rief Paps scharf, weshalb ich keine Zeit vergoldete. Wenn die beiden offensichtlich gerade bei der Sache waren, den Abend Revue passieren zu lassen, hatte ich definitiv noch ein Wörtchen mitzureden.

Paps saß auf seinem Sessel hinter dem Schreibtisch, Mama stand davor und sah zerzaust und wütend aus. Ihr Kopf war rot, sie hatte ihre Hände zu Fäusten geballt und es schien, als sei jeder Muskel ihres Körpers angespannt.

»Was kann ich für dich tun, Sofia? Ich bin gerade dabei, etwas Wichtiges mit deiner Mutter zu besprechen«, faselte er in einem gespielt freundlichen Ton, um den Streit zu vertuschen.

Es reichte mir.

»Die Eichentür ist massiv, Paps. Nur so massiv nun auch wieder nicht«, entgegnete ich daraufhin, wodurch er verstand, dass ich Bescheid wusste.

»Schön. Was willst du?«, fragte er.

Sein Ton wurde rauer.

»Was ich will? Kannst du mir bitte mal verraten, was das vorhin sollte?«, schrie ich ihn an. Paps verlor die Fassung und auch Mama blickte verdutzt. Ich hatte mich noch nie aufgelehnt oder meine Stimme gegenüber meinen Eltern erhoben, weil es noch nie einen Grund gegeben hatte.

Aber Luca war Grund genug, endlich mal zu rebellieren.

»Sofia, ich habe mit deinem Vater schon gesprochen und er sieht ein, dass …«, stammelte Mama diplomatisch, bis Papa sie unterbrach …

»Nichts sehe ich ein!«

Er schrie so laut, dass dies auch Jack gehört haben musste, der mit Sicherheit noch immer draußen vor der Tür stand.

»Ich stehe zu dem, was ich gesagt habe. Er hat uns von Anfang an der Nase herumgeführt und uns für seinen Vater ausspioniert. Ein Blender ist er, liebe Tochter. Nichts anderes.«

Entsetzt sah ich meinen Vater an. Er war stets jemand, den ich respektierte, zu dem ich aufsah und der immer, zu jeder Zeit, das Richtige zu sagen und zu tun wusste. Doch in diesem Moment war es, als stünde ich jemandem anderen, jemandem völlig Fremden gegenüber. Jemandem, der verzweifelt versucht, einen Sündenbock für vergangene Taten zu finden. Ich konnte nicht akzeptieren, dass er ein völlig falsches Bild von Luca inszenierte. Er lag falsch!

»Alberto. Es reicht jetzt«, befahl Mama mit würdevoller und kräftiger Stimme. »Du hast dich maßlos übernommen und einen absolut anständigen

jungen Mann, den Partner deiner Tochter ...«, sie sah dabei zu mir herüber, »...beleidigt, und ich dulde es nicht, dass du die Beziehung unseres Kindes missachtest.«
Bähm!

Das war der Wahnsinn. Seit wann konnte Mama denn so schlagfertig sein? Ich war glücklich über die Unterstützung und die Gewissheit, dass Mama Luca mochte, und ich war mir sicher, dass Papa das auch tat, und es hier nur um verletzten Stolz ging.

»Ich möchte von diesem Thema nichts mehr hören. Dieses Thema ist vom Tisch. Signore Barbero darf gerne zu seinem wunderbaren Vater ziehen und dort sein Restaurant führen, was übrigens auf meinem Grund und Boden steht«, schrie Vater erneut aus voller Kehle, dass seine Stimme zuletzt zu brechen begann.

Ich dachte, es sei der Lautstärke geschuldet, doch urplötzlich wurde Paps kreideweiß im Gesicht, japste nach Luft und griff sich an die Brust. Mein Puls wurde augenblicklich schneller. Alles geschah in Sekundenschnelle.

Er stöhnte, Mama kreischte und dann fiel Paps vom Stuhl und sank auf dem Boden zusammen. Wir eilten beide zu ihm, drehten ihn auf die Seite. Er war kaltschweißig und kreidebleich, japste nach Luft und stöhnte immer wieder

»Mei ... ...erz ...«

»Es ist das Herz. Es ist wieder ein Herzinfarkt«, schrie Mama und weinte bitterlich, während sie versuchte, Paps zu beruhigen. Überforderung und Angst übermannten mich.

»Jack. Hilfe. Komm schnell!«, schrie ich so laut ich konnte. Sofort sprang die Tür auf und Jack fand uns am Boden neben Paps, der mittlerweile ohnmächtig geworden war.

»Was ist passiert?«, brüllte er, als er sich ebenso an Papas Seite kniete.

»Er hat einen Herzinfarkt«, heulte ich. Eilig legte ich die Hand auf seinen Brustkorb.

»Er atmet nicht«, schrie ich. Jack griff nach Paps Handgelenk.

»Er hat keinen Puls«, raunte er. »Ruf einen Krankenwagen!«, schrie Mama und sah flehend zu Jack, der sein Handy zückte. Er drückte ein paar Tasten auf dem Smartphone, hielt mir dann das Gerät hin.

»Hier, nimm!«

Dann riss er mit einem Ruck das Hemd von Papa auf und begann mit der Herzdruckmassage, während

ich mit dem Notruf telefonierte.

Mein Herz raste. Geistesabwesend blickte ich zwischen Jack, der seine starken Arme gestreckt auf Paps Brustkorb im gleichmäßigen Rhythmus

186

drückte, und Mama, die in den Pausen immer wieder beatmete.

Die Panik schnürte mir förmlich die Kehle zu, ich stammelte die Antworten auf die Fragen, die die Leitstelle mir am Telefon stellte.

»Ich bleibe am Telefon, bis meine Kollegen da sind. Hören Sie nicht mit der Druckmassage auf«, erklärte der Mann am anderen Ende der Leitung nachdrücklich.

Ich stellte das Telefon auf Laut und legte es neben uns. Jack war mittlerweile völlig aus der Puste. Dicke Schweißperlen liefen ihm die Stirn herunter. Als ich endlich durch das offene Fenster im Büro das Signalhorn des Notdienstes hörte, schrie ich,

»Nonna! Salvatore!« Sie kamen sofort herbei und erschraken, als ihnen das Ausmaß der Situation bewusstwurde. Salvatore brauchte keine erneute Aufforderung. Eilig hastete er zur Tür, um dem Rettungsdienst zu öffnen.

Gleich vier Personen stürmten das Büro. Sie hatten sämtliche medizinische Gerätschaften dabei, die sie neben Paps auf dem Boden abstellten. Sie lösten Jack ab und baten uns, zurückzutreten. Es dauerte nicht mal zwei Minuten, bis Papa am Boden völlig verkabelt dalag. Versteinert und bleich stand ich da und sah zu, wie sie alles versuchten, um ihm das Leben zu retten. Da sich nun andere um ihn kümmerten, fiel die Anspannung von uns allen ab.

Mama weinte an Jacks Schulter, der sie in den Arm genommen hatte und auch mich nun heranwinkte, um mich zu trösten.

Nonna und Salvatore standen ebenso fassungslos auf dem Flur. Alle beteten, dass es gut ausgehen würde. Es musste einfach so sein – etwas anderes würde ich nicht überstehen.

Kapitel 22 Luca

Natürlich kam ich mir bescheuert vor, als ich mit Sack und Pack bei meinem Vater vor dem Büro stand und anklopfte, als würde ich zu Kreuzen kriechen.

Aber das war es nicht. Ich war nun in dem Bewusstsein, als würde ich bei ihm willkommen sein.

»Herein?«, rief er im mürrischen Tonfall hinter der Tür, als ich klopfte. Es war bereits nach acht und er rechnete sicher nicht mehr mit meinem Besuch. Ich betrat das Büro und lächelte freundlich.

Er sah von seinem Stapel Papiere hoch und blickte verdutzt zurück.

»Junge, du hier? Was haste vergessen, mhh?«, scherzte er herablassend und bot mir dennoch den freien Stuhl an.

»Nichts vergessen! Ich bin nur erneut obdachlos«, gestand ich ehrlich, um es kurz zu halten.

Dad riss die Augen auf und musterte mich.

»Haste was angestellt?«, wollte er wissen, doch ich schüttelte nur verneinend den Kopf.

»Tja, du kannst dein altes Zimmer haben. Kann meinen Teilhaber ja nicht auf die Straße setzen«, krächzte er und lachte überheblich. Irgendwie fand ich diese neue Art, dieses frohlockende Gescherzte auf Kosten anderer amüsant.

Zumindest war es besser als sein mürrisches Brüllen, das er sonst an den Tag legte. »Dann packe ich mal wieder aus und lege mich dann hin. Danke dir«, äußerte ich, schnappte meine Tasche und schlenderte zurück zur Tür.

»Ach, Junge, sag mal. Was ist mit deiner Freundin? Nicht mal die wollte, dass du bleibst?«, stichelte er, bevor ich gehen konnte.

Ich drehte mich grinsend um und erwiderte »Doch, natürlich wollte sie das. Aber sagen wir mal, ihr alter Herr wollte, dass ich gehe.«

»Pah! Wundert mich nicht. Der jagt jeden vom Hof, dessen Nase ihm nicht passt. Und wenn es sein muss, erfindet er einfach was, womit er dich fortjagen kann,«, faselte er.

»Ich habe gekündigt«, gestand ich daraufhin. Dad riss erneut die Augen auf und erhob sich.

»Hervorragend. Besser so. Du brauchst dich nicht mit solchen Leuten abgeben.«

Ich schenkte ihm einen gespielt drohenden Blick, worauf er verstand.

»Ja, ja! Ich weiß. Außer deiner Perle natürlich.«

»Gute Nacht, Dad«, lachte ich erheitert über seine merkwürdig neue und humorvolle Art. Es war, als würde ich jemanden Neues kennenlernen, der zwar aussah wie mein Dad, aber jemand völlig anderes zu sein schien.

Er hob beipflichtend die Hand, was so viel wie Gute Nacht bedeuten sollte, und wandte sich dann wieder dem Papierkram zu. Ich stieg die Treppen hinter dem Büro in den Privattrakt des Restaurants hinauf und bezog mein altes, neues Zimmer.

Die kleine Kammer mit dem viel zu kleinen Bett, dem Schrank und dem Schreibtisch, der fast schon seit Schulzeiten drohte auseinanderzubrechen.

Ich war mir nicht mehr sicher, wie viele Umzüge er genau mitgemacht hatte, aber sicher war, dass er keinen weiteren überleben würde.

Als ich meine Kleidung sorgfältig in den Schrank geräumt hatte, zückte ich mein Handy aus der Hosentasche.

Keine Nachricht.

Sofia wollte sich doch melden? Es war mittlerweile halb neun und dennoch hatte ich noch nichts von ihr gehört. Ich tippte eine Nachricht in mein Handy:

Hey Sofia, ist alles okay bei dir? Du wolltest dich doch melden? Ich mach mir Sorgen. Es ist gut gelaufen bei mir. Ich wohne wieder in der Besenkammer. Kuss Luca.

Als ich die Nachricht abgesendet hatte, blinkte ein Haken auf. Ich wartete auf den zweiten, der sicherstellte, dass die Nachricht angekommen war,

doch es passierte nichts.

An meinem Internet konnte es nicht liegen! Da ich im Premium-WLAN des Restaurants eingeloggt war, hatte ich hervorragenden Empfang.

Sie hatte offensichtlich kein Internet oder mal wieder vergessen, ihren Akku zu laden. Ich legte mich aufs Bett, setzte meine grünen Kopfhörer auf und hörte Musik von meiner Playlist für die Arbeit auf dem Weingut.

Hauptsächlich Rocksongs und einige Poplieder, die zu meiner schwungvollen Arbeitsmoral beitrugen. Als ich so dalag und meinen Gedanken freien Lauf ließ, kam ich nicht drum herum, den Abend Revue passieren zu lassen.

Auf dem Weg hierher hatte ich mich insgeheim immer wieder gefragt, warum um alles in der Welt Alberto so überreagiert hatte.

Natürlich war mir bewusst, dass es ihm nicht gefiel, wenn ich für meinen Dad arbeitete. Vor allem nicht, nachdem ich erst wegen meines Zerwürfnisses von neulich mit Vater bei den Fontanas freundlicherweise einziehen durfte.

Ich hatte bisher angenommen, dass er meinen Vater nicht wegen der Erpressungen und Drohungen angezeigt hatte, weil Sofia und ich nun ein Paar waren und auch ihm daran gelegen war, dass dadurch etwas Ruhe einkehrte. Nach den heutigen Ereignissen und seiner klaren Haltung mir gegenüber war ich überzeugt, dass sein Verhalten durch Schuldgefühle motiviert war.

Es war nicht zu leugnen, dass die Situation, in der sich Sofia und ich befanden, suboptimal war. Zwischen uns standen so viele vergangene, dunkle Ereignisse unserer Familien, die uns eher schwächten, als uns zu helfen.

Bei all dem, was auf Sofia zukommen würde und was auch ich als neuer Teilhaber des Restaurants zu erledigen hatte, würde es sehr schwer werden, uns auch noch gegen den Streit unserer Väter zu behaupten.

Vor allem, weil Alberto mich keineswegs mehr in seinem Haus dulden würde. Es war gelinde gesagt einfach keine gute Voraussetzung für einen Beziehungsstart.

Die Kündigung seinerseits, die ich am Ende tatsächlich selbst aussprach, hatte mich dennoch verletzt. Auf dem Weingut zu arbeiten, hatte mir stets Freude bereitet und ich grübelte nun auch über meinen Auftrag der Weinführung auf dem Weinfest. Wenn ich gekündigt hatte, bedeutete es vielleicht, dass sie mich gar nicht mehr benötigten?

Es wäre dennoch gut, einen Plan zu haben, wie die Gäste durch das Weingut so effektiv wie möglich geführt werden könnten.

Im Wesentlichen hatte es nichts mit meiner Anstellung oder, genauer gesagt, meiner Kündigung zu tun.

Da ich es Sofia und Jack versprochen hatte, stand ich auf und setzte mich an den Schreibtisch, um eine Skizze anzufertigen. Eine professionelle Führung durch das Weingut musste präzise geplant werden, um vor allem die hochklassigen Gäste zu überzeugen.

Aus den klapprigen Schubladen zog ich ein Stück Papier und ein paar Stifte und begann, grob den Umriss des Gestüts zu zeichnen. Das Haupthaus, das Lager, die Gebäude, in denen der Wein abgefüllt und verpackt wurde, und auch den großen Hof inmitten der Häuser.

Ich versuchte nacheinander eine Reihenfolge zu erstellen, in der man die Gäste sinnvoll durch das Weingut führen konnte.

Ich nummerierte die einzelnen Stationen auf der Skizze nacheinander, machte mir Notizen zu jeder Station und strich sie durch, wenn sie nicht vollkommen zufriedenstellend waren, um sie anschließend erneut zu schreiben. Ich gab mir dabei so viel Mühe und hatte überraschend viel Spaß, dass ich die Zeit ganz vergaß.

Erst als mein Handy halb elf anzeigte, erschrak ich und legte kurz den Stift zur Seite.

Merkwürdigerweise hatte ich noch immer keine Nachricht von Sofia erhalten. Wäre ihr Akku alle gewesen, hätte sie ihr Handy spätestens beim Zubettgehen geladen.

Ich beschloss, sie anzurufen.

Entschlossen wählte ich daher ihre Nummer und hielt den Hörer an mein Ohr. Nach dem ersten Piep-Ton folgten der zweite und dritte. Vierte, fünfte, sechste … Niemand nahm ab. Mein Puls begann sich zu beschleunigen.

Wieso ging sie nicht ran? Warum hat sie nicht zurückgeschrieben?

Ich sendete erneut eine Nachricht:
Sofia, bitte melde Dich bei mir. Ich mache mir Sorgen. Wieso antwortest du nicht? Kuss Luca!

Auch diese Nachricht blieb ohne zweiten Haken. Verwundert über diese Abwesenheit, legte ich mein Handy zur Seite. Unzählige Gedanken schossen mir durch den Kopf. Vielleicht war ihr etwas passiert?

Ich würde sie umbringen, wenn sie mir morgen erzählte, dass sie einfach eingeschlafen war.

Doch ganz so abwegig erschien mir diese Theorie nicht, da der Abend für alle aufwühlend gewesen war und Sofia sichtlich erschöpft ausgesehen hatte.

Ich war ebenfalls müde, beschloss daher, nicht länger zu grübeln, und legte mich wieder ins Bett.

Diesmal deckte ich mich zu und schloss die Augen. Ich stellte mir, währenddessen das Weingut vor und ging noch einmal kurz in Gedanken die geplante Führung durch, wobei ich relativ schnell zu träumen begann.

Kapitel 23 Sofia

Es piepte. Immer wieder bimmelte es auf den Fluren im Krankenhaus, ohne eine minimale Pause der Stille.

Krankenschwestern, Ärzte und Pfleger rannten von links nach rechts und wieder zurück und das stundenlang.

Ich saß auf einem weißen, klapprigen Stuhl im Flur der Notaufnahme neben Jack und hielt seine Hand. Mein Blick harrte auf den Wasserspender, der mir gegenüberstand. Ich zählte die sich am Rand sammelnden Luftblasen. Meine Gedanken waren bei Paps, den sie immer noch behandelten. Und das war, dass niemand etwas wusste und uns keiner sagen konnte, ob er noch lebte.

»Sofia, möchtest du auch einen Kaffee?«, fragte Jack, der offensichtlich schon mehrmals gefragt hatte, denn er beugte sich zu mir und verlieh seiner Frage einen gewissen Nachdruck, wie man es eben nur machte, wenn jemand zuvor nicht geantwortet hatte.

Ich schüttelte teilnahmslos den Kopf und starrte weiter auf den Wasserkanister, an dem sich gerade ein alter Mann bediente. Er füllte seinen Plastikbecher, indem er den Plastikhahn nach hinten drückte. Sofort sprudelte das Wasser heraus, wodurch große Luftblasen im Kanister entstanden, die die anderen kleinen an der Wand zerplatzen ließen.

»Sofia?…hörst du nicht?«, fragte Jack erneut. »Mh? Was hast du gefragt?«

Ich hatte ihn wieder nicht gehört. Er legte den Arm um mich.

»Möchtest du was essen?«, bot Jack an und reichte mir einen verpackten Keks aus dem Automaten. Ich schüttelte erneut den Kopf. Wieder rannte eine Schwester über den Flur. Jedes Mal keimte in mir die Hoffnung auf, sie könnte uns sagen, wie es um Papa stünde, doch sie würdigte uns keines Blickes.

»Ich halte das nicht mehr aus«, schluchzte ich, und meine Augen quollen mit Tränen über, vor Angst und Trauer. Ich wollte endlich wissen, wie es um Paps stand. Niemand konnte mir etwas sagen. Seit wir hergekommen waren, hatten sie Paps direkt in das Behandlungszimmer geschoben. Jack hatte mich keine Sekunde losgelassen und mir beigestanden, und Mama stand, seit wir das Krankenhaus betreten hatten, am Fenster auf der anderen Seite des Flures und blickte in die dunkle Nacht hinaus.

Es war bereits weit nach zehn Uhr. Wir saßen schon seit zwei Stunden hier, und die Ärztin, die uns bei der Ankunft empfing, meinte, dass es mehrere

Stunden dauern könnte, bis er über den Berg sei, wenn er es schaffte.

Jack zog sich zu mir hinüber.

»Er ist zäh. Er wird das schaffen. Ich bin sicher«, beruhigte er mich sanft und gab mir ein beschützendes Gefühl. Wieso musste der Streit auch so ausarten? Niemand hatte an sein Herz gedacht, das bereits geschwächt gewesen war und vor allem, dass er es hätte, ruhig angehen lassen sollen.

»Ich bin schuld«, stammelte ich. Jack hob den Kopf, um mich anzusehen.

»Du bist nicht schuld. Das war ein absolut katastrophaler Zufall. Bei dem, wie er sich selbst in Rage geredet hat«, beruhigte er mich erneut und zwang mich durch sein Näherkommen, ihn anzusehen. Ich blickte auf und sah in sein Gesicht. Auch er hatte Angst, das konnte ich sehen. Er war der Einzige gewesen, der Ruhe bewahrt hatte und in dem Moment, als ich um Hilfe bat, angemessen reagiert hatte.

»Danke, dass du vorhin so schnell da warst und ihm geholfen hast. Ich konnte nicht! Ich war wie gelähmt«, murmelte ich, während ich mich wieder an ihm anlehnte.

»Es gibt nichts, wofür du dich bedanken musst. Du bist meine Familie. Ihr seid meine Familie. Ich beschütze euch.«

Er küsste meinen Scheitel, wie er es in unserer Kindheit schon immer getan hatte, und wieder beschlich mich das Gefühl, dass er für mich mehr wie ein Bruder als ein Cousin war. Er war für mich nicht mehr wegzudenken, verstand so viel von der führenden Arbeit auf dem Weingut und kannte mich wie fast niemand anderes.

»Wie hat denn Luca reagiert?«, wollte Jack wissen, als ich mich einigermaßen wieder gefangen hatte.

»Er war anfangs wütend, was ich verstehen konnte, aber …«

Ich hielt unbewusst inne. Irgendwie war die Situation verfahren, in der wir steckten. Wie sollte es denn nun mit uns weitergehen?

»Doch? Was wolltest du sagen?«, hakte Jack nach. Ich seufzte tief. »Um ehrlich zu sein, gefällt es mir auch nicht, dass er wieder für seinen Vater arbeiten will. Ich bin einfach skeptisch diesem Mann gegenüber. Ich glaube, er spielt ihm nur was vor!« Jack grübelte, dann erschraken wir, weil der Mann am Wasserspender sich erneut trinken nahm und ein lautes Blubber-Geräusch uns aus den Gedanken zog.

»Fontana?«, schrie eine Schwester quer über den Flur. Mein Puls raste, als ich realisierte, dass es unser Name war und sie nach uns rief. Auch Mama, die am Fenster stand, wandte sich ab. Eilig liefen wir zu dritt zum Tresen, wo wir der Schwester gegenüberstanden.

»Zimmer 34, Intensivstation. Es kann nur einer hin. Signore Fontana ist gerade aus der Narkose aufgewacht.«

Tränen der Erleichterung rannten über meine Wangen. Mama und ich fielen uns in die Arme, und Jack drückte der Schwester die Hand. Mama ließ sich den Weg zeigen und versprach, gleich wiederzukommen.

Jack und ich setzten uns derweil noch einmal hin, um auf Mama zu warten.

»Ich bin so froh. »Wenn es wirklich ein Herzinfarkt war, steht ihm eine lange Genesung bevor«, gestand Jack und atmete erleichtert aus.

»Du hast Recht«, stimmte ich ihm zu und grübelte, da mir eine wahnwitzige Idee gekommen war, die meinen Vater entlasten und die Sache mit Luca ebenfalls positiv beeinflussen könnte.

Ich fuhr zu Jack herum und musterte ihn aufgeregt. Er sah verwirrt und leicht panisch auf meine seltsame Haltung.

»Alles okay, Sofia, was ist?«, fragte er besorgt, als ginge es mir nicht gut.

»Schon gut, es ist okay. Sag mal, Jack? Du kennst dich doch auch in Rechtswissenschaften aus?«

»Ja?«, stammelte er verwundert.

»Wie schnell kann ich geschäftsführende Vorsitzende des Weinguts werden?«

Jack war sprachlos. Er zuckte mit den Schultern, weil er nicht im Ansatz wusste, was er sagen sollte.

»Ich kann meinen Vater nicht mehr dieser Verantwortung aussetzen, das Weingut zu führen. Es ist an der Zeit. Es kann nicht mehr bis zum Herbst warten«, erklärte ich ihm, und er stimmte mir nickend zu. »Du hast Recht, Sofia. Ich muss gestehen, dass ich darüber schon nachgedacht hatte.«

Entschlossen verschränkte ich die Arme.

»Gut, dann lass uns versuchen, dass ich in vier Wochen beim Weinfest offiziell in das Amt eingeführt werden kann.«

Dem war nichts mehr hinzuzufügen. Jack war sichtlich erstaunt über meine Entschlossenheit, doch ich wusste insgeheim, dass ich auf ihn zählen könnte.

Als Mama zurückkam, lächelte sie kurzzeitig, sah dennoch erschöpft aus. »Er ist aufgewacht, aber noch sehr schwach. Er hatte tatsächlich einen schweren Herzinfarkt. Beinahe hätte er es nicht geschafft.«

Sie schluchzte.

Jack nahm sie in den Arm. »Für heute lassen wir ihn schlafen. Fahren wir nach Hause«, erklärte sie und griff nach ihrer leichten Jacke, die sie an der Garderobe im Wartebereich hängen hatte.

»Kommt, mein Wagen steht hier.«

Jack zeigte auf die Seitentür des Krankenhauses und führte uns auf den Parkplatz. Es war tiefste Nacht, ehe wir Casalia erreichten. Erst als ich müde und erschöpft ins Bett fiel und mein Handy auf den Nachttisch legte, dachte ich wieder an Luca.

Um Himmels Willen.

Ich hatte ihm nicht mehr geschrieben oder überhaupt nicht mehr an ihn gedacht!

Eilig entsperrte ich das Display. Zwei Nachrichten und ein verpasster Anruf.

Mist.

Ich las die Nachricht und erkannte, dass er sich Sorgen gemacht hatte.

Es war bereits halb eins. Ihn jetzt, mitten in der Nacht, noch anzurufen, erschien mir unfair. Ich wollte ihn nicht erschrecken.

Schnell tippte ich eine kurze Nachricht, um mich zu erklären.

Es tut mir leid. Papa liegt im Krankenhaus. Sein Herz. Ich erkläre dir alles Weitere morgen. Ich liebe dich. Sofia.

Absenden. Direkt leuchteten zwei graue Haken auf. Wenn er die Nachricht morgen früh las, würde er sich melden, da war ich mir sicher.

Erschöpft löschte ich das Licht und kuschelte mich ins Bett. Einsam und allein lag ich im dunklen Zimmer. In meinen Gedanken die Bilder dieses schrecklichen Ereignisses, wie Paps auf dem Boden regungslos dalag und nicht mehr atmete.

Ich riss die Augen auf. So konnte ich unmöglich schlafen. Auch nach einem weiteren Versuch, meine Augen zu schließen, scheiterte ich, an etwas anderes zu denken.

Verstört knipste ich das Licht wieder an und stieg aus dem Bett, hing mir meinen Bademantel um und schlich aus der Wohnung. Die Treppenstufen bis hinunter in die Küche waren kalt. Es war dunkel im Haus, alle schienen bereits zu schlafen, doch aus der Küche, wo ich hoffte, etwas Schokolade zu finden, erkannte ich einen Lichtschein.

»Hallo? Ist jemand hier?«, rief ich vorsichtig in den Raum. Langsam schlich ich hinein und sah Jack am Küchentisch sitzen. Er sah zu mir hinüber, seufzte und lächelte. »Was machst du denn noch hier? Bist du nicht müde?«, fragte er mich fürsorglich und rückte einen der freien Stühle ab, damit ich mich setzte.

»Ich kann nicht schlafen. Sobald ich die Augen zumache, sehe ich Paps ...«, gab ich ehrlich zu.

Jack hielt ein Whiskeyglas in der Hand und rührte scheinbar unbewusst die karamellfarbene Flüssigkeit.

»Du trinkst doch sonst gar nicht«, merkte ich verwundert an und deutete auf den teuren Alkohol. Er zuckte mit den Schultern und nickte verlegen.

»Du hast recht. Normalerweise nicht, aber heute schon«, gab er zu. Ich nickte stumm.

»Ich wüsste so gerne, wie es Papa geht. Ich hoffe, es ist weiterhin alles in Ordnung«, grübelte ich sorgenvoll.

»Deine Mutter hat mir gesagt, dass sie sofort informiert wird, wenn sich sein Zustand verändert«, entgegnete Jack sofort und beruhigte mich damit ein wenig.

»Was ist denn eigentlich mit Luca? Wie geht es ihm nach diesem Tag? Hast du ihn schon informiert?«, Jack sah mich fragend an.

»Er hat mich versucht zu erreichen. Ich habe vergessen, ihm zu schreiben. Als ich es bemerkt habe, war es schon sehr spät. Ich werde es ihm morgen sagen«, erklärte ich und fasste mir dabei an den Kopf.

Es gab so viele Dinge zu klären, die meine Nachfolge in der Geschäftsleitung betrafen.

»Ich bin für dich da, Sofia. Bei allem, was nun vor dir liegt. Wenn du das wirklich durchziehen willst mit der vorzeitigen Übernahme, dann brauchst du nicht nur meine Unterstützung. Es wäre schon nicht schlecht, noch jemanden Vertrauten im Team zu haben, dem du vertraust und der sich gut auf dem Weingut auskennt«, äußerte Jack mysteriös und spielte damit offensichtlich auf das Thema des Abends an, dass mein Vater Luca einen Job in der Geschäftsleitung angeboten hatte.

»Du wusstest davon, dass er dies vorhatte, oder?«, fragte ich ihn ermahnend und drohte spielerisch mit dem Finger. Jack nickte und lächelte schief.

»Ich mag ihn. Ich denke nicht, dass er ein falsches Spiel mit dir spielt, aber bitte pass auf, dass du nicht verletzt wirst, sonst bekommt er es mit mir zu tun«, witzelte er schelmisch und ballte eine Faust.

Ich kicherte. Jack hatte mal wieder geschafft, dass mein Herz sich plötzlich doch nicht mehr so schwer anfühlte. Doch in mir hämmerte mein Kopf über alle Geschehnisse des Tages und die Aussichten auf das Bevorstehende.

Die Herausforderung, Luca doch davon zu überzeugen, dass er in das Weingut einsteige, bereitete mir Kummer.

Und dennoch war ich mir sicher, dass er mich nach den jüngsten Ereignissen an diesem Abend nicht im Stich lassen würde.

Kapitel 24 Luca

Nachdem ich Sofias Nachricht am nächsten Morgen im Halbschlaf überflogen hatte, war ich augenblicklich hellwach gewesen.

Hastig setzte ich mich auf, drehte mich zur Bettkante und wählte ihre Nummer.

Es piepte … dann ging sie ran.

»Luca, guten Morgen. Schön, dass du anrufst«, begrüßte sie mich freundlich. Sie wirkte verschlafen. Es war bereits halb neun.

»Sofia, was ist bei euch los? Geht es dir gut?«, fragte ich eilig, weil ich es nicht mehr aushielt. »Mein Vater hatte gestern Abend einen Herzinfarkt«, erklärte sie bedrückt.

»Er liegt im Krankenhaus. Ich war erst nach Mitternacht zu Hause. Es tut mir leid, dass ich mich nicht mehr gemeldet habe.«

Ihre Nachricht musste ich kurz verarbeiten. Er hatte was?

»Geht es ihm gut? Wieso hast du nicht angerufen? Ich wäre zu dir gekommen«, merkte ich an und musste mir eingestehen, dass ich ein wenig wütend war. Sie hätte mich anrufen können, damit ich für sie da sein konnte. Das tut schließlich ein Mann für seine

Freundin, wenn er in einer festen Beziehung ist. Oder etwa nicht?

»Ja, du hast recht. Ich war so verzweifelt. Ihm geht es so weit gut. Mama ist gerade auf dem Weg zu ihm. Ich würde gerne mit dir etwas Geschäftliches besprechen. Würdest du zu uns auf den Hof kommen?«, formulierte sie sehr gefühllos. Für einen Moment schien es, als würde ich nicht mit Sofia, sondern mit einer völlig unbekannten Person sprechen. Außerdem war unklar, worüber sie mit mir reden wollte.

Benommen sagte ich dennoch zu, da ich sowieso vorhatte, Sofia heute zu treffen. Als ich auflegte, musste ich mich kurz sammeln. Es war ein schräges Telefonat und eine noch viel schlimmere Nachricht gewesen, als ich hätte ahnen können. Es war einleuchtend, dass Alberto aufgrund seines früheren Infarkts gefährdet gewesen war.

Wieso hatte ich dies gestern nicht erkannt? Er hatte sich viel zu sehr aufgeregt und in Rage gebrüllt. War es am Ende meine Schuld, dass er einen erneuten Anfall erlitten hatte?

Entschlossen nahm ich meine Zeichnungen und die dazugehörigen Notizen vom Schreibtisch. Erstaunt darüber, was ich in meiner nächtlichen Arbeit geleistet hatte, steckte ich die vielen Seiten der Ausarbeitung in meine Tasche, zog meine Hose an und streifte mir ein Shirt über. Es war bereits sehr warm draußen, was die Sonne verriet, die unerlässlich in mein Fenster schien. In lockeren Sandalen verließ ich mein Zimmer und machte mich auf den Weg zum Weingut. Kurz vor dem Büro fing mich mein Vater ab.

»Junge? Wo willste hin? Schon wieder zu den Weinbauern? Dachte, du kümmerst dich jetzt um meine … äh … unsere Angelegenheiten?«, motzte er im brummigen Ton hinter mir, weshalb ich mich umdrehte.

»Guten Morgen, Dad. Ich besuche meine Freundin. Danach habe ich Zeit und komme zu dir, einverstanden?«, fragte ich ihn höflich und diplomatisch.

Er nickte mürrisch wie eh und je und ging ohne einen weiteren Blick in sein Büro.

Ich setzte meinen Weg fort, betrat den Parkplatz und schwang mich auf meinen Roller, der an der linken Seite der Hauswand am Restaurant stand. Ein wenig vermisst hatte ich das alte Ding. Die kurze Straße bis zum Weingut zu fahren, genoss ich daher in vollen Zügen. Die Sonne schien zwischen den Bäumen am Wegesrand hindurch, wärmte mich und tauchte die Umgebung in ein helles Licht. Völlig entspannt kam ich auf dem Weingut an, stieg die Treppen empor und betrat das Haupthaus. Salvatore empfing mich bereits. »Guten Tag, Signore Barbero.

Sie werden bereits erwartet«, begrüßte er mich förmlich, was mich verwunderte.

»Im Büro. Folgen Sie mir.« Überrascht folgte ich dem freundlichen Butler bis zur großen Eichentür, die mitsamt der dunkelgrünen Wände das Büro vom Flur abgrenzte.

Dankend nickte ich Salvatore zu, der mich allein ließ und in die Küche abbog. Ich klopfte entschlossen an die Tür und trat ein, als Jack dies durch die Tür gestattete. Sofia saß auf dem großen Sessel ihres Vaters am Eichenpult, Jack davor, beide hatten sich erwartungsvoll zu mir umgedreht und lächelten hoffnungsvoll in meine Richtung, als sei ich der heilige Messias, den sie sich sehnlichst herbeigewünscht hatten.

»Was ist denn mit euch los?«, lächelte ich amüsiert über ihre viel zu aufgesetzten Gesichter.

»Nichts! Was soll denn sein?«, kicherte Sofia, die mir zuzwinkerte und auf den freien Stuhl zeigte. Ich ließ mich mit einem Ruck erbarmungslos in den Stuhl sinken und legte die Hände in den Schoß.

»Was wolltest du denn mit mir besprechen?«, fragte ich nun ungeduldig, da mich die beiden noch immer so komisch anstarrten. Sofia sah zu Jack, er sah zu ihr und sie grinsten beide erneut.

Es schien, als seien sie sich in ihrer Sache definitiv einig, während ich ihre Blicke verfolgte. Belustigt über das Schauspiel und diesen Spannungsbogen, den sie aufzubauen versuchten, begann ich mich langsam zu fragen, was um alles in der Welt sie mir sagen wollten.

Hatte ich den Nobelpreis gewonnen? Oder im Lotto?

»Wir haben dir was zu sagen«, verkündete Sofia wie eine Sprecherin im Nachrichtensender. In mir spannte sich nun doch eine gewisse Nervosität an. Meine Hände kribbelten leicht und ich bemerkte, dass Sofia ganz aufgeregt wurde, während sie mir ihre besondere Nachricht endlich mitteilen wollte.

»Nun spuckt es schon aus, ihr beiden. Das hält man ja nicht aus«, merkte ich endlich an.

Jack lachte. Dann legte Sofia entschlossen ihre Hände auf das Pult, beugte sich hervor und weitete ihre Augen.

»Wir wollen, dass du als Teilhaber ins Weingut miteinsteigst, damit ich vorzeitig die Führung des Weinguts übernehmen kann«, brach es aus ihr heraus. Sie blickte mit feurig begeisterten Augen in mein Gesicht. Von der Seite spürte ich auch Jacks erwartungsvollen Blick. Alles, was sie wollten, war eine Reaktion auf ihr Angebot, doch ich saß da und war schockiert.

Was hatte sie mir gerade versucht zu sagen? Sie wollte mich als Teilhaber? Das Thema war längst kein Unbekanntes mehr. Erst am Vortag hatte ich meine Meinung zu dem Thema bereits kundgetan und auch mit Sofia hatte ich vor meiner Abreise zu meinem Dad darüber gesprochen, dass ich nicht in der Geschäftsführung im Weingut arbeiten kann.

Was sollte also diese ganze Aktion, mir dies nun erneut anzubieten, zumal ich mir sicher war, dass ihr Vater mittlerweile deutlich etwas dagegen hätte. Daher konnte ich meine Verunsicherung nicht verbergen und schwieg, machte ein merklich fragwürdiges Gesicht, weshalb Jack und Sofia ihr unbeschwertes Lachen entglitt.

»Luca, ist etwas nicht in Ordnung?«, fragte Jack mich schließlich, der auf seinem Stuhl nach vorne gerutscht war und mich erwartungsvoll anstarrte. Er hatte eine nachdenkliche Falte auf der Stirn, die ich so zuvor noch nie entdeckt hatte. Jack hatte eine Art an sich, immer fröhlich und gut gelaunt zu wirken. Ich war mir fast schon sicher gewesen, dass er niemals ernst hätte dreinblicken können. Sofias Lachen war ihr vergangen. Auch sie machte ein verhaltenes Gesicht, räusperte sich und legte die Hände wieder auf die Lehne ihres Stuhls.

»Also ich hatte mit einer etwas anderen Reaktion gerechnet.«

»Ich auch«, gab Jack zu, was mich nun noch mehr unter Druck setzte.

»Ich weiß nicht, was ihr von mir erwartet. Wir hatten das Thema doch gestern«, merkte ich entschlossen an und konnte nicht verhindern, dass sich ein gewisses Maß an Unruhe in meine Stimmlage beimischte.

Sofia zog eine Braue hoch und Jack begann mit dem Fuß zu wippen.

»Ja. Natürlich!«, pflichtete Sofia mir bei.

»Aber gestern war auch alles noch nicht so angespannt, wie es heute ist. Ich brauche deine Hilfe.«

Mit einem milden, aber dennoch flehenden Blick suchte sie mein Gesicht, um zu mir durchzudringen, und natürlich verstand ich sie.

»Ich bin doch für dich da. Ich unterstütze dich, wo ich nur kann. Ich habe mir auch schon ein Konzept für die Weinguts-Führungen überlegt und ...«, stieß ich aus, doch sie unterbrach mich prompt.

»Ich brauche aber kein Konzept. Ich brauche dich in der Geschäftsleitung ohne Ablenkungen. Wenn du bei deinem Vater arbeitest und dich hier noch nebenbei einarbeiten willst, wie willst du das schaffen«, offenbarte sie schlagartig und verlieh ihrer Stimme einen gewissen Druck, der mich erzürnte. Es gefiel mir nicht, was hier augenscheinlich passierte. Sie formulierte ihre Worte mit dem gleichen Temperament, welches ich so sehr an ihr liebte, doch in diesem Moment machte es mich zum ersten Mal wütend.

Sie fing an, über mich zu bestimmen, und dem konnte ich mich nicht einfach so hingeben.

»Ich will mich hier gar nicht einarbeiten!«, stieß ich entschlossen und, zugegeben, mit einem etwas harschen Ton hervor. Jack zog seine Füße ein und schlug seine Arme übereinander. Er vermied es, sich gerade einzumischen, was mir recht war.

Sofia entglitt ihr Gesicht und ihre Stirn erhielt urplötzlich mindestens zehn angestrengte Falten mehr.

»Ich dachte, es ist dir genauso wichtig wie mir, dass ich einen guten Übergang auf den Chefposten habe?«, herrschte sie mich plötzlich an. Sie hatte weit aufgerissene Augen, ihre Gesichtsfarbe war Purpur und sie war so verärgert, dass es mich fast ein wenig verängstigte.

Und das alles, weil ich nicht nach ihrer Pfeife tanzen wollte. In mir begann es merklich zu brodeln. Diese ganze Situation war zu schräg dafür, dass sie es verdiente, ihr meine Zeit zu schenken.

Ich hatte Verständnis für Sofia, die ihr Leben lang darauf gewartet und sich vorbereitet hatte, das Weingut zu übernehmen und sich nun unmittelbar davor befand. Einlenkend legte ich den Kopf schief und versuchte, zu ihr durchzudringen.

»Ich bin für dich da und unterstütze dich immer. Aber ich habe meinem Vater zugesichert, dass ich mich um das Restaurant kümmere, und ich möchte es einfach nun nicht wieder absagen. Es ist mir wichtig.«

»Wichtiger als ich oder das Weingut?«, stieß sie empört aus und schlug mit der Faust auf den Tisch.

»Leute. Das ist doch kein Grund, dass ihr …«, wollte Jack sagen, doch Sofia ließ ihn nicht.

»Ich kann nicht begreifen, dass du dir diese Chance ein zweites Mal entgehen lässt. Ich dachte, du fühlst dich hier wohl und glaubst an mich als neue Chefin.«

Jetzt wurde sie einfach nur noch ungerecht. Unwillkürlich zog sie Unterstellungen herbei und schmetterte sie mir gnadenlos um die Ohren. Zum ersten Mal dachte ich, dass es etwas an Sofia gab, was ich nicht mochte.

Ihre egoistische Art war in diesem Moment erschreckend.

»Was ist dein Problem. Ich habe dir gesagt, dass ich an dich glaube und dich unterstütze, allerdings nicht als Teilhaber, sondern als Freund.«

Meinen Ton hatte ich ihrem angepasst. Demnach war er ebenso rücksichtslos und harsch, was sie ein wenig schockierte. Es entstand eine kurze Pause. Jack saß mit wippendem Fuß nur da und sagte kein Wort mehr. Ihm war die Situation deutlich unangenehm und mir ebenso.

»Sofia, ich habe es dir gestern erklärt. Und ich erkläre es dir auch heute nochmal. Dein Vater hält nichts von mir. Ich kann und werde nicht für ihn arbeiten. Ich habe hier keine Zukunft als Teilhaber oder Mitarbeiter.«

Ich bemühte mich, ihr dies so ruhig und besonnen wie möglich zu erklären, doch allmählich hatte ich das Gefühl, dass sie sich aus irgendeinem Grund mit mir streiten wollte.

»Weißt du, was ich glaube? Du willst einfach nicht, weil du es nicht schaffst, deinem Vater Paroli zu bieten. Lass ihn doch einfach sein Ding machen und mach du deins. Was hält dich denn noch bei ihm?« fuhr sie fort. Diese Aussage schockierte mich zutiefst und auch Jack konnte sich einen überraschten Seufzer nicht verkneifen.

Hatte sie mich gerade beleidigt? Weil ich es nicht schaffte, ihm Paroli zu bieten, hatte sie gesagt. Mein Zorn, den ich mit aller Kraft so klein wie möglich zu halten versuchte, loderte augenblicklich auf, als hätte jemand einen Kanister Benzin ins Lagerfeuer gekippt.

»Was soll das heißen? Was ich will? Weißt du denn, was ich will?«, schrie ich sie an, weshalb sie prompt auf ihrem Stuhl nach hinten rutschte.

Es war Jahre her gewesen, dass ich so außer mir gewesen war, doch ihre egoistische und unerschrockene Art, mir zu sagen, was ich zu tun und zu lassen hatte, machte mich derartig wütend, dass ich nicht wusste, wohin mit mir.

Ich war von meinem Stuhl aufgesprungen, weshalb sich nun auch Jack erhob und mich herausfordernd anblickte. Natürlich war er auf der Seite seiner Cousine, doch hier ging es gerade nicht mehr um eine dienstliche Angelegenheit, weshalb ich fand, dass er überflüssig war.

»Jack, wartest du bitte einen Moment draußen. Ich denke, es ist besser so.«

Als hätte Sofia meine Gedanken erraten, bat sie ihren Cousin hinaus vor die Tür. Mit einem Klacken fiel diese ins Schloss. Aufgeladen und erzürnt stand ich vor Sofia, die noch immer hinter dem Eichenpult hockte. »Ich weiß nicht, was du willst. Du sagtest mir, du willst dich von deinem Vater lösen und eines Tages dein eigenes Café besitzen«, fuhr sie unseren Streit fort.

Ihre Stimme bebte merklich, dennoch war sie nun etwas sanfter. Ich nickte ihr zustimmend entgegen. »Nur, dass sich die Dinge mit meinem Vater einfach geändert haben«, fügte ich noch hinzu. Sie hob den Kopf und sah mich vorwurfsvoll an.

»Aber das kann doch nicht dein Ernst sein. Mein Vater liegt im Krankenhaus und hatte einen Herzinfarkt und warum? Weil dein Vater ihn monatelang mit seinen Erpressungen und Forderungen mürbe gemacht hat«, schrie sie mich plötzlich an, als müsse ich nun für all diese Taten büßen.

Als stünde sie mich mit ihm auf eine Stufe und würde damit sagen, dass ich kein Stück besser sei als er, wenn ich mit ihm arbeitete.

Meine Wut hatte ihren Höhepunkt erreicht. Sie hatte kein Recht, mich so zu beschimpfen und mich derart unter Druck zu setzen. Ich brauchte mich nicht vor ihr zu rechtfertigen und mir die Erlaubnis für meine Entscheidungen einzuholen. Mein Herz hämmerte gegen meinen Brustkorb. Ich war außer mir vor Wut und daher nicht mehr fähig zu kontrollieren, welche Worte aus mir herausströmten.

»Ich bin leider nicht so perfekt wie du!«, schrie ich so laut ich konnte, weshalb sie prompt verstummte. Damit hatte sie nicht gerechnet. Sie schwieg und ihre Augen begannen zu glitzern. Meine Wut schlug Wellen in meinem Magen. Sie strömten aus, in jede Zelle, durch jede Arterie, in der mein Blut förmlich kochte, so wütend war ich.

Mit einem Ruck stützte ich mich auf das Pult, drückte meine Arme durch und beugte mich zu ihr. Mein Herz pulsierte an meinen Schläfen. Meine Stimme war heiser vor Zorn und ich konnte mich nicht zurücknehmen, auch wenn ich wusste, dass ich es bereuen würde. »Weißt du, wie es ist, wenn es niemanden gibt, der an einen glaubt? Du bist die perfekte Tochter. Alle haben dir jederzeit das Gefühl gegeben, dass du geliebt wirst, eine Familie hast, die dich unterstützt.«

Sie blinzelte nicht mal, hörte stumm zu und saß wie angewurzelt auf ihrem Stuhl. Etwas Mitleid kam auf, als ich sah, dass sie so ängstlich dreinblickte. Der Zorn überwog und ich schrie sie weiter an, um ihr unmissverständlich klarzumachen, dass sie sich hier, wie eine Idiotin benahm.

»Ich habe es satt, mir sagen lassen zu müssen, was ich zu tun oder zu lassen habe.« Meine Stimme bebte und ich brüllte sie derart an, dass ihr bereits dicke Tränen die Wange hinunterliefen. Und obwohl es mir schmerzte, sie so zu sehen, konnte ich nicht aufhören. »Ich bin bis jetzt immer allein zurechtgekommen und brauche niemanden, der mich bevormundet. Ich bin nicht dein Schoßhund. Ich treffe meine eigenen Entscheidungen!«

Atemlos kam ich zum Ende. Sie weinte leise, während sie mich ungläubig ansah. Schon jetzt bereute ich es, derart wütend und harsch gewesen zu sein, doch sie hatte mich zutiefst verletzt, indem sie sich nicht die Mühe machte, mich zu verstehen. Ich wollte sie am liebsten in den Arm nehmen, während ich sie traurig weinend ansah, gleichzeitig hätte ich sie am liebsten gepackt und geschüttelt, damit sie wieder die Sofia wurde, die sanft und wunderschön das Beste in mir zum Vorschein brachte.

Ängstlich schlich sich ein kleines Gefühl ein. Eine Art Erkenntnis, die sich in meinem Gehirn verankerte und flüsterte, dass unsere Beziehung vielleicht unter keinem guten Stern stand.

Wie oft würden wir uns wohl noch wegen unserer Familien streiten müssen. Es war offensichtlich, dass sie meinen Vater nicht mochte und ihr Vater mich nicht akzeptieren würde. Das waren alles andere als gute Voraussetzungen für eine unbeschwerte Beziehung.

»Ich kann nicht glauben, dass du mich so anschreist«, hauchte sie leise aus, während sie sich eine Träne aus dem Gesicht wischte. Ihre Worte fühlten sich an wie ein Messerstich. Sie hatte Recht. Zum einen war ich derart laut geworden, dass mir selbst meine Worte in den Ohren klingelten. Doch wieder ärgerte es mich, dass sie auch jetzt noch nur Vorwürfe entgegenzubringen hatte.

Ich ließ von ihr ab, indem ich mich vom Eichenpult zurückzog und meinen Rucksack schulterte, den ich zuvor am Sessel abgestellt hatte. Sofia sprang auf.

»Und jetzt? Gehst du einfach, oder was?«, stieß sie hervor und riss die Augen auf. Ich drehte mich um und zuckte mit den Schultern.

»Ich wüsste nicht, was es noch zu sagen gibt«, antwortete ich ehrlich. Mein Herzschlag hatte sich wieder normalisiert. Ich war enttäuscht über diesen unnötigen Streit und ihre Anschuldigungen. Ihr Verhalten war rücksichtslos und unfair gewesen.

»Dann geh doch! Dann brauchst du nicht mehr wiederzukommen. Du machst einen riesigen Fehler, wenn du dich weiter von deinem Vater einwickeln lässt. Er ist ein Schwein. Er wird dich ausnutzen und wieder enttäuschen«, schrie sie wutentbrannt und weinte dabei verzweifelt.

Ungläubig schüttelte ich den Kopf. Die Beleidigung über meinen Vater ließ mich zwar kalt, weil ich mir im Klaren war, dass er für seinen Charakter keinen Preis verdiente, doch ihre Art erschütterte mich mit einem Mal derartig, dass ich nicht wusste, ob sie sich im Klaren war, was sie eigentlich gerade zerstörte.

»Du schmeißt mich raus?«, fragte ich sie entsetzt und konnte dem Kloß, den ich im Hals bekam, nicht entgegenwirken. Mein Magen zog sich zusammen und mir wurde unweigerlich klar, dass sie unsere Beziehung beendete.

Sie nickte entschlossen, was mich erschütterte. Dass wir uns verlieren würden, schien sie nicht wirklich zu begreifen. Panik keimte auf, weshalb ich trotz jeglichem Zorn oder der Enttäuschung in Frieden das Wort an sie richtete.

»Sofia, ich liebe dich und ich will mit dir zusammen sein«, merkte ich an und kam nochmal einen Schritt auf sie zu. Sie rappelte sich auf und schniefte in ihren Ärmel, bevor sie weitersprach.

»Manchmal reicht Liebe einfach nicht. Du willst mir nicht helfen? Gut! Dann muss ich es allein schaffen und ich kann keine Ablenkung gebrauchen.«

Diese Worte trafen mich wie ein Schlag ins Gesicht. Ablenkung? Empfand sie mich als eine Störung in ihrem System, nur weil ich nicht ihrer Vorstellung entsprach? Hatte sie alles vergessen, was uns verbunden hatte?

Es war deutlich, was sie damit gemeint hatte und ironisch, wie das Schicksal einem manchmal ins Gesicht log. Im inneren Geist wurde mir bewusst, dass sie mich gerade so behandelte, wie ihr Vater es vor Jahren mit meinem Dad getan hatte.

Ich schüttelte den Kopf. Sie strahlte eine derartige Kälte und Härte aus, die einfach nicht zu ihr passte und ich ihr auch nicht abkaufte.

Dennoch beherrschte ich mich, jetzt zu ihr zu eilen und sie zu umarmen, um sie zu versuchen umzustimmen, weil ich mir auch nicht mehr so sicher war, ob ich dies wollte.

Ich wollte mich selbst schützen, denn mein Schmerz war wie ein Geschwür im Magen, das immer mehr an Platz gewann und mir die Luft zum Atmen nahm.

Sie machte nicht die Anstalten, von ihrer harten Gestalt und ihrer Entscheidung, die sie allein für uns gefällt hatte, Abstand zu nehmen, weshalb ich mit letzter Würde, die mir geblieben war, zu ihr sah und ihr nickend beipflichtete.

»Gut. Wie du meinst. Dann werde ich jetzt gehen und dich in Ruhe lassen. Ich kann dich nicht zwingen, mit mir zusammen zu sein«, erklärte ich sanft und bedacht, als würde ich ein Gedicht vortragen, weshalb die Worte, die ich sprach, im Raum mit Tiefe nachhallten.

Als wäre diese Information erst Sekunden später in ihr eingedrungen, machte sie ein erschrockenes Gesicht, als ich meinen Rucksack nachgriff und mich zur Tür drehte. Dachte sie allen Ernstes, ich würde bis zum Schluss um Gnade betteln?

Ich liebte sie. Und wie ich das tat. Sie hatte mir in den letzten Wochen das Gefühl gegeben, dass ich nichts mehr als Sofia im Leben brauchen würde, doch konnte ich kein Leben akzeptieren, in dem ich erneut in einem vorab konstruierten Plan eine Rolle zu erfüllen hatte.

Ich wollte meinen eigenen Weg gehen und ich musste schweren Herzens feststellen, dass ihr Weg sich von meinem gerade trennte.

Sie weinte herzzerreißend, während ich auf den Flur trat und die Tür schloss. Jack saß auf den Stufen der Treppe direkt davor und erhob sich. Er legte mir eine Hand auf die Schulter und sah mich freundlich an. »Passt schon! Pass auf sie auf«, bat ich ihn schnell, denn ich musste ihn unfreundlich stehen lassen, aus dem Haus laufen und mich auf meinen Roller schwingen, um zu verstehen, was geschehen war.

Mir blieb nur die Arbeit mit meinem Vater und die Traurigkeit über die Erkenntnis, dass ich Sofia trotz allem bereits jetzt schon vermisste.

Vier Wochen später

Kapitel 25 Sofia

»Signorina Fontana, eine weitere Lieferung ist für Sie eingetroffen. Der Lieferant benötigt Ihre Anweisungen.«

Unweigerlich drehte ich mich zu der netten Hofarbeiterin, die mir diese Nachricht zwischen dem Trubel der Aufbauarbeiten des Weinfestes übermittelte. Es war mittlerweile August geworden und die Übernahme des Weinguts stand unmittelbar bevor. Ich hatte in den letzten Tagen kaum mehr geschlafen, geschweige denn regelmäßig gegessen, weshalb mir unentwegt schlecht war oder ich mich des Öfteren setzen musste, da mich einige Schwindelanfälle plagten.

Dankend nickte ich ihr zu und hob meinen Arm, um dem Lieferanten, der am Tor wartete, zu signalisieren, dass ich gleich zu ihm herüberkommen würde.

Die letzten Wochen, in denen wir versucht hatten, die Übernahme des Weinguts und Paps Abdanken so effizient wie möglich zu gestalten, hatten mir nicht wirklich Zeit gegeben, über Luca nachzudenken.

Ich hatte ihn, obwohl Casalia nicht wirklich groß war und das Restaurant quasi die Straße hinunter gerade mal zweihundert Meter entfernt lag, nicht mehr gesehen. Vier lange Wochen, in denen ich immer wieder versucht hatte zu verstehen, wieso er mich im Stich gelassen hatte.

An dem Morgen unseres Streits war ich, nachdem das Motorheulen des Rollers durch die gekippten Fenster im Büro verklungen war, verzweifelt hinausgestürmt. Vorbei an einem überforderten Jack, der während der Auseinandersetzung mit Luca die ganze Zeit auf der Treppe gewartet haben musste. Er hatte mir etwas nachgerufen, ehe ich die oberste Etage erreicht hatte, doch mittlerweile konnte ich mich nicht mehr erinnern, was genau das gewesen war.

Erinnern konnte ich mich nur noch an den Schmerz und die Erkenntnis, dass es eben, doch nicht hatte sein sollen.

Dass ich mich vielleicht in einem Menschen getäuscht hatte, der mir so viel bedeutete. Den ich geliebt hatte. Oder den ich immer noch liebte. Nachdem auch nach drei Tagen keine einzige Nachricht von Luca auf meinem Handy eingegangen war, beschloss ich, mich nur noch auf meine Karriere zu konzentrieren, um Paps einen würdigen Abschied zu ermöglichen.

Ich hatte mich mein ganzes Leben auf diesen Moment vorbereitet und konnte es mir nicht leisten, meine Familie zu enttäuschen, indem ich nicht bei der Sache war. Ich hatte den Lieferanten erreicht, zu dem ich quer über den Hof geschlendert war, und zeigte ihm geschickt, an welchem Ort er auf dem mittlerweile sehr gefüllten Hof seine Lieferung platzieren konnte. Zur Hilfe nahm ich mir einen großzügigen Lageplan, der aus Lucas Kritzeleien stammte, die er mir am letzten Tag unserer Begegnung auf den Schreibtisch geschmissen hatte.

Bedauerlicherweise musste ich mir eingestehen, dass seine Überlegungen für das Fest und auch alle weiteren Ideen, die das Weingut betrafen, brillant gewesen waren. Ich ärgerte mich über mich selbst, dass ich es nicht fertigbrachte, ihm wenigstens dafür zu danken, und gleichermaßen fühlte ich mich schäbig, seine Ideen selbstverständlich für den Erfolg des Weinguts zu nutzen, ohne ihn um Erlaubnis zu fragen.

Das Einzige, was mich noch mit Luca verband, war die Tatsache, dass das Restaurant das Catering für den Festakt am morgigen Abend übernahm. Unglücklicherweise musste dafür in den letzten Tagen noch einiges besprochen werden. Jack hatte sich angeboten, die Treffen mit Luca zu gestalten, und war dafür extra ins Restaurant gefahren, um ihn nicht auf dem Hof zu treffen. Er hat sich auch nichts anmerken lassen, wenn ich ihn dann doch gefragt hatte, ob er Luca gesehen hat und wie es ihm wohl ginge. Alles in allem konnte ich mich nicht dagegen sperren, dass ich ihn schrecklich vermisste, und ich war mir sicher, dass dieses Gefühl noch eine Ewigkeit anhalten würde.

»Sofia? Hörst du mich nicht?« Jack stand vor mir und wedelte mit den Armen. Langsam knipste sich meine Umwelt wieder an. Ich realisierte, dass ich auf dem Hof stand, um mich herum unsere fleißigen Arbeiter trudelten, und Jack offensichtlich etwas von mir wollte.

»Oh, verzeih mir bitte. Ich war so tief in meinen Gedanken versunken«, gestand ich und lächelte verlegen. »Es ist alles geklärt. Das Essen wird wie besprochen morgen Abend pünktlich geliefert. Du brauchst dir keine Sorgen machen.« Jack lächelte und strich mir über den Arm. Womit hatte ich nur einen Cousin wie ihn verdient.

In den letzten Wochen, die sehr hart für mich gewesen waren, hatte Jack mir ausnahmslos den Rücken gestärkt. Paps war aus dem Krankenhaus in die Rehaklinik verlegt worden. Natürlich in einer anderen Stadt, was ihm alles andere als zugesagt hatte, mir aber nun mehr Freiheiten mit dem Weingut gewährte. So konnte ich in aller Ruhe mit Jack einen Plan austüfteln, in dem wir über die Übernahme diskutierten.

Morgen, zum offiziellen Festakt, würde Paps für zwei Tage nach Hause kommen. Ich freute mich darüber, dass es ihm besser ging und auch darüber, dass Mama und er sich deutlich besser verstanden als zuvor, zumal sie sehr viel Zeit bei ihm verbrachte.

»Es gibt da nur noch eine Sache, die wir besprechen müssen. Es geht um die dritte Teilhaberschaft«, raunte Jack und ließ damit mein Gesicht entgleiten.

Ich wusste, worauf er anspielte, und hatte meine Meinung bereits in den letzten Tagen mehrfach dazu kundgetan. Es ging um Esteban Cortez. Niemanden Geringeren als um den Millionärs-Schnösel aus Jacks Heimatort, der schon seit Schulzeiten ein Ego wie ein aufgeblasenes Wildschwein besaß.

Seine Sprüche waren uncharmant, oberflächlich und mir mitunter jedes Mal zuwider, sodass ich Jack unmissverständlich klargemacht hatte, ihn niemals zu bitten, mir aus der Klemme zu helfen. Denn ich steckte in der Klemme und das war auch Jack bewusst.

Die Übernahme des Weinguts hatte zur Voraussetzung, dass der Chef oder die Chefin zwei weitere Partner berief, die als direkter Beraterstamm agieren sollten.

Ein Posten davon war Jacks, nämlich die Aufgaben des Geschäftsführers zu übernehmen. Neben mir als führende Leitung muss die dritte Person mindestens eine stille Teilhabe besitzen, um für genügend Kapital zu sorgen und so die Arbeitsplätze unserer

Angestellten zu sichern. Das war es, was ich eigentlich Luca angeboten hatte.

Jack starrte erwartungsvoll. Ich verkrümmte meine Augen und signalisierte ihm, dass er das Thema bloß nicht anschneiden sollte.

»Ich will nichts von Esteban Cortez hören. Er ist keine Option«, fauchte ich und machte auf dem Absatz kehrt, um bei dem Aufbau des großen Festzelts zuzusehen, das in der Mitte des Hofes platziert wurde.

»Sofia, ich weiß, du kannst ihn nicht leiden. Aber wir haben sonst keine weiteren Möglichkeiten und wir brauchen auf kurz oder lang einen dritten Eigner!«, begründete Jack erneut und stellte sich stur neben mich.

Ich verschränkte die Arme. »Aber doch nicht Esteban«, jammerte ich kindisch, aber dennoch ehrlich gereizt.

»Mach dir doch nicht so viele Gedanken. Er wird als stiller Teilhaber fungieren und auch nicht nach Casalia ziehen. Außerdem hat er bereits ein Angebot vorgelegt, um sich anzubieten, und wir reden hier über eine Menge Kapital, wenn ich dir das mal so sagen darf.«

Jack reichte mir die Mappe, die er offensichtlich die ganze Zeit in der Hand gehalten hatte. Das war mir einfach nicht aufgefallen. Bei dem Anblick der Zahlen auf dem Angebotsschreiben erschrak ich und zugleich wurde mir wieder schwindelig. Ob es diesmal wieder dem Stress geschuldet war? Ich war mir nicht sicher. Die Summe, die Esteban mitzubringen versprach, war ausreichend, um das komplette Weingut zu sanieren und obendrein auch das Lager auszubauen.

Ich grübelte und hakte bei Jack nach.

»Hat er irgendwelche Leichen im Keller?«, Jack lachte laut los.

»Ich denke nicht. Hunde, die bellen, beißen nicht, und im Bellen ist Esteban ein Profi, wie du weißt.« Ich nickte und schluckte, als ich mich räusperte. »Ich kann nicht glauben, dass ich das sage, aber lad ihn ein. Zum Essen. Heute Abend. Ich will das so schnell wie möglich über die Bühne bringen. Und bitte setz einen Vertrag auf, der absolut wasserdicht ist. Ich will keine Überraschungen haben.«

Jack grinste und nickte gehorsam, als ihm ein schelmisches

»Jawohl, Chefin!« entglitt.

Kapitel 26   Luca

Ich dachte, mich würde der Schlag treffen, als ich Sofia am Arm eines reichen, sehr attraktiven Mannes meines Alters durch die Tür ins Restaurant hatte kommen sehen. Gefolgt von Jack, der wie auch der andere Mann einen eleganten Anzug trug, schlenderte er ihnen hinterher und zog höflich Sofias Stuhl zurecht, damit sie sich an den begehrten Fensterplatz setzen konnte.

Natürlich sah Sofia umwerfend aus. Ich hatte es mir nicht nehmen lassen, sie aus der Ferne zu beobachten. Sie trug ein wunderschönes, blütenverziertes Sommerkleid und ihre Haare, ihre wunderschönen Locken, schmiss sie sich elegant über ihre Schultern.

Wahnsinn, dachte ich. Obwohl ich sie einen Monat nicht gesehen hatte, war plötzlich alles wieder da gewesen. Jedes Gefühl, jeder Funken Sehnsucht, nicht augenblicklich zu ihr zu hasten und sie Hals über Kopf an mich zu drücken. Mir war es in den Wochen nach der Trennung nicht gut ergangen. Ich hatte mich intensiv mit der Frage beschäftigt, wieso es hatte überhaupt so weit kommen können. Noch nie hatte ich so Sehnsucht nach einer Frau gehabt. Sie fehlte mir. Und wie sie dies tat. Ihr ganzes Wesen, ihre Euphorie und ihre Nähe. Ihre Wärme. Ihr Körper und diese Art, wie sie mich küsste und wie sie bei allem verlockenden Charisma, welches sie verspürte, noch glaubte, nicht liebenswert zu sein. Sie hatte sich neben den anderen Mann, dessen Namen ich zu gern gewusst hätte, gesetzt. Besser gesagt, setzte er sich zu ihr, und zwar so nah, dass man meinen könnte, die beiden wären …

Ich dachte lieber nicht weiter darüber nach, doch ein wenig erleichtert war ich über Sofias Miene, denn die verriet ohne jeden Zweifel, dass ihr die Nähe ebenso unangenehm war, wie der Kerl sich gab.

Mit einem aufgesetzten Lachen und einer merklich auffälligen Armbewegung in meine Richtung (ich war der Einzige, der in dem Zeitraum im Restaurant nichts zu tun gehabt hatte) winkte er mich heran. Sofia entdeckte mich in diesem Moment und man konnte ihr ansehen, dass sie sich genau dies nicht gewünscht hatte.

Was hatte sie denn erwartet, wenn sie in mein Restaurant kamen? Mir war bewusst, dass es sich um ein Geschäftsessen handeln musste, daher beruhigte sich meine leicht eifersüchtige Ader rasch und ich beschloss, so souverän wie möglich aufzutreten.

»Herzlich willkommen. Ihre Bestellung würde ich sehr gerne aufnehmen. Was darf ich Ihnen bringen?«, formulierte ich freundlich und sah dabei Jack an, der mir ebenfalls fröhlich zuzwinkerte.

Ihn vermisste ich ebenso. Auch wenn die Zeit mit Sofia nur so kurz gewesen war, kam es mir vor, als wäre ich mit ihr angekommen. Da, wo ich sein wollte – für immer.

»Haben Sie sich das notiert?«, fragte der Schnösel patzig und riss mich aus meinen Gedanken und aus meinem Tunnelblick, der von Jack zu Sofia übergegangen war. Mein Herz schlug krampfartig. Sie sah atemberaubend aus. Mir versagte die Stimme. Ich merkte, wie mir heiß und kalt zugleich wurde. Ich konnte nicht antworten. Souverän hin oder her. Sofia spiegelte meine Panik. Sie flatterte mit den Lidern, sah panisch zu Jack und zu dem Typen, dann zu mir. Ihre Lippen öffneten sich leicht. Oh nein, wenn sie mich jetzt ansprach, war es ganz vorbei, da war ich mir sicher.

»Luca, ich …«, hauchte sie mit ihrer engelsgleichen Stimme und mit einem merklich flehenden Ausdruck.

Das war es. Die Art, wie ihr mein Name über die Lippen kam, verletzlich und entschuldigend zugleich. Entschuldigend über die Situation, der wir anscheinend beide ausgesetzt waren, uns nach unserem Streit so unvorbereitet wiedertrafen und verletzlich, weil sie wahrscheinlich in diesem Moment ebenso litt wie ich.

Prompt drehte ich mich um und verschwand schnurstracks in die Richtung, aus der ich gekommen war. Vorbei an dem Büro und an der Küche im hinteren Gebäude. Zuvor gab ich meiner Kollegin mit einer einfachen Handbewegung ein Signal, dass sie übernehmen musste.

Dann bog ich um die Ecke. Im Flur ließ ich mich an der Wand hinuntergleiten und sackte auf dem Boden zu einem jämmerlichen Schneidersitz zusammen.

Ich wollte mich jetzt einfach bemitleiden. Das Blöde an der ganzen Sache war, dass ich wusste – wir hätten es noch retten können.

Nun bereute ich es, dass ich mich nicht bei ihr gemeldet hatte. Nach unserem Streit hatte ich sie ignoriert. Sie weder angerufen noch ihr eine Nachricht gesendet. Aber sie hatte mich rausgeschmissen und vor die Tür gesetzt. Ich hatte erwartet, sie würde sich melden und mich um Verzeihung bitten. Doch sie heute zu sehen, brach mir erneut unvorbereitet das Herz.

Ich hatte sie verloren.

Das war mir in dieser Sekunde klar geworden und für einen Moment bereute ich es, dass ich sie hatte, einfach so gehen lassen.

Neben meinen leisen wimmernden Lauten, welche in meine Ohren kribbelten, vernahm ich leise Stimmen aus der Küche, die allmählich lauter wurden. Es klang wie mein Vater, dachte ich, und auch wie der Küchenjunge, der mich damals so nett empfangen hatte. Sie schienen über irgendetwas zu diskutieren und es klang so, als ob mein Vater kurzfristig mal wieder die Beherrschung verlor.

Leise stand ich auf und lehnte mich an die Tür, um zu lauschen. Durch die schwere Stahltür, die natürlich ordnungsgemäß eine Feuerschutztür war, konnte ich nichts verstehen. Nur an der Lautstärke bemerkte ich, dass sich aus der nebensächlichen Diskussion ein Streit entwickelte und ich beschloss, das Ganze direkt zu unterbinden.

»Was ist los?«, wollte ich wissen, als ich mit einem Schritt die Küche betrat und tatsächlich Antonio und Dad vor der Arbeitsfläche an einer der Küchenzeilen stehen sah. Beide zuckten zusammen.

Merkwürdig. Seit wann war Dad so schreckhaft? Er fing sich in Sekundenschnelle und baute sich vor mir auf.

»Was willste hier? Ich habe gerade mit dem Jungen hier was zu klären!«, maulte er in seinem typischen Groll. Antonio stand mucksmäuschenstill neben meinem Vater und sah panisch aus. Was er auch immer angestellt hatte, konnte nicht derart schlimm gewesen sein, dass mein Vater so mit ihm umsprang.

»Deswegen bin ich hier. Wie kann ich euch helfen? Offensichtlich habt ihr Streit?«, bot ich freundlich an und lehnte mich an die Arbeitsfläche. »Streit? Nein! Signore Barbero hat Recht. Ich habe einen echt doofen Fehler gemacht. Deshalb geht uns jetzt ein Auftrag flöten. Nochmal, Signore. Es tut mir sehr leid.«

Antonio entschuldigte sich derart ehrlich und verließ dann so schnell die Küche, dass es mich doch sehr verwirrte. Zu allem Überfluss kommentierte Dad nicht eine Geste von ihm und ließ ihn gehen. Ich zog eine Augenbraue hoch und musterte meinen Vater, der mich ansah, als fühle er sich in irgendeiner Art und Weise ertappt.

Irritiert schüttelte ich dann den Kopf und räusperte mich:

»Okay, was ist hier los? Das ist schon etwas seltsam. Erst schreit ihr euch an und plötzlich ist dann alles geklärt?«

Dad wurde zornig. Seine tiefen Falten im Gesicht verdunkelten sich.

»Hat dich wer nach deiner Meinung gefragt? Seh zu, dass du dich an die Arbeit machst. Bürokrams macht sich nicht von allein!«, schnauzte er mich forsch an, bevor er mich stehen ließ und mit einem scheppernden Türknallen die Küche verließ.

Klasse, der Tag konnte nur besser werden.

Das Büro zu übernehmen, gehörte aktuell nicht zu meinen Lieblingsaufgaben. Monotoner Papierkram brachte mich dazu, doch immer wieder über Sofia und unsere missliche Lage nachzudenken. Dies tat ich so oder so in jeder freien Minute, egal ob ich im Büro saß oder abends in meinem Zimmer auf dem

Bett lag, Musik hörte und nebenbei die geklebte Vase ihrer Urnonna anstarrte. Es galt als eigene Folter für mein Herz.

Ich musste das Ding unbedingt zurückgeben, um einen Schlussstrich ziehen zu können. Doch neben der Buchhaltung, die wenigstens keine roten Zahlen aufwies, und meinen Gedanken an die Frau, die gerade drei Wände weiter neben einem reichen Schnösel Weinschorle in meinem Restaurant trank, kam mir die Erkenntnis, dass ich einfach nicht mehr konnte.

Der einzige Lichtblick, den ich hatte, war es, dass sich das Restaurant langsam erholte und wir auch allmählich von den steigenden Besucherzahlen profitierten. Mittlerweile konnte ich mir selbst ein monatliches Gehalt auszahlen, welches zwar nicht hoch war, aber dennoch dazu führen würde, mir endlich meinen Traum vom eigenen Café zu erfüllen. Ich würde es wie schon immer in meinem Leben allein schaffen. Etwas anderes schien das Schicksal für mich nicht vorgesehen zu haben.

Kapitel 27 Sofia

Ich hatte ihn nicht mehr gesehen. Nach seiner Flucht an unserem Tisch gestern Abend war er in die Nähe des Büros geflüchtet. Mir war zum Heulen zumute gewesen, als unser Blick sich getroffen hatte. Als ich in seinen Augen den gleichen Schmerz entdeckt hatte, den ich unweigerlich auch fühlte.

Insgeheim hatte ich gehofft, gar gebetet, dass er nicht da sein würde. Dass er es gar nicht erst mitbekommen hätte, wie ich mit Esteban und Jack zu Abend aß. Jack hatte Esteban meine Bereitschaft zum Geschäftsessen unmittelbar nach unserem Gespräch übermittelt. Danach war er sofort aufgebrochen. Mit seinem privaten Helikopter versteht sich. Bei diesem Gedanken rollte ich die Augen.

Esteban hatte den Tisch reserviert. Er konnte ja nicht wissen, welchen Zwist es derzeit zwischen dem Weingut und dem Restaurant (eher zwischen mir und Luca) gegeben hatte.

Ich stand in der Hofeinfahrt und lotste einen Lieferwagenfahrer den Weg, der dabei war, rückwärts einzuparken. Es war ein Auto des Restaurants die das Catering für den Abend anliefern sollten. Am liebsten wäre ich Luca nachgelaufen, hätte ihn umarmt und ihm gesagt, wie leid mir alles tat. Wie unsagbar traurig ich war, dass unsere gemeinsame Zeit so ein schreckliches Ende genommen hatte.

Antonio, der Küchenjunge, den Luca bereits erwähnt hatte, stieg aus. Er trug eine Kochjacke, die eindeutig unzählige Flecken aufwies, und hob dankend die Hand in meine Richtung, als er auf mich zukam.

»Danke. Wir werden das Buffet direkt im Saal aufbauen. Es wird U-förmig angerichtet werden, so kann man sich von allen Seiten bedienen.«

Erleichtert nickte ich und konnte einen weiteren Punkt von meiner Liste abhaken. Ich hatte mich noch nicht ganz mit dem Gedanken angefreundet, dass es bereits morgen so weit war. In den letzten Wochen war so viel passiert, sodass ich mich insgeheim manchmal gefragt hatte, ob ich wüsste, was ich tat und ob es das Richtige war.

Ich war bereit für die Herausforderung, auf die ich mein ganzes Leben gewartet hatte. Diese selbstsichere und mutige Erkenntnis stand aber einem Problem entgegen: meiner Angst.

Natürlich hatte ich Angst. Angst davor zu scheitern, meine Eltern zu enttäuschen oder doch festzustellen, dass ich dem Ganzen nicht gewachsen war. Und egal, wie groß die Angst tief in mir schlummerte, war ich mir dennoch sicher, dass ich es wollte.

Meine Zeit war jetzt. Unwiderruflich würde Paps dem Druck nicht mehr standhalten können. Ich freute mich darauf, ihn heute Abend wiederzusehen. Dass er aus der Klinik für den offiziellen Festakt kommen konnte, bedeutete mir unendlich viel. Gleichzeitig machte ich mir große Sorgen darüber, ob es nicht vielleicht zu viel für ihn sei, es ihn überforderte und er womöglich dadurch wieder einen …

Schluss jetzt, Sofia. Hör auf, dich verrückt zu machen. Ich schüttelte den Kopf so, als könne ich damit die Gedanken aus meinem Kopf verbannen, und ließ wieder meinen prüfenden Blick über den Hof schweifen. Alles sah prächtig aus.

Es war, als sei das Weingut nicht wiederzuerkennen. An allen alten, schlossartigen Stuckfassaden waren Blumen angebracht, die im Licht der Sonne alles viel harmonischer wirken ließen. Inmitten des Hofes erstreckte sich das weiße Festzelt.

Es war elegant geschmückt, bot einen Holzdielenboden, und die Tische und Stühle waren allesamt mit Hussen bedeckt. Auf der kleinen, aufgebauten Bühne machte sich der DJ für den heutigen Ball bereit. Im Nachhinein und mit der Tatsache, dass meine Übernahme nun viel schneller vonstattenging als geplant, wollte ich den Ball absagen, den Mama für mich exklusiv arrangiert hatte, doch sie hatte es nicht zugelassen.

Natürlich war auch ihr nicht entgangen, dass ich mich in den letzten vier Wochen ausschließlich nur um die Arbeit gekümmert hatte. Sie hatte mich ein paar Mal nach Luca gefragt, worauf ich keines Mal reagierte. Demnach könnte sie sich eins und eins zusammenzählen und schlug vor, den Ball in jedem Fall stattfinden zu lassen.

Dies war eine gute Gelegenheit, unsere Partner, Vertreter und auch weitere Sponsoren persönlich in Empfang zu nehmen und mich einen Abend vor der offiziellen Feststunde direkt zu beweisen. Jack hatte mir freundlich seine Unterstützung zugesichert, und ich war wirklich froh darüber, dass er mir versprach, heute Abend nicht von meiner Seite zu weichen.

Zu gerne hätte ich all das mit Luca erleben können, dachte ich, während ich zum Weinkeller aufbrach. Ich wollte sichergehen, dass für die Führung am morgigen Abend alles vorbereitet war. Gerade als ich durch die Tür ins Innere des Lagerhauses treten wollte, vernahm ich eine Gestalt am Hoftor, die bepackt wie ein Esel auf mich zugelaufen kam.

Mir blieb der Atem weg. Meine Hände wurden feucht, und mir blieb das Herz stehen, als Luca mit der Vase, die am Tag meiner Ankunft kaputtgegangen war, vor mir zum Stehen kam.

»Luca?«

Mein Mund war staubtrocken, und ich konnte kaum glauben, dass er wirklich vor mir stand.

Er trug eine kurze Hose und ein Shirt, welches sein breites Kreuz betonte. Ich liebte es, wie er sein Haar trug. Zum Knoten hochgebunden, mit vereinzelten

Strähnchen, die herausgingen. Unglaublich starrte ich auf die Vase, die er nun vor mir abstellte.

»Sofia, ich bringe dir die Vase deiner Nonna«, erklärte er verklemmt.

Ich schluckte. Was sollte ich darauf nur antworten? Langsam begann ich zu nicken. Dann zückte er einen Umschlag aus seiner hinteren Hosentasche und hielt ihn mir in greifbare Nähe.

»Was ist das? Doch nicht etwa …«, fragte ich ihn aufgewühlt, weil ich nicht glauben konnte, dass er ernsthaft die Vase repariert hatte. Das hatte er für mich getan. Für niemanden anderen. Mein Herz machte einen Satz. Noch immer stand ich wie angewurzelt. Ich nahm den Umschlag und warf einen Blick hinein.

Einige glatte Geldscheine, sortiert und mit Sicherheit vollzählig bis zur Summe von zweitausendfünfhundert Euro, befanden sich darin.

Unweigerlich streckte ich ihm den Umschlag wieder entgegen. Ich wollte kein Geld von ihm annehmen. Auch wenn ich wusste, dass ich es verlangt hatte, aber ich konnte es nicht. Er kratzte sich verlegen am Kopf und erklärte verwundert »Aber das war doch so abgesprochen. Das ist das Geld für die Vase. Auch wenn ich sie geklebt habe, will ich dir …«

»Stopp!«, schrie ich, weil ich innerlich zu platzen drohte.

Ich wollte alles von ihm. Ich wollte, dass er mich packte, mich an sich zog und mich küsste. Mir sagte, dass er mich liebte und zu mir zurückkommen würde. Dass er bei mir bleiben würde. Für immer. Aber um alles in der Welt wollte ich kein Geld von ihm. Nicht mal einen Cent würde ich von ihm wollen. Ich liebte ihn, und ich konnte es kaum mehr ertragen, dass er keine zwei Meter vor mir stand und dachte, er müsse seine Schuld bei mir begleichen. Als ob nur noch diese Sache zwischen uns stünde.

Ehrlich, aufrichtig und gut, wie er war, hatte er eigenwillig die Vase repariert.

Sie bedeutete mir rein gar nichts bei dem Gedanken, dass es ihm nur darum gegangen war, mich glücklich zu machen.

»Sofia, ist alles in Ordnung? Wenn du die Vase doch nicht willst, dann kann ich sie wieder mitnehmen«, schlug er vor, worauf ich heftig den Kopf schüttelte.

»Danke!«, stieß ich aus. In meinen Augen quoll langsam das Wasser auf. Er nahm mir den Umschlag ab und sah mich fragend an. »Und das Geld?«

»Ich will kein Geld von dir!«, stieß ich mit dem letzten Funken Würde, den ich in dieser Sekunde noch hervorholen konnte.

»Verstehe. Dann gehe ich lieber wieder. Ich wollte dich nicht weiter stören bei … den Vorbereitungen.«

Er machte auf dem Absatz kehrt, drehte mir langsam die Schulter zu und vermied es, mich noch einmal anzusehen, was mir das Herz brach. Ich hatte große Mühe, meine Tränen zu unterdrücken, weil es absolut unangebracht gewesen wäre, jetzt zu weinen, aber die Tatsache, dass ich ihn jetzt gerade zum vielleicht letzten Mal sehen könnte, konnte ich nicht verantworten.

»Luca, warte!«, hallte es aus mir heraus, was dazu führte, dass er vorerst stehen blieb und mir nun doch noch einen Blick zuwarf.

»Danke für deine Hilfe!«, stotterte ich. Ich wollte weitaus mehr sagen, doch ich hatte mich in keinster Weise auf dieses Gespräch vorbereiten können. Er legte fragend den Kopf schief, weshalb ich es ihm genauer erklärte.

»Deine Skizzen. Ich habe sie angeschaut, und wir haben für den heutigen Abend, den Ball und auch für die morgige Zeremonie davon fast alles umsetzen können. Das ist nicht mein Verdienst. Daher wollte ich dir Danke sagen.«

Er schluckte, was ich an seinem zitternden Kehlkopf erkennen konnte. Dann antwortete er.

»Ich freue mich, dass es nicht umsonst war. Ich hoffe sehr für dich, dass die Übernahme ein großer Erfolg wird. Du hast es verdient.«

Meine Tränen ließen sich nicht mehr zurückhalten. Wenn ich auch nicht wie ein Schulmädchen schluchzte und unfähig war zu reden, aber ich konnte es nicht mehr ändern, dass mir kleine Tränen die Wange runterliefen.

»Ich werde jetzt noch mal nach dem Catering sehen, und dann werde ich wieder gehen.

Ich … äh … Mach's gut, Sofia«, hauchte er. Es fiel ihm ebenso schwer wie mir, das konnte ich erkennen, aber ich konnte nicht zulassen, ihn jetzt zu verlieren. Niemals würde ich den Ball überstehen oder gar die morgige Feststunde und meine Rede mit der Gewissheit, dass er nun aus meinem Leben verschwand.

»Komm zum Ball, heute Abend!«, befahl ich ihm regelrecht. Er weitete seine Augen und blickte entsetzt. Damit hatte er nicht gerechnet.

Das konnte ich ihm ansehen, und ich hätte es niemals für möglich gehalten, dass er wirklich darüber nachdachte.

»Ich denke, es ist keine gute Idee. Ich habe hier nichts zu suchen«, versuchte er mir weiß zu machen und senkte den Blick, damit er mir nicht in die Augen sah. Ich sah das anders.

»Im Gegenteil. Dank deiner Skizzen und Überlegungen konnten wir das Fest so schnell umsetzen, und ich finde, du hast es verdient, dabei zu sein.«

Natürlich hatte ich ihn nicht uneigennützig eingeladen.

Aber mein Argument erschien auch mir schlüssig, weshalb ich ihm mit meinem Blick nun doch etwas Nachdruck verschaffte.

»Ich habe gar nichts zum Anziehen«, murmelte er.

»Du kannst von mir aus auch in Jogginghose kommen. Es ist mir egal, was du anziehen wirst. Ich will nur, dass du kommst.«

Er lächelte. Es war, als würden Hunderte von Engeln über mir schweben und Halleluja singen.

Mein Herz klopfte wie wild in meiner Brust, so als wolle es fast herausspringen.

Nachdem Luca mir ein weiteres verlegenes Lächeln geschenkt hatte, lief er in die Richtung des Lagerhauses davon, um das Catering zu überprüfen. Ich lief derweil Jack am Haupthaus in die Arme, der mit einem Klemmbrett in der Hand verwundert auf mich zukam und mich wie ein Honigkuchenpferd strahlen sah.

Vermutlich, wie ich es schon lange nicht mehr getan hatte.

Kapitel 28   Luca

Auf den Ball? Mit Sofia? War das ernsthaft eine Einladung?

Ich war mir nicht sicher, ob ich etwas verpasst hatte. Sie hatte sich über die Vase gefreut. Das hatte ich erkannt. Aber ich fürchtete mich vor der Tatsache, dass sie mich ganz beiläufig zum Ball eingeladen hatte. So, als würde sie einen netten Freund fragen, weil sie anscheinend ein schlechtes Gewissen hatte.

Konnten wir denn nach all dem noch Freunde sein? Niemals könnte ich es ertragen, mich öfter in ihrer Nähe aufzuhalten, ohne sie berühren zu dürfen. Sie zu küssen und ihr zu sagen, wie sehr ich sie liebte.

Als sie so dagestanden hatte und völlig überfordert gewesen war, hatte es mir leidgetan, dass ich sie vorher anrief.

Ich musste nur die Vase endlich aus meinem Zimmer verbannen, um nicht jeden Tag an Sofia erinnert zu werden. Sie war auch sonst pausenlos in meinem Kopf, und bei jedem Schritt, den ich in Richtung des Weingutes oder dieser Frau setzte, fühlte sich mein Körper an wie ein Magnet, der von alldem angezogen wurde. Ob er wollte oder nicht.

Ich ging zum Lagerhaus, ohne mich umzudrehen und zu riskieren, dass Sofia es eventuell auch tun könnte. Was hätte dies dann zu bedeuten? Ich war mir nicht sicher. Genauso wie ich nicht wusste, was es zu bedeuten hätte, wenn sie sich dann nicht nach mir umgedreht hätte. Damit wäre es mir bei Weitem nicht gut gegangen.

Als ich den eisernen Griff der Holztür des Lagerhauses hinunterdrücken wollte, öffnete Antonio von innen die Tür.

»Was machst du denn hier, Luca?«, fragte er entsetzt, als er mich im Türbogen stehen sah.

»Ich wollte das Catering kontrollieren und schauen, ob alles richtig ausgeführt wurde, das ist mein Job. Schon vergessen?«

Dann zwinkerte ich ihm zu, konnte damit, so wie mit meiner Erklärung, aber keine Minderung seines komplexen Verhaltens herbeizaubern.

Ihm war sämtliche Farbe entglitten. Er benahm sich nervös und zittrig und stand immer noch direkt vor mir, sodass er mir weiterhin den Durchgang zum Inneren verwehrte.

»Was ist los mit dir? Du bist doch sonst nicht so angespannt. Es wird schon alles gut sein. Komm, lass mich mal durch, ich will mir alles anschauen«, hatte ich ihn wertschätzend gebeten. Als er nicht reagierte, zwang ich mich an ihm vorbei, um ins Innere vorzudringen.

Im Lagerhaus war es so ordentlich aufgeräumt wie lange nicht mehr. Eigentlich nicht, seit ich da gewesen war.

In der Mitte war ein u-förmiger Tisch aufgebaut, der für das Catering feinster kulinarischer Speisen einlud, und die Gäste konnten sich von beiden Seiten daran bedienen. Er war mit weißen, bodenlangen Tischdecken versehen.

Auf dem Tisch standen die Wärmebehälter des Caterings, die zwar noch leer waren, aber für den Abend bereits perfekt ausgerichtet würden.

Antonio stand neben mir und wirkte dauerhaft angespannt, weshalb ich mich zu ihm drehte, um ihn zu konfrontieren.

»Raus damit. Was ist mit dir los?«

»Nichts, ich bin nur nervös wegen des Caterings. Es ist das erste Mal, dass ich so viel Verantwortung bekommen habe«, stammelte er und tippelte nervös von einem aufs nächste Bein.

Ich zog eine Augenbraue hoch und sah ihn missbilligend an, da ich ihm keineswegs Glauben schenken konnte. Er war nicht einfach nur nervös. Das kaufte ich ihm nicht ab. Ich war ein Menschenkenner und mir daher sicher – irgendwie benahm er sich merkwürdig.

»Hallo? Ist hier noch jemand drin?«, rief Jack plötzlich vom Hof, der dann seinen Kopf durch die Tür steckte.

Er sah mich und Antonio neben mir stehen und räusperte sich verlegen. »Ach, ihr seid noch da? Wie lange braucht ihr noch? Es müssen noch Leute für die Deko hier rein.«

Dann kam er auf uns zu, schenkte mir einen freundlichen Blick, den ich mit einem Lächeln erwiderte.

Schade, dass Jack und ich uns seit der Trennung von Sofia logischerweise nicht mehr gesehen hatten. Er fehlte mir, denn er war wirklich schwer in Ordnung, und ich war froh, dass er Sofia wenigstens eine Stütze war.

Auch wenn es ja noch diesen Esteban gab. Ich hatte nicht die geringste Ahnung, welche Rolle er in Sofias Leben spielte. Bei dem Gedanken, dass er vielleicht wirklich ihr neuer Freund sein könnte, sträubten sich mir die Nackenhaare. Zu gerne hätte ich Sofia darauf angesprochen, aber das wäre taktlos und absolut eifersüchtig rübergekommen.

»Hi, Luca! Dich hätte ich hier nicht erwartet«, gestand er, als er neben mir und Antonio stehen blieb. Dieser gab Jack die Hand zur Begrüßung.

Ich lächelte verlegen und deutete auf das Buffet. »Ich bin nur hier, um alles in Ruhe anzusehen und ob alles auch reibungslos verläuft. Für das Catering«, versicherte ich ihm.

»Ich verstehe. Sofia hat mir gesagt, dass sie dich zum Ball eingeladen hat. Wirst du kommen?« Mit dieser Frage überrannte er mich maßlos und fiel buchstäblich mit der Tür ins Haus. Was ging ihn denn das an? Und wieso hatte Sofia es ihm gleich erzählt? Antonio blickte abwechselnd zwischen mir und Jack hin und her, bevor er sich dann langsam in Gang setzte, um nicht zu stören. Er ging auf direktem Wege zum Buffet rüber und tat so, als würde er weiter das Geschirr polieren.

Ich hingegen sah in ein erwartungsvolles Gesicht, welches Jack mir frech entgegenstreckte. Er wollte natürlich, dass ich ihm auf seine Frage antwortete. Überfordert zuckte ich mit den Schultern.

»Keine Ahnung! Um ehrlich zu sein, weiß ich nicht, ob das so eine gute Idee ist«, gestand ich ihm dann ehrlich. Sein Lächeln verschwand, er blickte eine Spur verständlich, dennoch herausfordernd, so als hätte er die Hoffnung, mich in dieser Entscheidung beeinflussen zu können.

»Ich finde, ihr solltet miteinander reden. So geht das doch nicht weiter«, kommentierte er dann schroff und erwischte mich damit direkt auf einem wunden Punkt.

»Ach ja! Und was soll ich ihr sagen? Außerdem habe ich vor knapp zehn Minuten mit ihr gesprochen«, bellte ich forsch zurück, sodass sogar Antonio kurz das Geschirr beiseitelegte und über die Schulter zu uns sah.

Jack wurde ernst in seinem Blick, was mich etwas besorgte. Ich hatte ihn noch nie ernst blicken sehen. Nicht mal an dem Tag des furchtbaren Streits zwischen mir und Sofia hatte er derart verachtend geschaut, wie er es nun gerade tat.

»Ich sag dir jetzt mal was.« Er baute sich vor mir auf, kam etwas zu nah für meinen Geschmack, als sei es noch eine nette Unterhaltung zweier Bekannter. Sein Blick war drohend und entschlossen, dennoch so weich, dass ich mir sicher war, die Situation würde nicht eskalieren. Noch nicht.

»Du bist ein Idiot!«, stieß er und fixierte seinen durchdringenden Blick auf mich, der mich doch nun leicht nervös machte. Ich blickte hastig zu Antonio, der in Reichweite wäre, sollte die Situation doch eskalieren, doch sah ich mich vor, schleunigst wieder zu Jack zu blicken, damit ich ihn mit meinem Abwenden nicht provozierte.

»Idiot? Ich verstehe nicht«, hauchte ich und gab mir so viel Mühe wie möglich, damit meine Stimme nicht zitterte. Angst hatte ich keine. Eher Respekt. Jack zog sich ein Stück zurück und ließ seine drohende Gestalt weicher werden.

»Du bist ein Idiot. Was gibt es daran nicht zu verstehen? Wenn ich du wäre, dann hätte ich eine Frau wie Sofia nicht einfach so gehen lassen«, erklärte er bestimmend. Meine Gedanken verarbeiteten seine

Aussage, und es setzte sofort ein Wechselbad der Gefühle frei.

»Ich habe das so auch alles nicht gewollt. Glaub mir«, rechtfertigte ich mich ehrlich und konnte nicht verhindern, dass sich mein Leid der letzten Wochen in meinem Gesicht widerspiegelte. Jack legte mir mitfühlend eine Hand auf die Schulter. Antonio drehte sich zurück an den Tisch und tat erneut so, als würde er wichtige Arbeiten erledigen.

»Hast du nichts anderes zu erledigen? Geh!«, herrschte ich ihn provokant an. Daraufhin sah er entsetzt nach hinten und verließ ohne weitere Aufforderung den Raum.

»Ihr habt nicht einmal richtig über euren Streit gesprochen. Es ist gar nicht klar, was zwischen euch ist, solange ihr nicht miteinander redet«, erklärte Jack nun gefühlvoll.

»Ich wusste nicht, wie ich es schaffen könnte, mit ihr darüber nochmal zu sprechen, ohne dass wir wieder und wieder am selben Punkt streiten«, erklärte ich Jack, der mir aufmerksam zuhörte. Er war wirklich ein echt guter Freund. Zumindest für mich fühlte es sich so an.

»Auf dem Ball bietet sich doch die Gelegenheit. Immerhin hat Sofia dich eingeladen«, konterte er rasch und zwinkerte mir zu.

Ich hingegen schüttelte heftig den Kopf.

»Auf keinen Fall werde ich ihr den Abend verderben und wieder mit unserem Streit anfangen. Die Sache mit meinem Vater und ihrem wird immer zwischen uns stehen. Ich weiß nicht, wie das funktionieren soll.«

»Jetzt nimm dich doch nicht so wichtig«, blaffte Jack plötzlich und hatte seinen Blick prompt wieder in die drohende Mimik von eben verwandelt. Er hatte urplötzlich seine körperliche Ausstrahlung verändert, ohne dass ich mich im Ansatz darauf vorbereiten konnte. Deshalb musste ich innerlich vor mir selbst gestehen, dass meine Menschenkenntnis hier gerade versagte.

»Du redest nur von dir und deinem Vater und wie schwer das alles ist. Hast du mal daran gedacht, wie schwer das alles gerade für Sofia ist?« schrie er.

Das hatte ich. Nicht nur einmal. Ich hatte stundenlang, tagelang, während des Einschlafens, des Aufwachens und auch sonst bei der schnöden Büroarbeit pausenlos an Sofia gedacht. Daran, was ihr bevorstand, welche Herausforderungen und Enttäuschungen sie zu erwarten hatte, wenn das Geplante nicht so funktionierte, wie sie es sich gedacht hatte, und darüber, was gewesen wäre, wenn ich den Job doch abgenommen hätte.

»Ich …«, stotterte es unreif aus meinem Mund. Ich war ein Feigling. Das wurde mir klar.

Insgeheim hatte ich ihr bereits verziehen. Ihre schroffe Art während des Streits, ihre vorschnellen Entscheidungen über meinen Kopf hinweg und dass sie mich vor die Tür gesetzt hatte. Ich hatte es ihr bereits verziehen, weil ich sie liebte. Aber trotzdem, bei all den Gedanken und dem Grübeln, kam ich nie über den Punkt der Tatsachen hinaus und fand keine Lösung dafür, wie wir trotz unserer Väter in eine Zukunft blicken konnten.

Enttäuscht setzte ich mich auf einen der Stühle, die am Rand des Lagerraumes standen. Ich fühlte mich leer und hilflos. Die letzten Wochen hatten mir einiges abverlangt. Ich war am Ende.

»Luca? Alles in Ordnung?«, fragte Jack vorsichtig, der mir natürlich bis zum Stuhl gefolgt war und einen Meter davorstand.

Ich nickte.

»Was soll ich machen, Jack? Sag mir, was ich machen soll?«, bat ich ihn und kaschierte nicht den Schmerz, den ich dabei empfand.

Jack sah entsetzt zu mir herab. Ich war mir sicher, dass er nicht im Ansatz gedacht hätte, dass auch ich mich in einer psychisch schlechten Verfassung befand.

Er bückte sich zu mir herunter und legte erneut seine Hand auf meine Schulter. »Liebst du sie?«, hauchte er. Wieder nickte ich still.

»Dann rede mit ihr. Heute Abend auf dem Ball!«, befahl er mit einer Entschlossenheit, die mir selbst zurzeit abgekommen war.

Es war zu spät.

Sie hatte mich mittlerweile abgehakt, daran bestand kein Zweifel, wenn man überlegte, dass ich vielleicht bereits durch diesen Esteban ersetzt worden war. Und das Letzte, was ich wollte, war, wie ein schämender Hund leise zu wimmern, während sie sich bereits mit jemand anderem vergnügte. Bei den erneuten Gedanken, wie Sofia mit diesem Lackaffen rummachte oder sogar …

Darüber wollte ich nicht nachdenken. Ich konnte darüber nicht nachdenken, ohne dass sich lodernde Wut in mir anstaute, die unüberlegt aus mir brach.

»Ach, es ist doch eh egal. Sie hat sich doch schon anderweitig getröstet!«

Das Nächste, was ich registrierte, war ein deutlich entsetztes Gesicht von Jack, der sich blitzschnell erhob. Plötzlich, nach einer intensiven Welle von Schmerzen auf meiner rechten Wange, sortierte ich mich erst, bevor mir bewusst wurde, was geschehen war. Ich sprang vom Stuhl auf, schubste Jack zurück und schrie.

»Sag mal! Hast du sie noch alle? Warum scheuerst du mir eine?«

Kapitel 29 Sofia

Ich trat auf die Steintreppe und hob zum Hinuntergehen ein Stück des schimmernden Kleides an, welches elegant bis zum Boden reichte.

Das puderrosafarbene Abendkleid, welches sanft und elfengleich an mir herunterhing, hüllte mich in ein märchenhaftes Gefühl. Es schmeichelte meiner Taille und ließ mich wie eine Göttin aussehen. Ich hatte mich schon bei der Anprobe in der kleinen Boutique in der Stadt wunderbar gefühlt.

Mama hatte laut geschrien,

»Das ist es, Sofia. Du siehst super aus«, als ich wie ein Engel aus der Umkleidekabine geschwebt war.

Vorsichtig stöckelte ich mit den Pumps, die farblich zwar nicht so wunderbar passten, man sie aber nicht sehen würde, da das Kleid nahtlos über die Füße fiel, die Steinstufen hinunter.

Mein Blick richtete sich auf das imposante Festzelt, wie es in der Abenddämmerung und im Licht der vielen Strahler hell erleuchtet wurde.

Der Weg vom Eingang bis zum Lagerhaus war mit einem roten Teppich ausgelegt, an dessen Rand Fackeln den Weg erleuchteten.

Das Lagerhaus war sowohl von außen als auch innen mit Blumen und Gardinenschals geschmückt.

Das Buffet war atemberaubend geworden. Ich hatte es mir nicht nehmen lassen, am Ende der Vorbereitung alles nochmals zu begutachten.

Jack trat hinter mir her, ehe wir den Eingang des Zeltes erreichten. Es war bereits spät geworden und bald würden die ersten geladenen Gäste eintreffen.

»Und? Bist du nervös?«, wisperte Jack leise, als wir uns in Stellung brachten, um gespannt auf die Hofeinfahrt zu blicken.

»Etwas. Um ehrlich zu sein, bin ich nicht sicher, ob es eine gute Idee war, die Übernahme so zu beschleunigen«, gestand ich.

In mir herrschte das totale Chaos. Ich hatte mir diesen Moment mein ganzes Leben lang ausgemalt und niemals damit gerechnet, dass es so passieren würde, wie alles gekommen war. Dass mein Vater nicht mehr in der Lage schien, sich weiter um alles zu kümmern, und die ganzen Geheimnisse und die Intrigen aus der Vergangenheit, die uns rücksichtslos eingeholt hatten.

Ebenso, dass Lucas Vater uns solange das Leben schwer gemacht hatte. Und trotz all diesen Dingen, die passiert waren und die größte Herausforderung meines Lebens nun vor mir lag, konnte ich nur an Luca denken und daran, wie sehr er mir fehlte.

Ein Auto fuhr hinter der Steinmauer entlang und bog vorsichtig auf den Hof. Es war Paps Wagen, den

Mama elegant um den scharfen Pfosten lenkte und ihn direkt vor dem roten Teppich parkte.

Ruckartig verließ ich meinen Posten, um zu Paps zu eilen. Dass er das Wochenende bei uns und nicht in der Klinik verbringen durfte, bedeutete mir alles. Die hintere Autotür öffnete sich.

»Sofia, da bist du endlich. Du siehst umwerfend aus. Mein Mädchen«, schniefte Paps, als er gebrechlich aus dem Wagen kletterte.

Er hatte sich zwar einigermaßen erholt, doch sein Gesicht wirkte nach wie vor eingefallen, da er einiges an Gewicht verloren hatte und in der Klinik strikte Diät halten musste.

Er hatte bereits bei einem meiner Besuche erwähnt, wie sehr er sich auf Nonnas Kochkünste freute, doch der Arzt hatte ihm zu verstehen gegeben, dass dieser keine Ausnahmen duldete.

»Alberto, wie schön, dass du da bist. Ich hatte so gehofft, dass es klappt und du bei dem Festakt dabei sein kannst,«, trällerte Jack erleichtert, als er zu uns aufschloss und Paps aus dem Auto half. Weitere Autos fuhren auf den Hof. Einige unserer Mitarbeiter übernahmen die Einweisung der Gäste.

»Schön sieht es hier aus. Ihr habt das alles wunderbar gemacht, Kinder«, lobte Paps uns, als er sich in dem klappbaren Rollstuhl, den Salvatore ihm hinschob, fallen ließ.

»Alberto, wir sollten schon mal in das Zelt gehen. Sofia muss die Gäste begrüßen«, erklärte Mama, was Paps mit einem Nicken quittierte. Sie schob ihn im Rollstuhl vor sich her.

Jack und ich positionierten uns erneut am Eingang und nahmen die ersten Gäste in Empfang. Unter scharfzüngigen Blicken der gehobenen Gesellschaft schien ich mich gut zu schlagen. Ich bekam viele Komplimente, einige, vor allem die, die uns nicht persönlich kannten, schlussfolgerten, dass Jack und ich ein Paar seien, was wir dann erneut immer wieder richtigstellten.

Dabei dachte ich an Luca und daran, wie schön es gewesen wäre, wenn er jetzt hier an meiner Seite gestanden hätte. Als Geschäftspartner und als der Mann meines Lebens. Ohne Wenn und Aber. Doch je später es wurde, desto mehr füllte sich das Festzelt und die Flut an Autos, die auf dem Hof reinrollte, nahm stetig ab.

»Wir sollten langsam reingehen und die Begrüßungsrede halten. Es sind bereits fast alle da, Sofia«, drängelte Jack, der mich dringlich ansah. Er deutete auf die vielen Gäste im Saal, die bereits zu tuscheln begannen. Sie schienen sich über die lange Wartezeit zu beschweren.

»Du hast recht. Aber ich will noch einen Moment warten. Vielleicht kommt er ja gleich«, bettelte ich ihn hilflos an, denn die Tatsache, dass Luca nicht auftauchen würde, wollte sich nicht in meinem Kopf festsetzen. Ich hatte so gehofft, er würde meine Einladung als minimalistisches Versöhnungsangebot wahrnehmen. Insgeheim für mich war es meine Chance, ihn noch einmal zu sehen und zu träumen, dass doch alles gut werden könnte. Vielleicht hatte er es anders verstanden?

»Er wäre schon längst hier, wenn er das vorgehabt hätte,«, versuchte mir Jack klarzumachen. Sanft legte er seine Hand in meinen Rücken. In mir regte sich mit einem Mal eine Traurigkeit, die mir die Luft nahm, mir einen Kloß im Hals bescherte und ich mir wünschte, einfach davonzurennen.

»Dann lass uns den Abend hinter uns bringen. Ich hatte so gehofft, dass er ...«, schniefte ich, drehte mich um und schoss an Jack vorbei, bis zum Rednerpult.

»Und deshalb ist es uns eine große Ehre, Sie alle hier heute Abend begrüßen zu dürfen. Sogno Fontanas neue Leitungsspitze, bestehend aus meinem Neffen und meiner wundervollen Tochter Sofia, wird von Erfolg gekrönt sein. Ich bin sicher.« Paps hob nach seiner Rede sein Glas Rotwein und bog das Mikrofon zurecht. Dann erklang ein schrilles,

»Saluti«, durch die Lautsprecher und die gesamte Gesellschaft antwortete im Chor

»Saluti!« zurück.

Während ich so tat, als würde ich trinken, ließ ich meine Augen immer wieder über die Köpfe der Menschen wandern. Es konnte doch nicht sein, dass er mich einfach so versetzte und im Stich ließ. Bedeutete ich ihm denn gar nichts mehr?

Das konnte nicht sein. Es hatte sich alles so echt angefühlt und so vertraut. Seine Berührungen und Küsse, nach denen ich süchtig war, und seine Unerschrockenheit gegenüber seinem Vater hatten mich beeindruckt. Im Nachhinein war ich mir klar gewesen, dass ich mich wie eine Idiotin aufgeführt hatte. Ich hatte mitunter am meisten dazu beigetragen, dass wir uns so heftig gestritten hatten. Ich bereute die gemeinen Sachen, die ich über Luca gesagt hatte, denn all das dachte ich gewiss nicht über ihn. Im Gegenteil. Das, was ich für ihn empfand, war stärker als all das, was ich bisher gefühlt hatte.

Ich hatte mir nicht die Mühe gemacht, ihn im Ansatz zu verstehen, und je länger ich der Situation in diesem Augenblick, ausgesetzt war, wusste ich, dass ich ihn unbedingt zurückwollte. Nichts wünschte ich mir mehr, als dass er da war, mich festhielt und für immer bleiben würde.

»Sofia, du musst etwas sagen«, flüsterte Jack mir leise zu, der mich panisch anblinzelte, und ich prompt bemerkte, dass alle Augenpaare des Saals auf mich gerichtet waren.

Paps hielt das Mikrofon in meine Richtung. Dabei strahlte er wie ein Honigkuchenpferd und sah erwartungsvoll in meinen erstarrten Gesichtsausdruck.

Was zum Teufel hatte er gesagt? Und was sollte ich nun sagen?

Mama, die in der ersten Reihe saß, formte mit ihrem Mund ein lautloses Wort, was so etwas bedeuten sollte wie »A b e n d e s s e n«.

Dann hatte ich es geschnallt. Ich räusperte mich rasch, entriss Paps das Mikrofon und trällerte meine Ankündigung hinein, sodass jeder Winkel von meiner gespielt-fröhlichen Stimme erreicht wurde.

»Liebe Gäste, das Buffet wird in Kürze eröffnet. Bitte begeben Sie sich in das Lagerhaus auf der linken Seite des Hofes.« Ein leichter Beifall begleitete meinen Abgang von der Freifläche im vorderen Teil des Zeltes.

»Sofia, was ist mit dir? Du wirkst total neben der Spur«, herrschte mich Jack leise an, der mich zur Seite gezogen hatte, um der Gästeschar, die bereits den Weg zum Lagerhaus aufsuchte, Platz zu schaffen.

Ich bemerkte erneut ein Brodeln in meiner Brust. Es war wie ein Entflammen all meiner Sehnsüchte und ich konnte es nicht mehr ändern, dass ich pausenlos an Luca dachte.

»Ich muss zu ihm«, erklärte ich rasch. Jacks Miene verdunkelte sich. Er zog eine Augenbraue hoch und schüttelte den Kopf.

»Das meinst du doch nicht ernst. Luca ist nicht hier. Er scheint kein Interesse daran zu haben, dich wiederzusehen«, maulte er im Flüsterton, da er besorgt war, die Gäste würden etwas mitbekommen.

»Ich muss. Ich kann jetzt nicht einfach weitermachen. Die Vorstellung, dass ich ihn heute vielleicht zum letzten Mal gesehen habe, zerreißt mich innerlich. Sag mir, was ich tun soll?«, jammerte ich, während die ersten verzweifelten Tränen meine Wangen eroberten. Jack zog mich noch ein Stück weiter an den Rand des Zeltes.

»Du gehst jetzt ins Lagerhaus und eröffnest in einer halben Stunde das Buffet. Konzentrier dich auf deine Karriere. Du hast dein ganzes Leben darauf gewartet«, befahl er fordernd und sorgte dafür, dass sich die Gedanken um Luca ein wenig milderten.

Jack hatte recht. Er konnte sehr überzeugend sein. So viel war sicher, doch mir fiel es nicht leicht, mich über meinen Ruhm, der mir im Familienunternehmen bald zuteilwerden sollte, zu freuen, wenn ich mir sicher war, das bereits Wertvollste in meinem Leben endgültig verloren zu haben.

Kapitel 30 Luca

Fluchend kramte ich in der Kühlkammer der Restaurantküche nach einem Beutel gefrorenem Gemüse, um meine Wange und mein Auge zu kühlen. Dass mir Jack eine reingehauen hatte, hatte ich mir bis jetzt nicht weiter erklären können.

Zugegeben war ich mir sicher, dass es mit meiner letzten Aussage zusammengehangen hatte, dass ich Sofia unterstellt hatte, sie hätte sich mit Esteban bereits einen neuen Typen geangelt. Dies dachte ich nicht wirklich, doch in dem Moment, als ich es gesagt hatte, war meine Wut wie ungebremst über mich eingetreten, hat mich kurz vergessen lassen, wie warmherzig und gut Sofia war und dass sie keinesfalls jemand war, der sich in so einer Situation dem Nächstbesten an den Hals warf.

Jack hatte mir unmittelbar nach seinem Schlag zu verstehen gegeben, dass ich mich lieber von ihr fernhalten sollte, wenn ich so dachte oder zur Vernunft kam, um die Sache ein für alle Mal zu klären. Ich hingegen war kommentarlos aufgebrochen, um mich zurückzuziehen. Mir hatte das Treffen mit Sofia, die Abweisung des Geldes, welches ich ihr schuldete, und die Tatsache, dass sie mich aus irgendeinem Grund nun doch bei dem Fest dabeihaben wollte,

stark verunsichert. War ich nur noch ein Freund für
sie, den sie aufgrund der verwendeten Pläne, die ich
eigens erstellte, aus Höflichkeit dabeihaben wollte?

Damit konnte und wollte ich mich nicht zufrieden-
geben. Ich konnte nicht zum Fest gehen in der Gewissheit, dass ich gerade so geduldet war, damit sie
kein schlechtes Gewissen hatte.

Grübelnd saß ich in der Küche auf der Arbeitsplatte und kühlte mein Gesicht. Bis auf eine leicht lila
schimmernde Schramme am linken Auge, die sich
bis in die Braue zog, sah ich nicht allzu lädiert aus.

Die Tür der Küche schwang auf und mein Vater
platzte herein.

»Was machst du da? Ich wüsste nicht, dass du kochen kannst«, meckerte er drauflos.

Vorsichtig legte ich meine linke Gesichtshälfte frei,
indem ich den Gemüsebeutel zur Seite nahm.
»Mensch, du scheinst dich langsam zu machen,
Junge. Wer hat dir denn eine reingehauen?«,
krächzte Dad und sah überraschend begeistert aus.
Dass ich mit einer unschönen Gesichtsverletzung bei
ihm Sympathiepunkte sammeln konnte, überraschte
mich keineswegs. Ein Zeichen eines wahren Mannes,
sich zu prügeln und zu schlagen. Gleich würde er
fragen, ob ich es denn verdient hatte.

»Nicht schlecht. War es denn verdient?«

Ich schmunzelte. War es das? Sicher war ich mir
nicht, aber um meinen Vater zufriedenzustellen,

nickte ich kleinlaut, was ihm ein überraschend zufriedener Gesichtsausdruck bescherte. »Wegen deiner Perle? Will der Typ auch was von ihr?«, fragte er keck. Ich schüttelte den Kopf und antwortete nur lustlos »Nein! Ihr Cousin. Es war eher eine Verteidigungsgeste.«

Dad verschränkte die Arme, lächelte dennoch vergnügt, so als ob er sich amüsierte, dass mir dies widerfahren war. Warum auch nicht. Dann ließ er seine Arme locker und sein Blick wurde wieder typischer. Motzig.

»Gut, dass die Sache durch ist, mit dem Fontana-Mädchen. Du solltest dich einfach wirklich fernhalten von dem Weingut!«, riet er mir, wobei mich in diesem Rat der eher fürsorgliche Unterton von ihm am meisten überraschte.

Er trug seltsamerweise eine moderne neue Hose, was mir in diesem Moment auffiel, hatte seine Jacke bereits zugeknöpft und auch seinen Hut auf dem Kopf, den er sonst nur auf Reisen mitnahm.

»Gut, dass du hier bist. Ich wollte nur sagen, dass ich gleich zum Flughafen aufbreche. Ich verreise, um einige neue Händler zu besuchen. Zuerst geht es nach Spanien.«

Prompt ließ ich mich von der Arbeitsplatte runtergleiten.

»Wieso hast du mir das nicht erzählt?«, wollte ich energisch wissen. Das war schon eine Information, die man seinem Geschäftspartner nicht unmittelbar zwischen Tür und Angel übermittelte, und daher war ich gespannt, was er zu sagen hatte.

»Ach, du hattest so viel um die Ohren, Junge! Ich wollte dich damit nicht auch noch nerven. Ich weiß noch nicht, wie lange ich weg bin, aber du schaukelst das hier schon.«

Mit diesen Worten nickte er mir zu und drehte wieder ab, um die Küche zu verlassen. Mich überraschte nicht, dass mein Vater alleinige Sache machte. Er hatte mich nie groß in seine Pläne eingeweiht, daher kam ich gut damit zurecht, ihn einfach machen zu lassen und mir dabei nicht viel zu denken.

Als er jedoch nochmal rumfuhr und mir einen seltsam fremden, fast schon unheimlich freundlichen Blick zuwarf, erstarrte ich kurz.

»Pass auf dich auf, Junge«, hauchte er leise, bevor er seine Schrittlänge bis hinaus aus der Küche verdoppelte, um eilig zu verschwinden.

Was war das bitte? Im gleichen Moment vibrierte mein Handy in meiner Hemdtasche. Es war eine Nachricht von Antonio, der mit der Betreuung des Caterings auf dem Weingut beauftragt war.

Hallo Luca,

es tut mir leid, aber ich kündige. Ich habe eine andere Stelle gefunden, die mich sehr glücklich macht, und ich glaube, es ist für alle das Beste so.

Was? Wieso kündigte Antonio plötzlich fristlos? Entschlossen wählte ich die Nummer im Handy, um ihn anzurufen.

Es tutete. Keine Antwort. Erneut versuchte ich es. Wieder ging niemand an das Telefon. Mit Blick auf das Display und die kleine Anzeige der Uhrzeit in der rechten Ecke erschrak ich darüber, wie spät es bereits war. Nun hatte ich wohl oder übel keine Wahl mehr, ob ich zum Weingut aufbrechen würde.

Da niemand vom Restaurant da war und das Catering betreuen konnte, beschloss ich, mich eilig umzuziehen und dahin aufzubrechen. Meine Lüge darüber, nichts Passendes zum Anziehen zu besitzen, war nicht die beste Ausrede, die ich auf Lager gehabt hatte. Natürlich besaß ich einige schicke Anzüge, die sich für den Anlass ohne Zweifel eigneten.

Nachdem ich ohne Aufwand das Erstbeste aus dem Schrank gegriffen und in Windeseile angezogen hatte, begutachtete ich mich im Spiegel. Der dunkelblaue Anzug, den ich mit einem cremefarbenen Hemd und einer schwarzen Fliege kombinierte, hüllte mich in eine völlig neue Person. Ich fand mich selbst ansehnlich, obwohl ich mich keineswegs als einen eitlen und selbstverliebten Typen bezeichnen wollte.

Meine Haare strich ich feinsäuberlich nach hinten und knotete sie zu einem Dutt. Dann schwang ich mich auf meinen Roller und fuhr los. Das Restaurant ließ ich im Dunkeln zurück.

Da Dad abgereist war, leuchtete nicht mal mehr das kleine Licht im Büro auf der hinteren Seite des Gebäudes. Es war komisch, das Restaurant, in dem es sonst immer heiter zuging, verlassen und ruhig dastehen zu sehen. Eilig fuhr ich die Straße entlang bis zum Weingut, welches ich in der anbrechenden Dunkelheit von weitem entdecken konnte.

Es war beleuchtet wie in einem romantischen Märchen. Die Strahler, die an den Fassaden die alten Mauern in ein zeitloses Kunstwerk tauchten.

Malerisch. Ich stellte meinen Roller aus irgendeiner dummen Gewohnheit im Hinterhof ab und schlenderte um das Haupthaus herum, um geradewegs das Festzelt zu betreten. Gerade als ich vor den Eingang trat, vernahm ich Sofias sanfte Stimme im Inneren.

»Liebe Gäste, das Buffet wird in Kürze eröffnet. Bitte begeben Sie sich in das Lagerhaus auf der linken Seite des Hofes.«

Ein beiläufiges Klatschen begleitete meinen Einzug in den Saal. Zu meinem Erstaunen herrschte reges Treiben. Alle Gäste, die ebenfalls wie ich schick gekleidet waren, hatten sich erhoben und schlenderten zum Seitenausgang, der sie auf direktem Weg zum Lagerhaus führen würde. Ich versuchte mit ruckartigen Blicken, Sofia zu entdecken, doch ich scheiterte an dem Versuch, irgendetwas in diesem Gewölle schwirrender Menschen zu verarbeiten.

Kurzerhand entschloss ich mich, das Zelt durch den Haupteingang wieder zu verlassen und eine Abkürzung zum Lagerhaus zu nehmen. Als ich mit knirschenden Schritten im Kies über den Hof schritt, vibrierte mein Handy erneut.

Diesmal aber nicht nur einmal, sondern im Rhythmus hintereinander, sodass ich wusste – es war ein Anruf!

Ich blieb stehen und entsperrte mit einer einzigen Fingerbewegung mein Handy.

»Luca, bist du es?«, raunte jemand besorgt in den Hörer. »Ja, ich bin es. Luca! Wer ist da?«, fragte ich verwundert. Die Stimme klang merkwürdig angespannt und durch das Telefonat leider sehr verzerrt.

»Ich bin es. Antonio. Luca, du darfst nicht zum Weingut aufbrechen. Hörst du?«, schrillte er unverständlich, sodass ich das Smartphone kurz vom Ohr weghalten musste. Wieso sollte ich denn fernbleiben? Was sollte der Nonsens?

»Kannst du mir vielleicht erstmal verraten, wieso du gekündigt hast?«, konterte ich schließlich.

»Ich kann dir das nicht erklären. Aber bitte tu mir einen Gefallen und bringt euch in Sicherheit. Euch alle«, schrie er. Dann gab es eine kurze Pause, in der ich bereits dachte, das Telefonat wäre beendet, doch bevor es schließlich endgültig abbrach, hörte ich noch ein bedauerndes

»Luca, es tut mir leid.« Danach war die Leitung leer.

Mein Blut geriet augenblicklich in Wallung. Was war hier los? Gab es etwas, wovon ich nichts wusste? Die Gedanken der letzten drei Tage schossen wie eine bildliche Matrix in mein Bewusstsein.

Antonios fragwürdiges Auftreten am Vortag sowie das seltsame Treffen mit Dad in der Küche, bei dem sie bereits beide so geheimnisvoll gewirkt hatten. Antonio war mit seinen neunzehn Jahren zu naiv und unschuldig, um sich von Dad nicht aufhetzen zu lassen. Meine Beine setzten sich augenblicklich in Bewegung, um weiter zum Lagerhaus aufzuschließen. Das Gedankenkarussell verfolgte mich weiter. Ich dachte an die merkwürdige Art des Abschieds von Dad, bevor dieser zu seiner Reise aufgebrochen war, und grübelte darüber, ob dies vielleicht alles gar nicht stimmte. Hatte er mit seiner scheinbaren, harmlosen Aussage, dass ich das Weingut fernbleiben sollte, bereits etwas aussagen wollen.

Was wäre, wenn Antonio die Wahrheit sagte? Wenn er mich vor etwas Ernstem warnen wollte oder sogar vor etwas Gefährlichem?

Wieso hatte er so angespannt reagiert, als ich das Lagerhaus und das Catering begutachten wollte? Und wieso hatte Dad mich über eine geplante Reise zu irgendwelchen Geschäftstreffen nicht eher informiert?

Kurz vor dem Eingang des Lagerhauses blieb ich stehen, zückte erneut das Handy und rief Dad an. Es klingelte, einmal, zweimal, dann gab es einen Signalton und ein beunruhigendes Geräusch, bei dem mir augenblicklich übel wurde.

»Diese Rufnummer ist uns leider nicht bekannt.« Geistesgegenwärtig wurde mir bewusst, mit wem ich es zu eigentlich tun hatte.

Es war mein Vater, und er war zu allem fähig. Daher spielte mein Geist prompt eine Art Notfallprogramm in meinem Gehirn ab. Dieser Plan erschien mir wie auswendig gelernt, obwohl mir bewusst war, die Handlung niemals vorher geplant zu haben, doch ich wusste merklich wie von selbst, was nun zu tun war.

Zuerst öffnete ich unsere Banking-App, um aus Sicherheit einen Blick auf die Konten zu werfen. Doch bereits beim Log-in erschien die Ernüchterung, und die Erkenntnis holte mich ein, dass meine schlimmsten Befürchtungen wahr wurden.

»Zugriff verweigert.«

So ein Schwein. Mein Vater hatte sich abgesetzt. Er war aus unerklärlichen Gründen verschwunden und hatte mich als Geschäftspartner und Sohn betrogen. So etwas würde man doch nur machen, wenn man etwas schlimmes getan hatte?

Ich setzte meine Schritte weiterhin fort, in Richtung Lagerhaus. Ich musste Sofia finden und dafür sorgen, dass sie in Sicherheit war. An nichts anderes konnte ich denken, denn es gab nichts, was wichtiger war. Mir war das Geld egal, welches mein Vater anscheinend gestohlen hatte, oder was aus ihm werden würde.

Was passieren würde, war ungewiss, doch die Tatsache, dass mein Vater die Finger im Spiel hatte und Antonios Warnung keineswegs nach einer Lappalie klang, machte mir Angst.

Während ich die Polizei rief, um meinen Vater wegen Betrugs unserer Geschäftskonten anzuzeigen, stürmte ich entschlossen das Lagerhaus. Als ich eintrat, steckte ich gerade das Handy beiseite und ließ meinen Blick schweifen. Irgendwo musste sie doch sein. Die Menschen hatten sich bereits eingefunden. Bald würde das Dinner eröffnet werden, aber wo war Sofia? Hektisch ließ ich meine Augen über die Menge wandern.

Dann entdeckte ich Jack, der sich mit einer Gruppe alter Herren unterhielt. Er wandte sich zu mir und entschuldigte sich bei seinen Gesprächspartnern, um zu mir zu eilen.

»Luca, was ist los? Was machst du denn für einen Aufstand?«, wollte er wissen, weil man mir mittlerweile meine Stimmung deutlich anmerkte.

»Wo ist Sofia? Es ist wichtig. Jack, bitte! Du musst mir glauben. Irgendwas stimmt nicht. Mein Vater ist untergetaucht«, flehte ich ihn an und brachte ihm einen derartig quälenden Blick entgegen, der ihn erschaudern ließ.

»Was ist dein Vater?«, fragte er fast lautlos und ungläubig.

»Jack, hör mir zu!«, japste ich aufgeregt, »Ich habe keinen Zugriff mehr auf die Konten, und er sagte, er fährt auf Geschäftsreise. Jetzt wollte ich ihn anrufen und seine Nummer existiert nicht mehr.«

Jacks Gesichtsfarbe entglitt ihm merklich. Er war darüber ebenso beunruhigt wie ich, wollte jedoch im Beisein der Gäste kein Aufsehen erregen.

»Mein Angestellter hat mir gekündigt!«, erklärte ich weiter. Jack schnellte eine Braue hoch.

»Der junge Bursche, der hier geholfen hat?«

»Ja, Antonio. Er hat mich angerufen und hat gesagt, dass wir uns in Sicherheit bringen sollen«, machte ich ihm mit so viel Nachdruck wie möglich klar.

Jacks Augen zuckten. Es schien merklich in seinem Kopf zu rattern.

»Ich spreche mit meinem Onkel. Wenn das stimmt, was du sagst, dann müssen wir das wirklich ernst nehmen. Können wir davon ausgehen, dass dein Vater aus Rache, was etwas geplant hat?«, wollte Jack wissen. Bei der Tatsache, dass dies alles hier gerade wirklich geschah und ich mich unweigerlich einem Gespräch über meinen Vater, diesen Fragen stellen musste, wurde mir schlecht.

»Luca! Sag schon …!«, forderte Jack harsch. »Ich würde gerne sagen, dass es ausgeschlossen ist, aber ich denke eher, bei all dem, was ich nun weiß und wie die letzten Wochen abgelaufen sind, dass er zu allem fähig ist.« Logisch war, dass genau dies Jack nicht hören wollte. Er schien einen ähnlich automatisierten Plan in Gedanken abarbeiten zu wollen wie ich. Gerade als er mich verlassen wollte, packte ich ihn noch einmal am Arm, denn das Wichtigste war noch nicht geklärt.

»Warte! Jack! Wo ist Sofia?«

Kapitel 31 Sofia

Mir war, als würde es mir die Luft abschnüren. Ich musste hier raus, irgendwo anders hin, um mich zu sortieren. Als die Menge das Lagerhaus erreicht hatte, schlich ich daher an Jack vorbei und flüchtete die schmale Treppe an der Seitenwand hinunter in den Weinkeller.

Hier zog ich diese fürchterlich unbequemen Pumps aus, nahm mir ein Weinglas aus dem Schrank und köpfte kurzerhand einen der rumstehenden Weine, die für das Dinner geplant waren.

Mit dem halbvollen Weinglas setzte ich mich auf die kleine Bank gegenüber den Weinfässern, auf der ich Anfang Sommer mit Luca gesessen hatte. Dass er doch nicht gekommen war, wühlte mich derart auf und gab mir den Anlass, alles, was ich wollte und in meinem Leben geplant hatte, zu überdenken.

War es immer mein Wunsch gewesen, Eigentümerin des Weinguts zu sein? Reichte mir diese Tatsache oder war es eine naive Idee, davon zu denken, dass mein Lebensziel damit bereits erreicht war?

Wenn ich ehrlich war, bestand mein Erbe nicht aus dem Stück Papier, das beglaubigte, dass das Gut mir gehörte. Mein Erbe war das Vermächtnis meiner

Vorfahren und meiner Familie. Das Weingut mit jedem einzelnen Mitarbeiter, jedem Weinstock, an dem etwas wuchs, und auch meine Eltern, die mich mein Leben lang unterstützt hatten. Nichts Geringeres wollte ich für mich. Ein Leben als Winzerin und als Ehefrau an der Seite meines Mannes. An der Seite von …

»Luca!«, schrie ich.

Er kam mit tosendem Donnern die Treppe heruntergerauscht. Augenblicklich sprang ich von der Bank auf und stellte das Weinglas ab. Entsetzt und unerwartet sah ich ihn an.

Er war doch gekommen. Allerdings sah er sehr mitgenommen aus und überhaupt nicht erfreut, mich zu sehen.

»Hier bist du! Ich habe dich überall gesucht. Du musst mir jetzt zuhören, Sofia«, merkte er überzeugend an, während sein Blick über meinen Körper wanderte. Ich tat es ihm gleich, ehe ich antwortete. Er sah wunderbar in seinem schicken Anzug aus. Dass er einen besaß, hatte ich fest vermutet, auch wenn er das Gegenteil angedeutet hatte. Mein Herz machte einen Satz, weil ich wirklich realisierte, dass er da war. Und nun, wo ich mir sicher war, er wollte wie ich die Angelegenheit, die zwischen uns stand, klären, musste ich meine Chance ergreifen, um ihm zu sagen, wie sehr ich den Streit bereute.

»Du musst mir zuerst zuhören!«, stieß ich euphorisch hervor, was ihn verwirrte. Ich erkannte es an seinem Blick, den er machte, als ich schnell weitersprach. »Ich war unfair und gemein. Ich habe dich überrannt und dich zu einer Entscheidung gezwungen, die dich moralisch in eine sehr blöde Lage gebracht hat«, entschuldigte ich mich. Lucas Gesichtsausdruck blieb unverändert. Er sah ernst aus, mit einer Spur von Panik, aber auch ein wenig Besonnenheit.

»Sofia, du verstehst nicht, was hier gerade los ist«, unterbrach er mich kleinlaut. Doch! Ich verstand, was hier los war. Ich wollte ihn zurückgewinnen. Mehr als alles andere auf der Welt. Wenn ich heute Abend die Gewissheit erlangen könnte, dass Luca mir noch eine Chance gab, hätte ich alles dafür geopfert.

Entschlossen trat ich einige Schritte auf ihn zu. Mein Körper ließ sich förmlich von ihm anziehen. Ich konnte nicht anders, als seine Nähe zu suchen. Ich wollte nah bei ihm sein und nie wieder auch nur einen Tag ohne ihn verbringen.

»Du siehst wunderschön aus!«, hauchte er, als er mich aus nächster Nähe betrachtete. Ich spürte seinen bebenden und fordernden Blick auf meinem Körper, der sofort wieder dieses spürbare Feuer zwischen uns entflammte.

»Luca? Ich liebe dich. Ich will dich«, hauchte ich ihm entgegen, als ich ihn von unten heraufschauen ansah und meine Augen nicht von ihm ließ. Seine grasgrünen Augen, die sonst wie Sterne zu funkeln pflegten, trugen einen Schein aus Kummer in sich, der mich beunruhigte. Er war nach meinem Liebesgeständnis erstarrt.

Zugegeben, hatte ich mir erhofft, er würde mir verzeihen und mich küssen, weshalb ich beschloss, nun alles auf eine Karte zu setzen.

Behutsam beugte ich mich ihm entgegen. Schloss sanft meine Augen und wartete ab. Doch nichts passierte. Er stand da und sagte nichts. Mit einem letzten Funken Würde löste ich die peinliche Situation wieder auf und brachte Distanz zwischen mich und ihn. »Sofia, glaub mir!«, erklärte er dann entschlossen.

»Es gibt nichts mehr, was ich möchte, als dich zu küssen, aber du weißt nicht, was hier vor sich geht. Wir müssen unbedingt …«

»Was müssen wir? Ich denke, das Einzige, was wir müssen, ist, ehrlich zu uns selbst zu sein. Ich liebe dich, Luca, und es tut mir leid«, klagte ich, und meine Stimme brach unter dem Schmerz der letzten Monate.

Ich begann zu weinen. Augenblicklich quollen Tränen aus meinen Augen, weshalb ich mir schützend die Hände davorhielt. Verloren stand ich mit etwas Abstand vor dem Mann, den ich liebte, und fühlte mich allein wie nie zuvor. Was musste ich noch tun oder sagen, damit er mich endlich berührte, mich festhielt und küsste und mich nie wieder losließ?

»Ich liebe dich, Sofia! Schon vom ersten Tag an war es mir klar«, hauchte er.

Unmittelbar versiegten meine Tränen, ich ließ meine Hände sinken und sah ihn an. Sein typisches Luca-Lächeln war zurück in sein Gesicht gekehrt. Er blickte weich und voller Liebe auf mich, sodass ich mich geborgen fühlte. Vorbei war all der Schmerz und auch das Gefühl zu fallen und niemals unten am Boden anzukommen. Ich schloss zu ihm auf, um ihm nah zu sein. Zu meiner Freude ließ er es zu und schlang seine Arme um meine Taille. Ich packte mir seinen Rücken und hielt mich krampfhaft an ihm fest.

Endlich trafen sich unsere Augenpaare wieder mit der Vertrautheit, die ich sehnlichst vermisst hatte.

»Ich will dich«, hauchte ich kaum hörbar, bevor Luca mich am Nacken packte und unsere Lippen sich wild vereinten.

Meine Zunge durchstieß zuerst seinen Mund, erforschte und forderte. Luca antwortete mit ebenso viel Hingabe und wanderte mit seinen Händen über meinen ganzen Körper. Wie sehr hatte ich seine Berührungen vermisst. Als er mit seiner Handfläche meine linke Brust umschloss, keuchte ich auf, so gebannt war ich von seinen Verführungen und der Tatsache, dass es perfekt war. Dass er perfekt war und dass ich ihn nie wieder gehen lassen wollte. Er hatte sich von der ersten Minute an zu mir bekannt und mir nie Anlass zur Klage gegeben. Auch wenn ich ihm in unserem Streit Anderes vorgeworfen hatte, vertraute ich auf seine Ehrlichkeit und darauf, dass er mich liebte.

Dass er mit seinem Vater um ein halbwegs vernünftiges Verhältnis kämpfte, musste ich in Kauf nehmen, und dazu war ich bereit. Ich war zu allem bereit, mit der Gewissheit, dass Luca in diesem Moment bei mir war, um mich wild zu küssen und mir zu zeigen, wie viel ich ihm bedeutete.

Unser Kuss wurde intensiver. Er zog mich zu sich und wanderte gemeinsam mit mir in tänzelnden Schritten zu der kleinen Bank hinüber. Dort ließ er sich fallen, setzte sich und zog mich auf sich, sodass wir weiter knutschend aufeinandersaßen. Eine Hand von ihm hielt meinen Po, die andere wanderte über meinen Hals hinunter über das Dekolleté und wieder hinauf, was mich beinahe wahnsinnig vor Lust machte. Ich wollte auf der Stelle, dass er mich jetzt hier …! Hier im Weinkeller. Warum nicht? Zur Not auf dem Boden, wenn es sein musste, doch abrupt beendete er den Kuss.

Atemlos keuchten wir beide, während ich mich von seinem Schoß aufrappelte und mein Kleid zurechtzuppelte.

»Sofia. Wir müssen aufhören. Wir haben ein großes Problem«, gestand Luca mir, außer Puste, und augenblicklich kehrte auch sein besorgter Ausdruck zurück in seine Augen.

»Was ist denn los?«, wollte ich wissen und ließ ihn meine Hände nehmen, als er aufstand und mir gegenüberstand.

»Du hattest mit allem Recht, was meinen Vater angeht. Ich hätte besser auf dich gehört. Er hat etwas Furchtbares getan und ich weiß nicht einmal was.«

Eine Welle der Angst durchfuhr meinen Brustkorb. Wenn es einen Menschen auf Erden gab, der wusste, wie skrupellos Signore Barbero war, dann war es Luca. So panisch hatte ich ihn noch nie erlebt, und mit jeder Minute, die verstrich, fühlte ich mich unsicherer. »Wir müssen hier verschwinden. Alle müssen das tun. Jack weiß schon Bescheid und …«

Mehr hatte ich von Lucas Aufforderung nicht mehr mitbekommen. Eine Erschütterung, gefolgt von einem lauten Knall, hatte uns zu Boden gerissen. Kurz bevor ich mit dem Kopf auf dem Beton aufgekommen war, sah ich, wie einzelne Weinflaschen aus den Regalen auf den Boden schlugen und aufplatzten. Luca wurde in Richtung der Weinfässer geschleudert.

Ich schlug mir den Kopf am Boden an und wurde erst wieder wach, als Luca an mir rüttelte und mich panisch dabei ansah.

Kapitel 32 Luca

»Sofia! Schatz, wach auf«, schrie ich, so laut ich konnte. War nun das Unvermeidliche eingetreten? Ein lauter Knall hatte mir die Ohren betäubt, bevor uns ein unbeschreiblicher Druck zu Boden riss.

Ich hatte versucht, Sofia festzuhalten, doch sie schlug mit dem Kopf auf den Boden auf, ehe ich es hatte, verhindern können.

»Was ist passiert?«, krächzte sie, als sie versuchte, sich aufzurappeln. Gott sei Dank! Ihr ging es gut.

»Ich weiß es nicht. Ich muss nachsehen, was da oben los ist«, erklärte ich. Aus dem Lagerhaus im oberen Geschoss war Unruhe eingetreten. Offensichtlich waren auch die Gäste und Sofias Familie von dem lauten Knall und der Schockwelle in Aufruhr geraten. Als ich vorsichtig Sofia half, sich aufzurichten, setzte ich sie auf die unterste Treppenstufe, die nach oben in die Lagerhalle führte.

»Ich bin gleich wieder da. Ich beeile mich«, versicherte ich ihr und kletterte die Stufen empor. Als ich die obere Etage erreicht hatte, eröffnete sich mir das Ausmaß der Warnung, die Antonio gemeint hatte. Panisch versuchten sich die Gäste in Sicherheit zu bringen. Das Buffet hatte in besorgniserregendem Ausmaß Feuer gefangen. Eine Explosion?

Aus den Catering-Behältern loderten meterhohe Flammen, die ein Mitarbeiter des Weinguts zu löschen versuchte. Er kam mit einem Eimer Wasser in die Nähe, worauf ich geistesgegenwärtig zu ihm sprintete, um ihn von dem Vorhaben abzubringen.

»Stopp!«, schrie ich und stürzte mich auf den Mann, den ich kurzerhand zu Boden riss.

»Spinnst du! Was soll das!«, schrie der Arbeiter zurück und ging mir am Boden an die Gurgel, doch ich überzeugte ihn davon, dass meine Absichten höchster Vorsicht galten.

»Du kannst das nicht mit Wasser löschen. Wer weiß, was da brennt. Du bringst dich selbst um. Raus hier! Alle, und zwar sofort.«

Mittlerweile hatten der gesamte Tisch und auch die Vorhänge Feuer gefangen, einige der Gäste hatten es noch nicht nach draußen geschafft. Einem älteren Ehepaar half ich bis zum Ausgang. Es war stickig und unerträglich heiß, und es schien von Sekunde zu Sekunde schlimmer zu werden. Im Feuerschein auf der anderen Seite des Saals entdeckte ich Jack, der versuchte, Alberto in seinem Rollstuhl nach draußen zu schieben. Sie schienen ein Problem zu haben, da sich die Bremse des Rollstuhls verkeilt hatte.

»Jack!«, schrie ich, bis er mich sah, mir zuwinkte und ich eilig zu ihnen sprintete.

»Wir müssen ihn tragen!«, schrie ich, als ich mich zu Signore Fontana neben den Rollstuhl hockte. Mittlerweile war es durch das lodernde Feuer unerträglich geworden. Jack und ich hatten unsere Jacketts abgelegt und unachtsam auf den Boden geworfen.

»Barbero? Was wollen Sie denn hier?«, krächzte Signore Fontana unschön, als er mich erkannte.

»Jetzt nicht, Onkel. Wir haben keine Zeit für Streit!«, tadelte Jack und gab mir ein Zeichen, um ihn anzuheben.

Mit jeweils einem Arm unter seinen Oberschenkeln und einem im Rücken trugen wir Alberto ins Freie. Auf dem Hof hatten sich bereits alle Gäste eingetroffen. Niemand schien zu fehlen. Viele weinten aus Verzweiflung und sahen dabei zu, wie der älteste Teil des traditionellen Weingutes in Trümmern abbrannte.

»Luca! Warten Sie …«, keuchte Alberto, als wir ihn auf dem Kiesboden absetzten.

»Danke!«, stieß er aus und versetzte mir damit einen Stich ins Herz, den ich so nicht erwartet hatte. Dem Blick, den er mir entgegenbrachte, empfand ich Dankbarkeit und die Erkenntnis, dass dies ein neuer Anfang sein konnte.

Jack packte meinen Arm und blickte mich flehend an.

»Luca, wo um alles in der Welt ist Sofia?«

Ich erstarrte förmlich, gekoppelt von heißer Panik, die sich in mir breitmachte. Sie war noch im Keller. Ich hatte ihr versprochen, gleich wieder da zu sein. Wie hatte ich sie nur da unten sitzen lassen können? Augenblicklich und ehe ich Jack antwortete, lief ich los. Hinein in das brennende Gebäude.

Ich hörte hinter mir lauter Schreie, die mich von meinem Vorhaben abbringen sollten. Nebenbei vernahm ich ein leises Sirenenklingen, was darauf schließen ließ, dass die Feuerwehr unterwegs war.

Doch niemand hätte mich in diesem Moment daran gehindert, zu Sofia zu gelangen.

Kein Feuer und kein Mensch der Welt.

Als ich das Innere des Saals erreichte, brannte der Qualm in meinen Augen, nahm mir die Luft zum Atmen, und das Feuer erhitzte meine Haut so intensiv, dass es sich wie tausend Nadelstiche anfühlte. Ich durchquerte mühselig den Raum, stolperte dabei über Unrat, wie umgefallene Stühle, und erreichte gerade so die Treppe, die in den Weinkeller führte. Hier konnte ich kurz aufatmen, denn das Feuer hatte den steinigen Teil des Gebäudes und den Keller noch nicht erreicht.

»Sofia! Wo bist du?«, schrie ich, als ich die Stufen hinunterstieg. Mein Hemd war durch den Qualm bereits stark verrußt, ich hatte stark geschwitzt, und mein Dutt, den ich mir sorgfältig nach hinten gebunden hatte, lockerte sich und warf mir unachtsam schweißgebadete Strähnen ins Gesicht.

»Ich bin hier! Luca?«, hörte ich sie rufen. Schnell kletterte ich zu ihr nach unten und schloss sie in die Arme. Dabei besorgte mich ihre Haltung, da sie sich mit der Hand den Kopf hielt.

»Ich blute. Mein Kopf hat was abbekommen«, gestand sie, hob dabei kurz die Hand, auf der sich Blut abzeichnete.

»Oben brennt es!«, keuchte ich. Sie war schockiert. »Was? Was ist passiert?«, schrie sie hysterisch.

»Sofia, wir müssen hier raus«, befahl ich ihr eindringlich.

»Ich kann nicht laufen. Ich bin mit dem Fuß bei dem Sturz umgeknickt.«

Das auch noch. Wir beide erschraken, als wir ein klirrendes Geräusch aus dem oberen Stock wahrnahmen. Ich wusste um das schrille Geräusch, und es trug nicht gerade positiv zu unserer Situation bei.

»Das waren die Fenster. Sie platzen. Wir müssen jetzt hier raus. Oben steht alles in Flammen.«

Sie nickte mir zu, berappelte sich und stützte sich auf mich.

Wir erreichten nach quälenden drei Minuten das Ende der Treppe in der oberen Etage. Die Hitze war unerträglich und nahm mir jegliche Sicht, da es unmöglich war, die Augen zu öffnen.

»Oh mein Gott!«, schrie Sofia, als ihr das Ausmaß des Brandes bewusstwurde. Ich erkannte den Ausgang auf der anderen Seite des Saals. Es würde zu lange dauern, wenn Sofia den Weg humpelnd zurücklegte.

Wir würden es nicht schaffen.

Diese Erkenntnis brachte für einen Moment Panik in mir auf. Wir würden es vielleicht nicht schaffen, aus diesem brennenden Saal rauszukommen.

Ich würde sie niemals allein lassen.

Daher blickte ich sie an und ließ sie wissen, dass diese Situation für uns vielleicht nicht gut ausgehen könnte.

»Sofia, ich liebe dich!«, rief ich ihr zu. Sie blickte ebenso voller Furcht zurück und nickte, um mir das Gleiche zu sagen.

Dann war es mir klar. Wir hatten nur diese eine Chance. Von unserem Ausgangspunkt, an dem wir standen, mussten wir es einmal quer durch die Halle schaffen, vorbei am brennenden Catering-Tisch und an all dem anderen, was mittlerweile Feuer gefangen hatte. Es war höllisch heiß und der giftige Qualm schnürte einem die Luft ab.

Sofia begann zu husten.

»Luca, ich bekomme keine Luft«, schrie sie.

Dann packte ich sie um ihre Hüften und schmiss sie mir kopfvoran über die Schulter. Ich rannte los.

Mit dem letzten Atemzug, den ich genommen hatte, rannte ich so schnell ich konnte.

Das Einzige, was ich anvisierte, war der Ausgang auf der anderen Seite. Das Ziel ins sichere Freie und die Chance auf eine Zukunft mit der Frau, die ich liebte.

Während ich lief und um uns herum alles lodernd brannte und einzelne brennende Teile hinunterfielen, blendete ich aus, dass mich glühende Funken ab und an auf der Haut trafen und kleine Teile meines Hemds in Brand setzten. Es fühlte sich nicht mehr wie kleine Nadelstiche an, die ich in Kauf nahm bei der Chance, es lebend aus dieser Hölle zu schaffen. Der Weg bis hin zur rettenden Tür, mit Sofia, die ich trug, war wie eine innere Zeitlupe für mein eigenes Antlitz.

Was hatte meinen Vater geritten, seinen Neid und seine Rache mit solch einer Tat zu vergelten? War es das, was Antonio gemeint hatte? Hatte Dad vorgehabt, die Fontanas samt ihren Gästen in diesem lodernden Inferno auszuschalten? Während ich darüber nachdachte, glaubte ich, dass mich nichts mehr hätte schockieren können, was meinen Vater betraf. Doch diese Art von Brutalität und die Tatsache, dass er derart Leid und den Tod mehrerer Menschen und noch dazu den seines eigenen Sohnes in Kauf nahm, hatte ich mir nicht mal in meinen schlimmsten Alpträumen ausgemalt. Unbewusst überkamen mich

Schuldgefühle, dass ich nicht früher erkannt hatte, wie krank er war. Dass er nicht einfach nur ein schlechter Mensch war, sondern dass er Hilfe brauchte.

Wir hatten fast den Ausgang erreicht. Meine Luft war längst aufgebraucht, weshalb ich mit jeder Faser meines Körpers zitterte, und mich anstrengte, es doch noch zu schaffen.

Sofia hustete und wimmerte ohne Unterlass auf meinem Arm. Ich wusste, dass es für sie die Hölle war und sie sich fürchtete.

Daher war mir nichts mehr wichtiger, als uns beide in Sicherheit zu wiegen. Kurz bevor ich die rettende Tür jedoch erreicht hatte, schrie Sofia laut auf.

»Luca, pass auf!«

Ein heftiger Schlag traf mich auf den Kopf, der uns zu Boden riss. Ein brennendes Stück einer Stuckleiste der Deckenverkleidung war direkt auf uns gefallen und hatte mich zu Boden gerissen.

Für einen Moment wurde mir schwarz vor Augen. Ich hörte Sofias panische Schreie, die mich wieder zurückholten.

»Luca! Wach auf. Wir haben es fast geschafft. Es sind noch zwei Meter«, prustete sie und hustete ohne Unterlass. Das Feuer loderte im ganzen Raum. Ich war unfähig, mich zu bewegen, so benommen war ich von dem Sturz. Dann blickte ich auf Sofia und strich ihr lächelnd und voller Liebe eine Strähne aus dem Gesicht. Die Tür zum Hof war kaum mehr zwei Meter entfernt. Wenn sie sich jetzt umdrehte und ein paar Schritte allein humpelte, könnte sie es schaffen und wäre in Sicherheit.

Ich selbst wurde mit einem Mal ganz ruhig. Sah sie an und fühlte, dass alles gut war.

»Geh! Ich liebe dich und ich möchte, dass du jetzt nach draußen gehst, und dich in Sicherheit bringst.«

Sofia begann zu weinen. Lautstark und voller Angst jammerte und heulte sie, stieß mich immer wieder an, hämmerte mir auf den Brustkorb, damit ich aufstand, doch ich konnte nicht. Ich war kraftlos und mir fehlte jegliche Kontrolle über meinen Körper, sodass ich sie nur noch ein letztes Mal liebevoll ansehen konnte, bevor ich mein Bewusstsein verlor.

Kapitel 33   Sofia

In dem Moment, als Luca seine Augen schloss, dachte ich, dass ich ihn verloren hatte. Augenblicklich stellte ich mein Heulen und Wimmern ein, konzentrierte mich im Bruchteil einer Sekunde darauf, was nun wichtig war.

Und das war unsere Rettung.

Mein Schmerz am Kopf und am Knöchel war nicht im Ansatz so intensiv wie das Gefühl, das ich spürte, als ich dachte, Luca sei tot.

Ich rappelte mich auf, packte ihn an den Beinen und zog ihn mit all meinen gebündelten Kräften, die sich von meinen Gefühlen wie Angst, Wut und Liebe ernährten, aus dem Gebäude. Es waren nicht mehr als zwei Meter bis zur Tür. Ich würde es schaffen. Es gab keine Wahl.

In dem Moment, als ich die Tür ins Freie aufstieß, rannte Jack mir entgegen, um mich aufzufangen. Er packte Luca ebenfalls an den Beinen und zog ihn das letzte Stück auf den Hof hinaus. Gemeinsam fielen wir drei in den Kies. Dann beugte Jack sich über Luca, um sich um ihn zu kümmern.

Ich sackte zusammen und beobachtete alles teilnahmslos.

Leer in Gedanken, ließ ich meinen Blick schweifen, erkannte Mama und Paps sowie Salvatore und Nonna, die ebenfalls auf dem Hof saßen und mit entsetzten Blicken das Schauspiel, welches sich unmittelbar vor der Tür des Lagerhauses bot, verfolgten. Fast alle Gäste standen fassungslos vor dem Gebäude und weinten aus Verzweiflung und Furcht über das, was geschehen war.

»Sofia, wie habt ihr das geschafft? Ich dachte schon, dass ihr …«, keuchte Jack, der auf Knien zu mir rutschte und mich in den Arm nahm. Ich weinte bitterlich.

»Er hat mir das Leben gerettet, Jack!«, wimmerte ich, während ich mich an ihn presste und krampfhaft zu heulen begann.

»Und du hast ihm das Leben gerettet, Sofia!«, rief er und zwang mich, an ihm vorbei auf Luca zu sehen, der begann, sich im Kies zu bewegen. Augenblicklich rutschte ich zu ihm herüber und beugte mich über ihn. Meine Tränen tropften ihm unweigerlich ins Gesicht, was anscheinend nicht weiter dramatisch war. Bedingungslose Erleichterung durchströmte meinen Körper und trieb weitere Tränen in meine Augen.

Er krümmte sich vor Schmerzen, stöhnte dabei und fing an, immer wieder meinen Namen zu flüstern. »Sofia? Sofia.«

»Ich bin hier. Ich bin hier, Luca«, hauchte ich ihm entgegen. Langsam öffnete er die Augen und begann zu blinzeln.

»Haben wir es geschafft?«, fragte er verwirrt, was mich leicht auflachen ließ. Erleichtert und entzückt über seine Frage nach dieser Tortur, die wir durchlebt hatten. Ich beugte mich über ihn, um ihn zu küssen. Vorsichtig berührten sich unsere Lippen. Jack hockte neben uns und ließ uns nicht aus den Augen, bis ein Team aus Sanitätern eintraf, denen er erklärte, was wir durchlebt hatten.

Die Feuerwehr begann, den Brand zu löschen, und viele der Gäste, die lange Zeit rumgestanden hatten, ließen sich von Nonna und Salvatore ins Haupthaus führen. Während der Notarzt Luca untersuchte, wich ich keine Minute von ihm. Er lag noch immer im Kies, keine zehn Meter vom brennenden Gebäude entfernt. Eine Sanitäterin kam zu mir, um sich um mich zu kümmern. Notdürftig versorgte sie meinen Kopf, warf einen Blick auf meinen Knöchel, der geschwollen war.

Es war mir alles egal. Ich wollte nur, dass es Luca gut ging.

Luca war bereits wieder bei Bewusstsein, lag im Kies und hatte den Kopf auf meinem Schoß abgelegt.

Ich strich ihm durch sein nasses Haar und beobachtete ihn liebevoll, wie er mich ebenso ansah.

»Ich liebe dich«, flüsterte ich ihm zu.

»Ich dich auch, Sofia Fontana. Du hast mir das Leben gerettet«, hauchte er. Heftig schüttelte ich den Kopf.

»Du hast mir das Leben gerettet. Ich würde sagen, wir sind quitt.« Während ich Luca streichelte, entdeckte ich die vielen kleinen Löcher in seinem Hemd, die die brennenden Funken und die Hitze hineingebrannt hatten. Seine Haut darunter war gerötet und an manchen Stellen deutlich geschwollen.

»Hast du Schmerzen? Ich dachte für einen Moment, du wärst …«, wimmerte ich erneut. Luca ließ langsam eine Hand nach oben gleiten, um mir meine Tränen abzuwischen. »Mir geht's gut. Ich bin da. Mich wirst du so schnell nicht mehr los!«

Wir beide lachten. Dann fing Luca an, sich langsam aufzurappeln.

»Signore? Sie sollten noch nicht aufstehen. Wir werden Sie gleich ins Krankenhaus fahren«, riet ihm einer der Sanitäter, der besorgt Luca am Arm stützte. »Für das, was ich vorhabe, kann ich hier nicht einfach rumliegen«, stieß er aus und missachtete einfach den Rat der Fachperson.

»Luca, bitte setz dich wieder. Nicht, dass dir doch noch was passiert«, bat ihn nun auch Jack, der uns nach wie vor nicht allein gelassen hatte. Luca stand merklich wackelig auf den Beinen. Mama und Paps schlossen zu uns auf und wollten sich nach unserem Befinden erkundigen.

Wir standen gemeinsam vor dem fast abgebrannten Lagerhaus und ließen Luca langsam die Kontrolle über seinen Körper zurückgewinnen.

Als er stand, erhob ich mich, um ihn zu stützen. »Wollen wir direkt zum Haupthaus rübergehen? Dann kannst du dich ausruhen, bis wir zum Krankenhaus fahren?«, fragte ich ihn besorgt. Über meine Schmerzen machte ich mir mittlerweile keine Gedanken mehr.

»Warte«, Luca ließ den Blick in die Runde schweifen.

»Es sind alle wichtigen Personen da«, stieß er aus und machte komische Pausen zwischen seinen Wörtern.

»Was meinst du damit?«, fragte ich verwirrt. Luca hielt meine Hände, zog mich an sich und küsste mich. Meine Eltern, die nichts von unserer erneuten Versöhnung wussten, beobachteten die Szene. Natürlich war ihnen mittlerweile auch klar, dass Luca und ich wieder ein Paar waren, dennoch wusste ich nicht so ganz, wozu die Situation gut sein sollte.

»Sofia. Gib mir deine Hände«, befahl Luca leise und angestrengt in der Stimme.

Ich legte meine Hände in seine, während er begann, sich daran abzustützen. Offenbar nicht gut genug, da er plötzlich in die Knie ging und das Gleichgewicht verlor.

»Luca, warte!«, rief ich, doch mir wurde sofort klar, was er vorhatte.

Jack hatte sich zu Mama und Paps gesellt, sein Grinsen aufgelegt und genüsslich die Arme verschränkt. Meine Eltern hielten sich im Arm, während Mama eine leichte Träne verdrückte und Paps mich liebevoll ansah.

Dann wendete ich den Blick zu Luca, der bereits vor mir niederkniete. Ich hielt meine Tränen zurück, die in diesem Moment unweigerlich in meine Augen stiegen. Lucas Blick ruhte auf mir. Sanft und gut, so wie er es stets getan hatte. Mit seinen verschwitzten Haaren, seinem kaputten und verrußten Hemd sah er, weiß Gott, zerbeult aus, doch ich war mir sicher, dass mein Erscheinungsbild in der Situation bestens zu ihm passte. Mein wunderschönes Kleid war am unteren Rock zerrissen, hatte mindestens genauso viele Flecken und meine Frisur, die mich einige Stunden Zeit gekostet hatte, glich einem Schlachtfeld an Locken.

»Sofia, du bist der Sinn meines Daseins. Ich habe mein Leben lang nach dir gesucht. Nach etwas, wofür es sich zu leben lohnt. Ich liebe dich.«

Meine Tränen bahnten sich unweigerlich einen Weg aus meinen Augen, was mir ein wohliges Gefühl bescherte. Ich lächelte diesen Gefühlsausbruch weg, weil ich wusste, was noch kommen sollte. Dass er es vorhatte, in diesem Moment, nach allen Höhen und Tiefen, war das Beste, was ich je erleben durfte.

»Sofia, ich will nicht mehr ohne dich leben. Ich will dir jeden Tag all meine Liebe geben und dir zeigen, dass du die Frau an meiner Seite bist.«

Ich war unfähig, etwas darauf zu antworten, deshalb erfreute es mich, dass er schnell weitersprach.

»Willst du mich heiraten?«

Er hatte gefragt. Es war keine Einbildung, kein Schnellschuss oder eine Laune, weshalb es sich unumgänglich richtig anfühlte.

Ich wollte nichts anderes als ihn. Jeden Tag. Immerzu und den Rest meines Lebens. Prompt ließ ich seine Hände los, gab mich meinen Emotionen hin, fiel mit ihm auf die Knie, um ihn zu küssen. In den kleinen Pausen während des Kusses wiederholte ich immer wieder voller Euphorie

»Ja, ich will!«

Als sich unser Kuss löste, half ich Luca dabei, sich zu erheben. Er blickte kurzerhand in die Augen meines Vaters, was mich etwas besorgte. Dass Luca diesen Antrag auf lange Sicht geplant hatte, war ausgeschlossen.

Deshalb konnte er Paps auch nicht um seine Erlaubnis gefragt haben.

Italienische Väter konnten da schon sehr altmodisch sein.

»Signore Fontana, ich weiß, ich habe Sie übergangen, allerdings konnte ich Sie nicht zuerst fragen, ob ...«, wollte Luca sich rechtfertigen, doch ehe wir uns alle versahen, krallte Paps sich fest in Lucas Schultern und zog ihn an sich.

»Mein Sohn. Du hast uns alle gerettet. Du bist für meine Tochter in das brennende Haus gelaufen. Natürlich wirst du sie heiraten. Ich danke dir.«

Lucas Blick hätte verdutzter nicht sein können. Zutiefst bewegt über diese Anerkennung, fiel ich Paps ebenso um den Hals. Er sah uns beide voller Stolz an und reichte Luca die Hand.

»Und wir waren doch schon beim Du, oder?«

»Sicher, Alberto«, nickte Luca, der Paps dankend die Hand reichte.

Gemeinsam betraten wir das Hauptgebäude und gesellten uns zu den anderen Gästen. Als meine Eltern im Salon verschwanden und ich allein mit Luca und Jack im Flur stehen blieb, schmunzelte ich erneut über unsere zerbeulten Erscheinungen.

»Hast du noch Schmerzen?«, wollte ich wissen, als ich Luca über seinen Kopf strich. Dabei fiel mir ein blauer Fleck an seinem Auge auf, den ich erst jetzt bemerkte.

»War das auch von der Leiste, die dir auf den Kopf gefallen ist?«

Belächelnd blickte er zu Jack und nahm mich an
die Hand. Dann suchten die beiden erneut Blickkon-
takt, grinsten und versicherten mir,
    »Ach weißt du? Das ist eine längere Geschichte.«

Epilog

Ein Jahr später …

Epilog Luca

»Bist du glücklich?« Sofia funkelte mich an, während wir auf dem Hof standen, auf das neue Lagerhaus blickten und erfreut der Eröffnung unseres Hofcafés entgegenfieberten.

Die einladenden blau-weiß gestreiften Markisen und die vielen Blumen rundeten das Ambiente auf dem Hof wunderbar ab und brachten zusammen mit dem Café einen ganz neuen Flair mit sich.

Im letzten Jahr hatten wir einiges erlebt. Nachdem wir am Morgen nach dem Brand das volle Ausmaß festgestellt hatten, bestellte ich die Polizei zum Restaurant, um ihnen sämtliches Material aus dem Büro als Beweise für die Festnahme meines Vaters zu überlassen. Die Polizei fand unter anderem Beweise dafür, dass Dad den Anschlag bewusst geplant und alles heimlich während des Catering-Aufbaus vonstattengegangen war, inszeniert hatte.

Eine chemische Reaktion, verbunden mit Substanzen, die in den Wärmebehältern deponiert worden waren, war Auslöser für die Explosion und das Inferno, welches sich an dem Abend ereignet hatte.

Antonio hatte er gezwungen, ihn zu unterstützen, sonst würde er ihm das Leben zur Hölle machen, wie sich wenig später herausstellte. Antonio hatte an dem Abend nicht nur mir reinen Wein eingeschenkt, sondern ebenfalls die Polizei informiert.

Er war auch in die Pläne von Dad eingeweiht gewesen, dass dieser sich ins Ausland absetzen wollte. So konnte man meinen Vater bereits am nächsten Morgen an einem Flughafen in Madrid ausfindig machen und festnehmen. Antonio wurde zur weiteren Klärung ebenfalls für zwei Tage in Gewahrsam genommen.

Dann war er ein paar Wochen später plötzlich auf dem Hof aufgetaucht und seitdem nicht mehr gegangen. Ich hatte ihn kurzerhand, nachdem er mir alles erzählt hatte, bei uns im Café eingestellt, um ihm eine zweite Chance zu geben. Das Restaurant hatte ich, nachdem das Geld und der Zugriff auf die Konten sichergestellt waren, verkauft.

Dad hatte alles zugegeben und sich seiner Strafe und den Anschuldigungen ausnahmslos gestellt.

Ich hatte ihn einmal im Gefängnis besucht, um ihm zu sagen, dass er von nun an keinen Sohn mehr hatte. Dass ich ihn nie wieder sehen wollte und er auch keine weitere Rolle in meinem Leben mehr spielte.

Die Gleichgültigkeit über sein Schicksal, die ich empfand, ließ mich tief blicken, wie wenig ich mich ihm verbunden fühlte und dass ich für ihn nichts mehr als Mitleid empfand.

Darüber, wie er jahrelang nichts als Hass entwickelt hatte, und ich mir insgeheim sicher war, dass er professionelle Hilfe benötigte.

Er hatte nicht mal geleugnet, in Kauf genommen zu haben, dass sogar seinem eigenen Sohn etwas passieren könnte, was für mich ein Zeichen gewesen war, einen endgültigen Schlussstrich zu ziehen.

Sofia küsste mich aus meinen Gedanken. Sie schmiegte sich an mich wie eine Katze, was mir durchaus gefiel.

Gierig zog ich sie näher zu einem Kuss an mich heran.

Wir standen in der warmen Sommersonne auf dem Hof, ehe Jack uns erblickte und freudestrahlend auf uns zukam.

»Na, ihr zwei. Geht das auch in drei Wochen noch so weiter oder ist es dann erst mal gut?«

»Was denkst du wohl? An meiner Hochzeit werde ich ganz sicher noch mehr knutschen und mit meinem Zukünftigen kuscheln«, konterte Sofia schelmisch und drückte sich noch näher an mich heran. Jack kam zum Stehen und überreichte mir eine Karte. »Sofia, deine Eltern haben geschrieben. Sie genießen Griechenland in vollen Zügen.«

»Zeig her!« Sofia schnappte die Karte aus meiner Hand, um die paar Zeilen zu lesen, die ihre Eltern aus dem Urlaub auf Mykonos geschickt hatten. Sie gönnten sich nun nach jahrzehntelanger Arbeit auf dem Weingut endlich einmal ein paar Wochen Urlaub zu zweit.

Vor allem, nachdem Alberto seine Lebensweise positiv geändert hatte und von nun an sehr bewusst mit seiner Gesundheit umging.

»In drei Wochen kommen sie zurück. Sie schaffen es ganz sicher zur Hochzeit«, versicherte ich Sofia, die mit etwas Sehnsucht auf die Karte blickte.

»Wollen wir nicht eine Tasse *Caffè* trinken? Es ist doch herrliches Wetter und ich bin sicher, Antonio bedient uns gerne schon einmal zur Probe«, schlug ich vor.

»Ich finde, wir können auch angesichts der guten Laune einen Champagner aufmachen, oder nicht?«, entgegnete Jack schelmisch, was Sofia und mich verdutzte.

»Du trinkst doch gar nicht so viel Alkohol?«, fragte Sofia daher verwundert. Jack lachte nur kurz, dann grinste er und setzte seinen Weg in den Weinkeller an, um eine Flasche zu holen und ohne Weiteres auf unsere Skepsis zu antworten.

Ich winkte zu Antonio hinüber, der gerade vor dem Café die Stühle zurechtrückte. Er verstand mein Zeichen als Erläuterung dafür, dass er prompt drei *Caffè* zubereiten sollte und wir uns setzen, wollten.

»Also, einen Kaffee werde ich mittrinken. Einen kleinen. Aber Champagner nicht«, erklärte mir Sofia ausdruckstark, während wir zu den Stühlen schlenderten. Jack kam aus dem Lagerhaus und hielt triumphierend die Flasche in die Höhe, die er bereits auf dem Tisch abstellte.

»Wieso denn nicht? Sieh nur! Es ist sogar deine Lieblingssorte«, hakte ich nach. Sie blieb stehen und funkelte mich an.

Die Sonne schien ihr ins Haar, ließ ihre Strähnen aufleuchten und verlieh ihr mal wieder diesen unsagbaren Charme, dass ich erneut daran erinnert wurde, wie atemberaubend sie war.

»Ich sollte in nächster Zeit eigentlich nicht mal wirklich Caffè trinken«, erklärte sie weiter.

Das war ein überaus seltsames Vorhaben, bei der Tatsache, dass wir gerade ein italienisches Café eröffnen wollten, doch ehe ich ahnen konnte, was sie im Begriff war, mir zu verkünden, griff sie meine Hand, um es mir zu erklären.

»Ich wollte es dir erst sagen, wenn ich selbst ganz sicher bin, aber es ist egal. Ich kann eh nicht mehr warten. Ich bin schwanger … Luca!«

»Oh!«, stieß ich hervor. Mehr schaffte ich nicht, weil mein Gehirn alle Energie in die Verarbeitung der Nachricht steckte.

Schwanger! Mein Herz begann zu pochen und mein ganzer Körper kribbelte.

»Wirklich?«, hauchte ich, als es allmählich in meinem Geist angekommen war. Sie nickte, lächelte dabei und eine Träne eroberte ihre zarte Wange.

Ein perfekter Moment.

Dann endlich überkam mich eine Welle des Glücks. Augenblicklich realisierte ich, dass ich Vater wurde, dass Sofia und ich Eltern sein würden, bald heirateten und unser Glück perfekt … einfach perfekt war.

»Ich liebe dich. Das ist unglaublich und …« Es fehlten mir die Worte, weshalb sie meinen Satz beendete.

»…Wunderschön?«

Heftig schüttelte ich den Kopf, zog sie zu einem leidenschaftlichen Kuss an mich. Dann wusste ich etwas zu sagen, was diese Situation verdiente. Was Sofia verdiente.

»Großartig. Das Einzige, was wunderschön ist, bist du.«

Sie strahlte.

Dann packte ich sie erneut und küsste sie inmitten unseres Hofes, in der Sommersonne.

Neben unserem Café und dem Weingut. Unserem Zuhause, unserer Zukunft und mit größter Vorfreude auf all das, was noch vor uns lag.

Danksagungen & Schlusswalte

312

In jedem Fall ist ein neues Hobby, welches man in der Jugend entdeckt, etwas Aufregendes, aber auch etwas Herausforderndes.

Vor allem, wenn einem bewusst wird, welches Potenzial es entfalten kann und wie sehr man es liebt.

Wie es eine Hoffnung, Ruhe und ein positives Selbstwertgefühl schenkt und dass dieses Hobby es geschafft hat, mich selbst so oft zu überraschen.

Zu schreiben, zu grübeln, zu überdenken und Bilder, Orte und Personen und deren Charaktere aus einer Fügung von Wörtern zu formen, damit Geschichten Wirklichkeit werden, diese aus meinem Geist heraustreten und im geschriebenen Wort Bedeutung und Nachdrücklichkeit finden, ist eine unverkennbare Art der Selbstverwirklichung.

Ich bin dankbar und stolz, ein solches Talent zu besitzen, für meine Hingabe und auch für meinen Mut, meine kreativen Gedanken aus meinem Geist heraus zu formulieren, sie in diese Geschichte zu packen und die Leser und Leserinnen in eine neue, unentdeckte Welt zu entführen.

Wer viel und gerne liest, demnach tiefgründige Handlungen, einnehmende Nebenstorys und weitaus umfangreiche Verstrickungen in preisgekrönten

Bestsellern gewohnt ist, wird mit diesem Buch alles andere als zufrieden sein.

Es ist einfach geschrieben, romantisch gestrickt, jungfräulich verfasst, enthält auch nach hunderttausenden Lesenrunden von mehreren Personen mit Sicherheit einen Haufen an Schreibfehlern, hat niemals einen professionellen Lektor/in gesehen und ist dennoch mein absoluter Stolz.

Ich bin neu als Autorin in einer Welt von Millionen von Menschen als Künstlerin ihres eigenen Geistes, die alle eine Leidenschaft teilen:

Den Drang, für eine kurze, beschränkte Zeit des Alltags in eine vollkommenere und bessere Welt einzutauchen, und dort das zu finden, was Herz und Seele berühren lässt.

Dieses Buch hat mich Schweiß, Zeit und unzählige Abende am Computer gekostet. Es hat Monate gedauert. So manche Abende haben in einem Chaos an Ideen, die in die Geschichte integriert werden wollten, bis hin zu wochenlangen Blockaden geführt, aus denen am Ende diese vielfältige Geschichte entstanden ist, die ich bis kurz vor der Buchveröffentlichung am liebsten immer und immer wieder umgeschrieben hätte, um das Beste herauszuholen.
Mein Dank gilt allen, die bei der Verwirklichung dieses Romans mitgewirkt haben.

Alle, die Gedankenstütze, kritische Beurteiler und Schokoladenlieferanten bis hin zum Schreibtisch waren, um die kreative Ideenfindung anzutreiben.

Besonderen Dank verdient sich Kimberly, die meine Geschichte Probe gelesen hat, sich kritisch und fair der Story und dem wenig strukturierten Text annahm und versucht hat, immer ein hilfreiches Feedback abzugeben, damit ich die Qualität der Geschichte im Feinschliff verbessern konnte.

Ebenso an meinen Mann Sven, der die Geschichte nicht nur las, sondern dafür gesorgt hat, dass ich im alltäglichen Wahnsinn des Familien-Chaos mit zwei kleinen Kindern genug Zeit finden konnte, meinem Hobby nachzugehen.

Dass er mir bei Fragen oder Rat aufmerksam zugehört hat und mich auch zwang, meine Ideen kritisch zu hinterfragen, wenn ihm diese absolut nicht gefielen.

Mein lieber Sven, du bist der Grund, wieso ich angekommen bin.

Bei mir selbst, bei uns und in unserer kleinen perfekten Blase, bestehend aus unserer chaotischen, verrückten und liebevollen Familie.

Unser Glück ist die Grundlage für meine Kreativität, meine Sicht auf die Dinge und die Vorstellung wie eine Partnerschaft sein muss.

Ehrlich, verbindlich und offen für alles Gute, aber auch Schlechte des Lebens, um es gemeinsam anzupacken.

Aus der Gewissheit heraus, dass ich immer auf dich bauen kann, ziehe ich meine Leidenschaft, meine Kreativität und die Erkenntnis, dass es nichts Wertvolleres in meinem Leben geben könnte als dich und unsere Kinder.

In Liebe & für Euch.

Eure Mama & Ehefrau Julia

<u>Bezug auf Trigger-Warnung</u>

In der Geschichte werden unter anderem folgende sensible und für manche Menschen herausfordernde Themen behandelt oder detailliert erläutert:

erotisch-sexuelle Handlungen
plötzliche, lebensbedrohliche Erkrankungen
Brandkatastrophen und deren Folgen
Erpressung und Verrat

Hat Ihnen mein Debüt gefallen? Dann freue ich mich jederzeit über Lob, Kritik oder weitere Anregungen.

Weiter Infos zum Buch und zur Autorin gibt es unter:
https://www.instagram.com/
outofme.writtenbyjulia